Gustav Ernst

Beste Beziehungen

Roman

HAYMON verlag
Innsbruck-Wien
www.haymonverlag.at

ISBN 978-3-85218-677-1

Umschlag- und Buchgestaltung, Satz:
hœretzeder grafische gestaltung, Scheffau/Tirol
Coverfoto: Dragon30/photocase.com

Gedruckt auf umweltfreundlichem,
chlor- und säurefrei gebleichtem Papier.

I

Lisa fährt für gewöhnlich, wenn sie die Firma um 16 Uhr verlässt, um zirka 16 Uhr 35 mit der U-Bahn unter ihrem Haus durch und denkt sich: Jetzt fahre ich unter unserem Haus durch. Aber nicht jedes Mal. Meist ist sie damit beschäftigt zu überprüfen, welche der Männer, die sie von der täglichen Fahrt kennt und die für sie als Männer in Betracht kommen, ihr wohlwollende Blicke zuwerfen und welche nicht. Wobei sie die Frage, warum der oder jener ihr keinen Blick zuwirft, am meisten beschäftigt. Hab ich die falsche Bluse an? Ist mein Make-up mangelhaft? Passt die Frisur nicht? Sehe ich abgehärmt aus? Vor allem aber interessieren sie die Blicke der Männer, die sie noch nie auf ihrer Heimfahrt gesehen hat. Heute, findet sie, kann sie zufrieden sein. Beim Aussteigen hat sie das Gefühl, gerade bei diesen einen guten Eindruck hinterlassen zu haben. Einer hat sie besonders lang angesehen und ihren Blick gesucht. Ein gut aussehender und gut angezogener Herr, deutlich jünger als ich, denkt sie, dem sie, und sie fühlt sich nahezu glücklich bei der Erinnerung daran, einen Blick auch gewährt hat, und geht, mit der Rolltreppe oben angekommen, obwohl sie nichts einzukaufen vorgehabt hat, über die Straße in den Supermarkt, um noch etwas einzukaufen.

Was hackst du schon wieder herum auf mir?, sagt Franz. Kaum komme ich bei der Tür herein, schon hackst du herum auf mir. Stell ich die Golfschläger einmal nicht dorthin, wo du willst, dass sie stehen, schon hackst du herum auf mir. Stehen ja sonst immer dort, oder? Und wenn einmal nicht, musst du nicht gleich herumhacken auf mir und sagen: Franz, wieso stehen die Golfschläger schon wieder dort, wo sie nicht stehen sollten? Und gleich darauf: Den Konrad wirst du sicher wieder nicht angerufen haben. Und immer dieser Vorwurf in der Stimme. Warum immer dieser Vorwurf in der Stimme? Ich hab den Konrad angerufen. Was fragst du mich nicht vorher, ob ich den Konrad angerufen hab? Bevor du mir vorwirfst, ich hätte ihn wieder nicht angerufen. Und dass ich sicher wieder nicht zur Geburtstagsfeier deiner Kusine gehen möchte. Warum sollte ich nicht wollen? Ich bin nur nicht gleich Feuer und Flamme. Muss ich denn immer gleich Feuer und Flamme sein, wenn es heißt, wir gehen zu deiner Kusine? Muss ich jubelnd bei der Tür hereinkommen und rufen: Endlich hat deine Kusine wieder Geburtstag, endlich können wir wieder zu deiner Kusine gehen? Und ich werde den Herrn Winter schon einladen. Ich weiß selbst, dass es nicht schlecht ist, den Herrn Winter einzuladen. Du musst mir nicht dauernd sagen: Lad endlich den Herrn Winter ein, der ist gut für dein Fortkommen. In der Früh sagst du es. Wenn wir telefonieren, sagst du es. Am Abend sagst du es. Ich bin gut in meiner Arbeit. Das weiß der Herr Winter. Da brauche ich ihn nicht ständig einzuladen. Das wäre doch kontraproduktiv, wenn er merkt, ich lade ihn nur deswegen ein, weil Umstrukturierungen ins Haus stehen. Weil ihn jetzt alle einladen. Ja, ich weiß schon, dass es andererseits wieder gut wäre, ihn gerade jetzt, wo ihn alle einladen, auch einzuladen. Aber ich muss mir das überlegen, sagt Franz. Ich muss überlegen, wie ich ihm das sage. Wann ich ihm das sage. Wann die Stimmung dafür am besten ist. Das kannst du nicht beurteilen. Das musst du schon mir überlassen. Vorpreschen, sagt Franz. Ich kann nicht so vorpreschen wie du. Ich mach das auf meine Art. Du brauchst nicht immer zu sagen: Wenn du das auf deine Art machst, dann wird nie was daraus. Es wird was daraus. Du brauchst nicht immer auf meiner Art herumzuhacken. Mir vorzuwerfen: Mit deiner Art wirst du nie etwas erreichen. Mir zu sagen: Du hast eine abturnende Art. Schon wie du auftrittst. Du brauchst mir nicht ständig aufzuzählen, was mir im Leben alles nicht gelungen ist, aufgrund meiner Art. Was mir im Leben nie gelingen wird. Es ist mir schon viel gelungen. Jawohl, auch wenn du es nicht gerne hörst: Mir ist im Leben schon einiges gelungen. Und nicht, wie du ständig behauptest, nur mit deiner Hilfe. Und es wird mir noch viel mehr gelingen. Du wirst sehen, was mir noch alles gelingen wird. Und zwar ohne deine Hilfe. Jawohl, liebe Lisa, ohne deine Hilfe. Und du brauchst nicht ständig zu sagen: Reiß dich zusammen. Ich reiß mich schon zusammen. Auch wenn du es nicht siehst. Du siehst eben nicht alles, Lisa. Du brauchst nicht zu glauben, du siehst alles. Du wirst dich noch wundern, was mir alles gelingen wird. Du wirst noch von den Socken sein. Du glaubst, du kennst mich. Du kennst mich überhaupt nicht. Du schaust ja nur auf mich drauf. Nie schaust du in mich hinein. Du kannst ja gar nicht in mich hineinschauen, weil du ja immer nur auf dich schaust und in dich hinein. Bei allem, was ich tue, horchst du zuerst einmal in dich hinein: Bin ich zufrieden mit dem, was er tut? Tut er es so, wie ich es will, dass er es tut, oder tut er es so, wie ich es nicht will? Du redest ja immer nur mit dir selber, wenn du mit mir redest. Ist dir das noch nicht aufgefallen? Natürlich ist dir das noch nicht aufgefallen. Sonst würdest du ja merken, dass ich ganz anders bin. Du lachst! Du lachst dauernd. Wieso lachst du dauernd? Glaubst du mir nicht? Findest du wirklich alles so komisch, was ich sage? Wieso findest du es komisch, wenn ich sage: Mir ist schon viel gelungen, und es wird mir noch mehr gelingen? Wieso lachst du, wenn ich sage, ich werde den Herrn Winter schon einladen? Und es ist immer höhnisch, dein Lachen. Wie man bei Kindern lacht, wenn sie behaupten, sie könnten das oder jenes. Nur lacht man bei Kindern nicht höhnisch, sondern liebevoll und gerührt. Aber bei mir lachst du nie liebevoll oder gerührt, sondern immer nur höhnisch. Auch wenn du es abstreitest. Es ist immer ein durch und durch höhnisches Lachen. Mit dem du genauso auf mir herumhackst. Genau, dein Lachen ist ein einziges Auf-mir-Herumhacken. Ich möchte einmal, dass du lachst, wenn ich was sage oder tue, ohne dass es zugleich ein einziges Auf-mir-Herumhacken ist.

Ich hacke nicht auf dir herum, sagt Lisa. Und jetzt iss bitte fertig, bevor alles kalt wird.

Fünf U-Bahn-Stationen weiter, in der Nähe des Einkaufszentrum Nord, sagt Janine K., 35, bei der Franz sich sicher ist, als er ihr Foto zwei Tage später in den Zeitungen sieht, sie schon einmal gesehen zu haben, wo hab ich die schon einmal gesehen, sagt er zu Lisa, die hab ich doch schon einmal gesehen: Jetzt fick endlich, mir friert schon der Arsch ab.

Sie liegt vornübergebeugt auf dem Küchentisch ihrer Zimmer-Küche-Parterrewohnung mit heruntergezogener Unterhose, schaut in den Saft des Naturschnitzels vor sich, den sie nicht mehr hat auftunken können, und auf die Reiskörner, die darin herumschwimmen, und wartet darauf, dass ihr Ex-Lebensgefährte, Manuel F., 36, ihr endlich seinen Schwanz hineinsteckt.

Manuel F. ist an diesem Abend nach einjähriger Trennung plötzlich wieder aufgetaucht, mit sanften Augen, mit einer Bonbonniere und den Worten: Hast du Zeit, ich würde gern mit dir reden. Woraufhin er ihr beim Naturschnitzel erzählt, dass die Helga, derentwegen er Janine K. vor einem Jahr verlassen hat, ein Trampel sei, nichts gekocht habe, nur gesoffen und ihm ständig vorgeworfen, dass er Geld keines heimbringe, dafür aber täglich darauf bestehe, einen geblasen zu bekommen. Und dass er, Manuel F., in Wirklichkeit immer nur sie, Janine K., geliebt habe, nur sie die Frau seiner Träume gewesen sei, er aus ganzem Herzen bereue und wieder zurückwolle, um mit ihr, Janine K., ein gemeinsames Leben aufzubauen, eine regelmäßige Arbeit habe er, und dass Janine K. ihm verzeihen möge und ihn nicht zurückstoßen. Woraufhin sie ihn, zu Tränen gerührt, geküsst hat, er ihr in die Haare, auf die Brust und zwischen die Beine gegriffen hat, sie beide das Essen unterbrochen und zu keuchen begonnen haben, sie ihm dann mit den Worten: Du bist ein Trottel, aber ein lieber!, den Schwanz aus der Hose gezogen, ihn zuerst in den Mund genommen, dann wieder ausgespuckt hat, aufgesprungen ist, die Teller zur Seite geschoben, die Unterhose heruntergezogen und sich unter Rufen wie: Jetzt komm wieder zu Mami!, mit nacktem Hintern und mit dem Bauch voran auf den Tisch geworfen hat.

Was ist los mit dir?, ruft Janine K. Jetzt halt doch bitte die Goschen, Janine, sagt Manuel F. und wichst an seinem Schwanz herum, der nicht und nicht hart werden will, wie soll ich da hineinkommen zwischen deine fetten Schenkel von hinten. Dann nimm halt das Arschloch, sagt sie. Worauf er sagt: Das find ich schon gar nicht in diesem Fetthaufen. Woraufhin sie sich aufrichtet, sich umdreht zu ihm und sagt: Willst du mich jetzt ficken oder beleidigen?

Aber, Janine, sagt Manuel F. zärtlich und küsst ihre Brüste, die nackt über den hinuntergeschobenen Büstenhalter hängen. Aber der steht ja gar nicht, sagt Janine K. und zeigt auf den Schwanz. Weil du dich so plötzlich umgedreht hast und mich anschaust, sagt Manuel F. Hat er sich erschreckt, der Arme, sagt Janine K. und will nach ihm greifen. Jetzt komm ins Bett, sagt Manuel F. und läuft voraus, da geht es leichter. Aber in einer halben Stunde kommt Melanie, sagt sie, da muss ich ihr das Essen richten. Wie alt ist sie denn schon?, sagt er. Die kannst du nicht ficken, sagt sie, die ist erst zehn. Spinnst du, Janine, sagt Manuel F., das ist meine Tochter. Als ob euch das nicht wurscht wäre, sagt sie, wenn es darauf ankommt. Ankommt?, sagt Manuel F., auf was ankommt? Auf euch, sagt Janine K., auf euch, auf wen denn sonst?

Jetzt gib ihn schon her, sagt Janine K., schlägt ihm die Hände weg, nimmt seinen Schwanz und lutscht ihn, bis er hart ist. Aber kaum lässt sie ihn los, wirft sich nach hinten aufs Bett und gibt die Beine auseinander, schon fällt er wieder in sich zusammen. Das heißt, er fällt nicht gleich in sich zusammen, sondern auf dem Stück Weg, das er bis zu Janine K.s offenen Schamlippen zurücklegen muss, sieht sie ihn sukzessive in sich zusammenfallen, und schon ist er, kommt er zwischen ihren Schamlippen an, und da kann Manuel F. noch so schnell mit dem stehenden Schwanz die Entfernung überwinden und ihn zwischen die Schamlippen hineinschieben wollen, nur mehr ein Fleischpatzen, der zwischen den Schamlippen herumliegt. Und auch wenn Janine K. den steifen Schwanz festhält und ihn zusammendrückt an der Wurzel, um das Zurückfließen des Bluts zu verhindern, ist er nach der Hälfte des Weges zu Nichts zerfallen.

Manuel, sagt Janine K. nach dem dritten Versuch, nicht bös sein, aber wenn du nicht kannst, wie sollen wir da ein gemeinsames Leben aufbauen? Worauf Manuel F. sagt: Wenn du dich bemühst, dann geht's schon. Worauf Janine K. sagt: Du brauchst nicht eine, die sich bemüht, Manuel F., du brauchst eine Krankenschwester. Und: Die Frau, die ich jetzt kenne, kann das besser als du.

Welche Frau?, sagt Manuel F.

Die Frau, die ich kenne, sagt Janine K.

Du bist mit einer Frau zusammen?, sagt Manuel F.

Ja, sagt Janine K., und die kann das besser als du.

Eine Frau kann das besser als ich?, sagt Manuel F. Du fickst mit einer Frau, und die Frau kann das besser als ich?, sagt er.

Ja, sagt Janine K., was mach ich also mit dir da in meiner Wohnung, wenn du nicht kannst?

Ich kann, sagt Manuel F., aber du lesbische Drecksau bist unfähig.

Scherzbold, sagt Janine K. und lacht, du hast schon damals nicht können. Du hast noch nie richtig können. Der war ja damals schon zum Wegschmeißen, der Schwanz.

Lass meinen Schwanz in Ruh, sagt Manuel F.

Jetzt hab ich gehofft, bei dieser Schlampe von Helga hast du wenigstens das Ficken gelernt, sagt Janine K., ich lad dich zum Naturschnitzel ein in der Meinung, jetzt hast du es endlich gelernt, aber einen Dreck hast du. Du kannst ja noch viel weniger ficken als vorher.

Manuel F. drückt ihr mit beiden Händen den Hals zu. Janine K. strampelt. Sie gibt ihm einen Kinnhaken, dass er aus dem Bett fällt, springt selbst aus dem Bett und läuft in die Küche. Ehe sie die Wohnungstür erreicht, hat Manuel F. ihr eines der Küchenmesser in den Rücken gerammt. Sie fällt zu Boden. Sie dreht sich um und will etwas sagen. Er rammt ihr das Messer in die Brust. Es knirscht, als das Messer an einer Rippe abrutscht und zwischen den Rippen durch weiter in den Leib fährt. Als Janine K. den Kopf hebt, sie möchte noch immer etwas sagen, sticht er ihr in den Hals. Was sie hätte sagen wollen, geht in einem Röcheln unter. Er zieht das Messer heraus und rammt es ihr genau unterhalb des Kehlkopfs ein zweites Mal in den Hals. Um das Röcheln zu beenden, gibt er später zu Protokoll, und damit sie endlich die Goschen hält. Und als man ihn fragt, ob er Janine K., angesichts der Druckspuren an ihrem Hals, auch gewürgt habe, sagt er: Es ist sehr eng in der Küche. Wahrscheinlich bin ich ihr beim Hinausgehen auf den Hals gestiegen.

Was würdest du sagen, wenn ich dich mit einer Frau betrüge?, sagt Claudia.

Nichts, sagt Jack.

Das würde dir nichts ausmachen?, sagt Claudia.

Nein, sagt Jack.

Was, sagt Claudia, das würde dir nichts ausmachen, wenn ich sage, gestern hab ich mit einer Frau geschlafen und die war besser als du?

Nein, sagt Jack, denn wir lassen uns ja sowieso scheiden.

Wir lassen uns scheiden?, sagt Claudia.

Lassen wir uns nicht scheiden?, sagt Jack.

Was du immer mit der Scheidung hast, sagt Claudia.

Jack lacht.

Du nervst mich allmählich, sagt Claudia, mit deinem andauernden Scheidenlassen.

Scherz, sagt Jack, trinken wir noch eine Flasche?

Ein ziemlich blöder Scherz, sagt Claudia.

Also, trinken wir noch eine Flasche oder nicht?, sagt Jack.

Meinetwegen, sagt Claudia, aber ich möchte trotzdem wissen, was du immer mit der Scheidung hast. Es vergeht ja kein Tag, wo du nicht von der Scheidung redest.

Du übertreibst, sagt Jack. Jeden Tag rede ich nicht von der Scheidung. Jeden Tag sehen wir uns doch gar nicht. Jeden Tag reden wir doch gar nicht miteinander. Und außerdem, sagt Jack zärtlich und nimmt Claudias Hand, unsere Partei sähe das gar nicht gern. Heuer hat sich der Chef scheiden lassen, also kann ich mich frühestens nächstes Jahr scheiden lassen. Wir sind eine christliche Partei.

Du kannst nur blöd reden, sagt Claudia, aber ich möchte wissen: Steckt was dahinter?

Wo dahinter?, sagt Jack.

Hinter deinem ständigen Reden von der Scheidung, sagt Claudia.

Nichts steckt dahinter, sagt Jack.

Wirklich nicht?, sagt Claudia. Sie beugt sich über den Tisch und schaut ihm in die Augen. Ich sag dir nur eins, sagt Claudia, wenn du dich scheiden lässt, räume ich dich ab wie einen Christbaum.

Was?, sagt Jack.

Auch nur ein Scherz, sagt Claudia und lacht.

Das wird dir sicher nicht gelingen, sagt Jack, meine Anwälte sind besser. Und du kannst putzen gehen.

Das werden wir ja sehen, sagt Claudia, wer wo putzen geht.

Du, sagt Jack, das weiß ich genau. Und ich weiß auch schon wo. Bei den Hammerschlags, die brauchen eh einen zweiten Haustrampel in ihrer Villa.

Das glaube ich nicht, sagt Claudia. Da wirst eher du bei mir den Rasen mähen für fünf Euro die Stunde. Denn das Haus bekomme todsicher ich, samt Garten, und natürlich das Haus am See.

Du bekommst überhaupt nichts, sagt Jack, außer einen Tritt in den Arsch.

Sehr fein, deine Scherze, sagt Claudia und lehnt sich zurück.

Wo wir uns doch eh scheiden lassen, sagt Jack und lacht. Aber was reden wir denn da, sagt Jack.

Genau, sagt Claudia, was reden wir denn da.

Trinken wir lieber noch eine Flasche, sagt Jack, wo es gerade so lustig ist. Wo ist denn der Kellner?

Sehr lustig, sagt Claudia. War es in deinem herrschaftlichen Elternhaus auch immer so lustig?

Noch viel lustiger, sagt Jack. Was wir gelacht haben. Meine Kindheit war eine einzige Lachorgie. Meine Eltern sind ja auch die lustigsten Menschen der Welt. Du kennst sie doch. Sind die nicht lustig? Du kannst dich ja auch nie halten vor Lachen bei unseren Soupers, sagt Jack, wenn du meinem Vater gegenübersitzt. Ist er nicht einer der Witzigsten? Einer der Beliebtesten? Überhaupt bei uns Kindern. Wenn er aufgetaucht ist, hat das Haus nur so gebebt vor Gelächter. Und die Weihnachten erst, sagt Jack, du kennst sie ja! Da bist du hinterher ja auch immer vollkommen fertig von dem Gelächter und dem hinreißenden Humor meines Vaters.

Ist schon gut, Jack, sagt Claudia, beruhig dich wieder.

Oder bei unserem letzten Familientreffen, sagt Jack, da hast du dich ja beinahe zu Tode gelacht.

Jack, bitte, sagt Claudia.

Meine Mutter und du in der Loggia, sagt Jack. Ich hab euch ja richtig brüllen gehört vor Lachen. Meine Mutter ist ja auch eine, die es gar nicht erwarten kann loszulachen. Die es gar nicht aushält, andere nicht zum Lachen zu bringen. Die ganz begierig darauf ist, dich zu sehen. Die auch ständig fragt: Wann kommt Claudia wieder? Claudia wird doch mitkommen? Und du bist ja auch immer begierig darauf, meine Mutter zu sehen. Du fragst ja auch immer: Wann darf ich endlich wieder deine Mutter sehen? Wann kann ich endlich wieder bei ihr in der Loggia sitzen und mit ihr brüllen vor Lachen. Oder ist es nicht so?

Claudia antwortet nicht. Er packt ihren Arm, reißt sie an sich. Oder ist es nicht so?, brüllt er.

Ja, sagt Claudia, es ist so. Und brüll nicht.

Er sinkt in seinen Sessel zurück. Er schweigt. Er nimmt die Serviette von seinen Knien, faltet sie und legt sie auf den Tisch zurück.

Plötzlich beugt er sich über den Tisch und sagt: Du wolltest doch wissen, was ich sagen würde, wenn du mit einer Frau schläfst?

Jetzt nicht mehr, sagt Claudia.

Das kann ich dir gern sagen, sagt er.

Nein, danke, sagt sie.

Nichts würde ich sagen, sagt er, sondern dich so lange durchficken, bis du nicht mehr weißt, ist der, der dir gerade das Arschloch zerreißt, eine Frau mit einem Handmixer oder ein Mann mit seinem Schwanz.

Sehr nobel, sagt Claudia.

Du wolltest es wissen, sagt Jack.

Jetzt weiß ich es, sagt Claudia.

Und ich hoffe, du merkst es dir auch, sagt Jack.

Sicher, sagt Claudia, das merke ich mir.

Dann ist es ja gut, sagt Jack. Kein Wein mehr, sagt er und steht auf, wir gehen.

Aber ob du das auch schaffst, sagt Claudia.

Was, sagt Jack, dich durchficken?

Ja, sagt Claudia.

Spielend, sagt Jack, und wenn nicht, engagier ich dir gern ein paar Schwänze aus der christlichen Parteijugend, die sind ordentlich ausgehungert, die schaffen das.

Du bist das Letzte, sagt Claudia und geht.

Ist doch wurscht, oder?, sagt Jack lachend. Wo wir uns eh scheiden lassen. Und hakt sich bei ihr ein.

Gleich am Anfang: Es freut mich ja so, dass ihr kommen konntet, wo Franz doch so viel zu tun hat, wie man hört, sagt Lisas Kusine Birgit und nickt Franz liebevoll zu. Und nachdem sie das Geschenk auf dem Geschenkstisch im Wohnzimmer abgelegt haben und ein Glas Sekt überreicht bekommen – den hat Thomas aus Paris mitgebracht, sagt Birgit, mit oder ohne Orangensaft? –, werden Franz und Lisa in den Garten geführt.

Hier unter der Terrasse hat Thomas die Sauna einbauen lassen, sagt Birgit und öffnet die Holztür.

Wunderbar, sagt Lisa. Ich liebe Sauna. Was ist denn das für ein Holz?

Und unseren Bioteich habt ihr ja auch noch nicht gesehen, sagt Birgit, von Thomas eigenhändig angelegt. Er hat ja keine Ahnung davon. Aber stundenlang hat er gegoogelt, ganze Tage bei den Nachbarn verbracht, die ja auch einen haben. Was ich mitgemacht habe, sagt Birgit. Ständig nur: Dieser Untergrund ist besser als jener, Fische oder keine Fische, Steg oder kein Steg, wie pflegt man ihn, was muss man machen, damit er nicht verschlammt.

Schaut wirklich toll aus, sagt Lisa. Aber einen Teich wollen wir eher nicht, sagt Lisa. Eher ein aufblasbares Bassin. Das heißt Robby wünscht es sich zu seinem zwölften Geburtstag.

Robby, sagt Birgit, wo ist Robby? Wieso ist er nicht mit?

Er hat Schularbeiten, sagt Lisa.

Er ist ja so gelungen, euer Robby, sagt Birgit, so aufgeweckt. Ich mag ihn gern. Und Corinne?

Die schläft sicher schon, sagt Lisa, hoffentlich, und der Babysitter sicher auch.

Apropos Baby, sagt Birgit und zeigt die ferngesteuerten Jalousien an den Terrassentüren, habt ihr das gelesen von diesem Joachim P.? So etwas von gefühlskalt. Das ist doch entsetzlich, oder?

Und das ist der neue Induktionskochherd, sagt Birgit in der Küche. Ich hab ja gesagt, nein, so etwas kommt mir nicht ins Haus. Induktionskochherd, was soll das sein, was soll ich damit, was kann der, was mein alter Herd nicht kann. Aber Thomas hat bestanden darauf. Ein Induktionskochherd muss her, du immer mit deinen altmodischen Ansichten, ihr kennt ihn ja, wie er redet, sagt Birgit, ein Induktionskochherd ist das Neueste und Beste am Markt.

Und, sagt Lisa, hat er Recht gehabt?

Und wie er Recht gehabt hat, sagt Birgit.

Denn wir überlegen ja auch, sagt Lisa. Besser gesagt, Franz will mir den unbedingt einreden fürs neue Haus, aber ich weiß nicht.

Franz hat Recht, sagt Birgit lachend, Franz weiß, was Frauen wünschen. Auch wenn sie selber noch nicht wissen, was sie wünschen. Hab ich nicht Recht, Franz?

Sie stößt ihn an, zwinkert ihm zu, Franz lacht, schaut Lisa an und lacht noch einmal. Genau, sagt er.

Und welche Type hättest du gern?, sagt Birgit zu Franz.

Ich weiß noch nicht, sagt Franz.

So einen wie den, hat er gemeint, sagt Lisa. Der wär der richtige für uns. Von dem schwärmst du doch schon die ganze Zeit, sagt Lisa, oder?

Oh, sagt Birgit, entschuldigt bitte, Roswitha und Tom sind da. Und läuft aus der Küche.

Was schaust du so, sagt Lisa.

Wie schau ich denn?, sagt Franz.

Was schaltest du nicht gleich. Was steigst du nicht gleich ein, sagt Lisa, wenn ich dir schon das Hölzl werfe.

Aber von einem Induktionskochherd war doch nie die Rede, sagt Franz, oder von einer Sauna.

Wurscht, sagt Lisa, jetzt war die Rede davon. Und du schaust nur, anstatt Interesse zu zeigen, anstatt mitzuspielen: Bei welcher Firma habt ihr die Sauna machen lassen? Telefonnummer? Adresse? Wir wollen sie nicht unter der Terrasse, denn das Haus in Brunn am Gebirge hat eine sehr große Terrasse. Da wollen wir lieber den Weinkeller. Bisschen reden, reden, reden, sagt Lisa, nicht so herumstehen und schauen und so tun, als wüsstest du von nichts.

Wieso?, sagt Franz. Ist denn das schon so sicher mit dem Haus in Brunn am Gebirge?

Was macht ihr in der Küche?, sagt Thomas. Toller Herd, oder?

Ja, super, sagt Franz, wo hast du den gekauft?

Aber das wird ja sicher was werden, sagt Thomas im Wohnzimmer, mit deiner Beförderung. Siehst du denn nicht, Schatz, sagt Thomas zu seiner Frau und rückt die Geschenke zusammen, um einem großen Geschenk Platz zu machen, der Geschenkstisch ist immer noch viel zu klein. Oder nicht?, sagt er zu Franz. Was soll denn einer Beförderung bei dir noch im Wege stehen?

Ja, ich weiß nicht, sagt Franz.

Bei deiner Qualifikation, sagt Thomas.

Ja, sicher, sagt Franz, aber du weißt doch ...

Wie lang bist du jetzt im Rathaus?, sagt Thomas.

Zwölf Jahre, sagt Franz.

Zwölf Jahre?, sagt Thomas.

Ja, sagt Franz.

Und wie lang bist du jetzt schon auf diesem Posten?, sagt Thomas. Oh, sagt Thomas, ich glaub, es geht ans Gratulieren. Haben alle volle Gläser? Wo ist das Geburtstagskind? Bitte nachschenken. Kommt ihr bitte. Wo ist Birgit? Birgit, ruft Thomas, wir wollen dir zum Zwanzigsten gratulieren.

Hier bin ich, ruft Birgit. Aber wer ist dieser Herr? Mit zwanzig kenne ich diesen Herrn doch noch gar nicht, sagt Birgit.

Gelächter.

Gratulationen, Absingen von Liedern, Wangenküsse und das Auspacken der Geschenke.

Großartig hast du wieder gekocht, ruft Thomas beim Essen. Das hättest du mit zwanzig noch nicht können.

Dafür aber sicher etwas anderes umso besser, ruft einer vom Ende des Tisches.

Gelächter.

Du stehst vor einer Beförderung?, sagt Lisas Vater. Gratulation.

Ja, sagt Franz, aber ...

Es wird auch schon Zeit, sagt Lisas Vater. Ein bisschen mehr Geld könntet ihr schon brauchen.

Ja, sagt Franz.

Lisa verdient ja gut, aber mein Grundsatz war immer, ein Mann muss mehr verdienen als seine Frau, dann ist die Ehe glücklich, sagt Lisas Vater. Wann ist es so weit?

Was?, sagt Franz.

Die Beförderung, sagt Lisas Vater.

Im nächsten Monat, sagt Franz, aber es ist noch nicht klar ...

Sehr gut, sagt Lisas Vater. Das hast du gut gemacht. Zu Lisa hab ich immer gesagt: Der Franz ist tüchtig. In dem Franz steckt was. In dem Franz steckt viel. Feuere ihn an, motivier ihn. Er braucht das. Er neigt dazu, sich unter seinem Wert zu verkaufen.

Ja, sagt Franz.

Du hast zwei Kinder, sagt Lisas Vater, das kostet.

Ja, sagt Franz.

Und du hast Lisa. Sie ist eine Draufgängerin, sagt Lisas Vater. Was sie sich in den Kopf setzt, das schafft sie. Und du wirst es auch schaffen, sagt Lisas Vater.

Ja, sagt Franz.

Oder wirst du es nicht schaffen?, sagt Lisas Vater.

Doch, sagt Franz.

Richtig so, sagt Lisas Vater. Willst du noch Fleisch? Das ist heut besonders gut. Ich dürft eigentlich nicht, aber ich kann nicht nein sagen, sagt Lisas Vater und mustert die Bratenstücke vor sich, ehe er zusticht.

Du sollst nicht sagen: vielleicht, eventuell, du weißt noch nicht genau. Du sollst sagen: Ich werde Abteilungsleiter, und Schluss, flüstert Lisa.

Aber ich weiß es doch noch nicht, flüstert Franz.

Den anderen gegenüber weißt du es, flüstert Lisa. Sie schiebt ihm das Fleisch vom Tellerrand in die Mitte des Tellers. Und sei etwas verbindlicher, flüstert Lisa.

Aber ich rede doch, flüstert Franz.

Zu wenig, flüstert Lisa. Und lächeln, flüstert Lisa, dem anderen interessiert zuhören, Fragen stellen, in die Augen schauen und lächeln. Mehr lächeln. Du lächelst überhaupt nicht. Was hast du gegen meinen Vater?

Ja, sagt Bernhard, wir gehen nach Deutschland, Wuppertal. Ist doch toll, oder?

Aber du hast deinen Betrieb doch hier?, sagt Franz.

Dort entsteht etwas Großes, sagt Bernhard, und mein Know-how ist gefragt. Vor allem meine guten Beziehungen.

Deine guten Beziehungen?, sagt Franz.

Zu den Slowaken, sagt Bernhard. Da ist ein Vermögen drin.

Und dein Betrieb?, sagt Franz.

Gecancelt, sagt Bernhard. Ohne erstklassige Beziehungen zum Rathaus, keine Chance. Die fetten Aufträge, sagt Bernhard, kriegen immer die anderen.

Und was sagt Elke dazu?, sagt Franz.

Die ist nicht begeistert, sagt Bernhard. Aber wenn der Rubel rollt, und er wird rollen, sagt Bernhard, ist sie die Erste, die nicht mehr zurückwill. Du wirst sehen, Franz. Wenn es so weit ist, lass ich dich einfliegen mit Lisa. Oder hast du Flugangst?, sagt Bernhard lachend. Da trink, sagt Bernhard und schenkt Franz das Glas voll, auf mich! Auf deine Beförderung! Auf die Zukunft! Auf unsere Zukunft! Da geht die Post ab, sagt Bernhard, endlich. Er steht auf, bereits etwas schwankend, und ruft: Auf Franz und seine Beförderung! Und auf Wuppertal!

Unser Geschenk hat durchaus mithalten können mit den Geschenken der anderen, sagt Lisa im Auto, oder?

Ja, sagt Franz.

Schon, sagt Lisa, oder?

Ja, sagt Franz, es hat sehr gut ausgeschaut.

Find ich auch, sagt Lisa.

Ja, sagt Franz, unbedingt.

Es war zwar nicht so groß, ein bisschen kleiner, sagt Lisa, aber teuer. Sicher teurer als das von der Elke, sagt Lisa.

Aber es war wirklich eine Überraschung, sagt Franz.

Was?, sagt Lisa.

Das von der Elke, sagt Franz.

Unseres war keine Überraschung?, sagt Lisa.

Doch auch, sagt Franz.

Ich hab schon den Eindruck gehabt, sagt Lisa, dass Birgit überrascht war.

Sehr sogar, sagt Franz.

Hast du nicht den Eindruck gehabt?, sagt Lisa.

Doch, ja, sagt Franz.

Also ich hab schon den Eindruck gehabt, sagt Lisa, dass sie überrascht war.

Vor allem hat sie sich sehr gefreut, sagt Franz.

Ja?, sagt Lisa. Du meinst, sie hat sich sehr gefreut?

Und ob, sagt Franz.

Woran hast du das gemerkt?, sagt Lisa.

Was?, sagt Franz.

Dass sie sich gefreut hat, sagt Lisa.

Sie hat dich drei Mal geküsst, sagt Franz, Elke nur zwei Mal.

Das hast du bemerkt?, sagt Lisa lachend.

Sicher, sagt Franz, du nicht?

Natürlich hab ich das bemerkt, sagt Lisa. Ich hab mir noch gedacht, sie küsst mich drei Mal, was an sich schon ungewöhnlich ist, sagt Lisa, da bin ich aber neugierig, wie oft sie Elke küssen wird.

Hast du gedacht, vier Mal?, sagt Franz.

Lisa lacht. Mehr als drei Mal sicher nicht, sagt Lisa. Aber sie hat sie nicht drei Mal geküsst, sondern nur zwei Mal. Sind wir kindisch, sagt Lisa. Hast du eine Zigarette? Jetzt hätte ich Lust auf eine Zigarette.

Leider nicht, sagt Franz, ich rauche ja nicht mehr.

Aber hat man unserem Geschenk auch angesehen, dass es viel teurer ist?, sagt Lisa.

Sicher, sagt Franz.

Denn wenn schon teurer, sagt Lisa, dann sollte man auch bemerken, dass es teurer ist.

Das hat jeder bemerkt, sagt Franz.

Glaubst du?, sagt Lisa. Auch wenn du nicht mehr rauchst, sagt Lisa, Zigaretten könntest du schon eingesteckt haben.

Tut mir leid, sagt Franz, soll ich welche kaufen?

Nein, sagt Lisa. Also du findest schon, sagt Lisa, dass man es unserem Geschenk angesehen hat?

Ja, sagt Franz. Deine Mutter hat noch zu mir gesagt: Aber so etwas Teures hättet ihr nicht kaufen müssen.

Das hat sie gesagt?, sagt Lisa.

Ja, sagt Franz, hast du es nicht gehört?

Nein, sagt Lisa, wann hat sie das gesagt?

Gleich nachdem Birgit das Geschenk ausgepackt hat, sagt Franz.

Wieso hab ich das nicht gehört?, sagt Lisa. Da hätte ich mich den ganzen Abend gleich viel wohler gefühlt. Sie lacht.

Du bist zu weit weg gestanden, sagt Franz. Du bist näher bei Elke gestanden, und ich bin weiter hinten bei deiner Mutter gestanden.

Das stimmt, sagt Lisa.

Eindruck hat das Geschenk auf alle Fälle gemacht, sagt Franz. Nicht nur, weil es teurer war, sagt Franz. Du hast ja gehört, wie alle aufgestöhnt haben vor Überraschung.

Ja, sagt Lisa. Dabei hat sich Elke so bemüht, sagt Lisa. Am Telefon hat sie mir noch erzählt, wie verzweifelt sie herumgeirrt ist in der Stadt, um ein passendes Geschenk zu finden.

Dein Bruder geht nach Deutschland, sagt Franz, weißt du das?

Ja, sicher, sagt Lisa.

Mit der ganzen Familie, sagt Franz.

Warum nicht mit der ganzen Familie?, sagt Lisa.

Ist das nicht etwas überstürzt?, sagt Franz.

Was heißt überstürzt?, sagt Lisa. Wenn er dort die besseren Chancen hat? Warum sollte er nicht gehen? Das Eisen muss man schmieden, solange es heiß ist. Wer wagt, gewinnt. Dir vollkommen fremd, sagt Lisa, oder?

Bei Robby brennt noch Licht, sagt Franz beim Einparken.

Wann hab ich gesagt, dass du schlafen gehen sollst?, schreit Lisa in Robbys Zimmer. Wie lang, hab ich gesagt, darfst du Computer spielen?, schreit Lisa. Und wie spät ist es jetzt?, schreit Lisa. Drei Tage Spielverbot!, schreit Lisa. Drei Tage, und wenn ich dich erwischen sollte, schreit Lisa, eine ganze Woche. Ist das klar?, schreit Lisa. Ob das klar ist?

Trinken wir noch einen Cognac, sagt Lisa im Wohnzimmer. Sie lässt sich ins Sofa fallen, streift die Schuhe ab, legt die Füße auf den Tisch.

Ich bin ziemlich fertig, sagt sie, du nicht?

Franz bringt zwei Gläser mit Cognac, reicht eines Lisa.

Lisa nimmt einen Schluck und schaut vor sich hin.

Wieso haben wir keine Zigaretten im Haus?, sagt Lisa. Wieso kaufst du keine? Es geht ja nicht in erster Linie um mich, sagt Lisa, aber wenn wir Gäste haben? Und wir haben doch oft Gäste, oder?

Tut mir leid, sagt Franz.

Lisa schweigt, bewegt ihre Zehen.

Was ich dir noch erzählen wollte, sagt Lisa.

Ja?, sagt Franz.

Ach, nichts, sagt Lisa. Eigentlich nicht wichtig. Gehen wir schlafen, sagt Lisa und trinkt das Glas aus.

Willst du noch einen?, sagt Franz.

Nein, sagt Lisa und steht auf.

Oder vielleicht doch, sagt Lisa und setzt sich wieder.

Franz holt die Cognacflasche und schenkt ein.

Es ist schon komisch, sagt Lisa.

Was ist komisch?, sagt Franz.

Was mir meine Mutter erzählt hat, sagt Lisa.

Heute?, sagt Franz.

Ja, sagt Lisa.

Was?, sagt Franz.

Dass ihr vorige Woche, Papa war ja noch auf Kur, sagt Lisa, das Warmwasser ausgefallen ist. Sie hat versucht, es selber wieder hinzukriegen, aber es ging nicht. Da hat sie Bernhard angerufen, der auch gleich gekommen ist, ein paar Handgriffe und alles hat wieder funktioniert. Das war aber nicht das Entscheidende, sagt Lisa.

Sondern?, sagt Franz.

Wie sie mir das erzählt hat, sagt Lisa.

Wie?, sagt Franz.

Vollkommen außer sich, sagt Lisa. Stell dir vor, der Bernhard war da. Stell dir vor, ich hab angerufen und schon war er da. In einer Viertelstunde. Er hat sogar das Abendessen unterbrochen. Stell dir vor, mitten im Essen ist er aufgestanden und zu mir gekommen. Er hätte ja auch erst in einer Stunde kommen können oder am nächsten Tag. Er hätte ja auch sagen können: Wir sind gerade beim Essen, ich muss die Kinder zu Bett bringen, ich komme morgen. Aber nein, der Bernhard nicht, der Bernhard ist sofort gekommen. Und das sagt sie mir mit Tränen in den Augen, sagt Lisa. Das musst du dir vorstellen, sagt Lisa. Meine Mutter steht da und erzählt mir mit Tränen der Rührung in den Augen, dass Bernhard gleich vom Essen aufgestanden ist und zu ihr gekommen.

Lisa nimmt die Flasche und schenkt sich noch einmal Cognac ein.

Da kann ich noch so oft in der Nacht kommen und ihr schmerzstillende Pillen bringen, sagt Lisa. Da kann ich, während Papa auf Kur ist und sie ihr gebrochenes Bein hat, mitten im Schul- und Arbeitsstress, noch so oft mit dem Auto ausrücken und sie ins Krankenhaus bringen, nicht ein Mal, sondern drei Mal in der Woche. Da kann ich noch so sehr ständig parat sitzen und auf ihren Anruf warten: Ich brauch ein Achtel Butter, ich hab kein Brot mehr daheim, könntest du mir nicht vom Supermarkt eine Packung Nudeln bringen, könntest du mir nicht einen Kaffee bringen, mir ist der Kaffee ausgegangen und Renate kommt zu Besuch. Da kann ich noch so sehr tun, was sie will, sagt Lisa, das ist alles selbstverständlich für sie. Da gibt es kein Wort der Anerkennung, kein Wort der Einsicht, dass es für mich ja nicht leicht ist, neben Kindern, Beruf, Haushalt auch noch sie zu versorgen. Kein Wort. Nicht ein einziges Wort. Geschweige denn eine Träne. Aber kaum kommt der Herr Sohn ein Mal vorbei, um ihr das Warmwasser einzuschalten, schon ist das für sie der Himmel auf Erden. Schon kann sie sich nicht mehr halten vor Begeisterung. Schon wird sie nicht müde, das an die große Glocke zu hängen: Mein Sohn ist gekommen, was hab ich nicht für einen prächtigen Sohn, stellt euch vor, extra ist er vom Essen aufgestanden, der Arme, um zu seiner Mutter zu kommen! Wenn das nicht einen Haufen Tränen wert ist! Aber das, was ich für sie tue, und zwar nicht ein Mal, sondern ununterbrochen, sagt Lisa, das war dieser Alten noch nie eine Träne der Rührung wert.

Erstechen wollt ich sie nicht, Herr Rat, sagt Manuel F. zum Untersuchungsrichter. Ich hab sie ja geliebt. Ich wollte sie festhalten. Einfach nur festhalten. Damit sie da bleibt und mir zuhört. Aber sie ist nicht da geblieben. Sie ist aufgesprungen und davongelaufen und hat mich sitzen lassen. Da war ich aber noch nicht fertig mit dem, was ich sagen wollte. Ich hab noch gar nicht angefangen gehabt mit dem, was ich sagen wollte. Nein, ich hab sie auch nicht erwürgen wollen, Herr Anwalt, sagt Manuel F. zu seinem Anwalt. Ich hab nur wollen, dass sie den Mund hält, damit ich auch einmal reden kann. Sie hat ja die ganze Zeit geredet, aber mich nicht zu Wort kommen lassen. Und sie hat ja nicht nur geredet, sie hat mich attackiert. Da muss ich ja auch einmal zu Wort kommen dürfen, um etwas dagegen zu sagen, oder? Da muss ich ja auch einmal die Möglichkeit haben, ihr zu sagen, dass sie nicht Recht hat mit dem, was sie sagt, oder? Wie würden denn Sie reagieren, Herr Anwalt, wenn Ihnen dauernd einer sagt: Sie können nicht, Sie können nicht. Und Sie wollen etwas dagegen sagen, aber Sie kommen nicht dazu, etwas dagegen zu sagen, weil der andere immer noch sagt: Sie können nicht, Sie können nicht. Und er hört auch nicht auf damit. Er hört einfach nicht auf damit. Immer wieder: Sie können nicht, Sie können nicht. Sie setzen an, etwas dagegen zu sagen, Sie denken sich, jetzt macht er eine Pause, jetzt schnell etwas dagegen sagen, aber der andere ist schneller und sagt schon wieder, mitten in Ihr erstes Wort hinein: Sie können nicht, Sie können nicht. Das macht einen ja fertig mit den Nerven. Oder? Würde Sie das nicht fertigmachen mit den Nerven, Herr Rat?, sagt Manuel F. zum Untersuchungsrichter. Noch dazu, wenn man genau weiß, man kann sehr wohl. Und ich hab genau gewusst, ich kann sehr wohl. Aber vielleicht nicht sofort, vielleicht nicht in der Situation. Aber sicher in einer anderen Situation, die ja nicht unmöglich ist, die schon kommen wird, die sicher kommen wird, die bei mir immer gekommen ist, die man halt abwarten muss. Das wollte ich ihr sagen. Das wollte ich ihr in aller Ruhe sagen. Aber sie hat mir keine Ruhe gelassen, damit ich das sagen kann. Und sie weiß doch, dass es bei mir nicht so einfach ist, dass ich eine Situation brauche. Sie war ja lange genug beisammen mit mir. Vorher. Vor dem einen Jahr. Sie weiß ja, dass ich seit dem Unfall, den ich gehabt hab, eine Situation brauche, und dann kann ich sehr gut. Dass ich dann immer sehr gut kann. Das weiß sie. Das hat sie ja erlebt mit mir. Die Situation, die ich brauche und in der ich dann sehr gut kann. Die hat sie ja haarscharf erlebt mit mir, Herr Doktor, sagt Manuel F. zum Gerichtspsychiater. Darauf wollte ich sie ja aufmerksam machen. Das wollte ich ihr ja dauernd sagen: Jetzt hör zu, jetzt denk doch daran, dass ich den Unfall gehabt hab, das weißt du doch noch, und dass ich eine Situation brauche, die kennst du doch, in der ich sehr gut kann, daran wirst du dich doch noch erinnern können, dass ich in der Situation dann sehr gut kann. Aber es war nichts zu machen mit ihr. Sie wollte das letzte Wort haben. Sie hätte das letzte Wort ja auch haben können, Herr Anwalt, aber mich vorher etwas sagen lassen. Aber nein. Sie wollte nicht, dass ich vorher etwas sage. Sie wollte sich nicht abbringen lassen davon, dass ich nicht kann. Und dass diese Frau es nicht besser können kann. Eine Frau. Wie soll eine Frau das besser können ohne Schwanz als ich mit Schwanz? Das wollte ich sie fragen. Ja, das wollte ich wissen. Denn ich weiß, dass die es nicht besser können kann. Sie weiß es ja auch. Ich bin ganz sicher, sie weiß es auch. Sie wollte es sich aber nicht nehmen lassen, dass diese Frau das besser kann. Sie wollte mich nicht fragen lassen, damit sie sich nicht eingestehen muss, dass es wahr ist, dass diese Frau es natürlich überhaupt nicht besser können kann als ich. Dass ich Recht habe, mit der Frau, dass die es nicht besser kann, und mit mir, dass ich sehr wohl kann. Sie wollte mich ärgern. Sie wollte nicht klein beigeben. Sie wollte unter keinen Umständen klein beigeben. Aber warum nicht? Warum unbedingt nicht? Warum gerade jetzt nicht? Es wäre ihr kein Zacken aus der Krone gefallen, wenn sie jetzt, wo ich nach einem Jahr mit einer Bonbonniere zu ihr komme und sie um Verzeihung bitte, klein beigegeben hätte, oder? Wäre ihr da ein Zacken aus der Krone gefallen, Herr Rat?, sagt Manuel F. zum Untersuchungsrichter. Nein, es wäre ihr kein Zacken aus der Krone gefallen. Aber justament hat sie nicht klein beigeben wollen.

Wie stellst du dir das vor?, sagt Sabine.

Wir stellen eine Wand ins Wohnzimmer, sagt Hanno.

Eine Wand ins Wohnzimmer?, sagt Sabine.

Was sonst?, sagt Hanno. Das Wohnzimmer ist groß genug.

Sabine schweigt.

Und die Küche?, sagt Sabine.

Die benützen wir gemeinsam, sagt Hanno.

Das will ich nicht, sagt Sabine.

Dann stellen wir eine Wand auch in die Küche, sagt Hanno, die ist auch groß genug.

Wie soll das gehen?, sagt Sabine. Da ist der Herd, die Abwasch.

Dann muss halt ein zweiter Herd her, eine zweite Abwasch, sagt Hanno. Wo ist das Problem?

Und das Klo?, sagt Sabine.

Was soll mit dem Klo sein?, sagt Hanno.

Ich will auch nicht, dass wir alle auf dasselbe Klo gehen, sagt Sabine.

Dann gehst du halt hinauf zur Mama aufs Klo, sagt Hanno.

Das will ich schon gar nicht, sagt Sabine, jedes Mal die Stufen hinauf, an der Wohnungstür läuten, bitte, liebe Mama, ich muss aufs Klo, oder wie?

Mama gibt dir sicher einen Schlüssel, sagt Hanno.

Und in der Nacht soll ich da hinauftappen?, sagt Sabine.

Es gibt doch ein Ganglicht, sagt Hanno, und der Schalter ist gleich neben der Tür. Also, was willst du?

Ich will da nicht ständig hinauftappen müssen und bei Mama aufs Klo gehen, sagt Sabine, das ist doch ein Unsinn.

Du kannst auch hinuntertappen zu meiner Schwester, sagt Hanno, und dort aufs Klo gehen.

Das schon gar nicht, sagt Sabine.

Hast du was gegen meine Schwester?, sagt Hanno.

Nein, sagt Sabine. Aber der Bruno wird sicher was dagegen haben, wenn dauernd ein Fremder bei ihm am Klo sitzt.

Du bist keine Fremde, sagt Hanno.

Aber ich wohne ja nicht bei ihm, sagt Sabine, auch wenn ich keine Fremde bin. Warum soll ich dann ständig am Klo sitzen bei ihm?

Er wird sicher nichts dagegen haben, sagt Hanno. Mama redet mit ihm.

Das sagt er vielleicht, sagt Sabine, weil Mama mit ihm redet.

Du hast einen vollkommen falschen Eindruck von Bruno, sagt Hanno.

Ist wurscht, welchen Eindruck ich von ihm hab, sagt Sabine. Ich will ein eigenes Klo.

Dann machen wir halt ein zweites Klo hier, sagt Hanno. Oder du gehst auf den Kübel und leerst den Kübel aus, wenn Franziska nicht da ist.

Auf den Kübel werde ich gehen, sagt Sabine. Spinnst du vollkommen?

Dann machen wir halt das zweite Klo, sagt Hanno.

Und wo?, sagt Sabine.

Im Badezimmer, sagt Hanno.

In welchem Badezimmer?, sagt Sabine.

Wir haben ja nur eins, sagt Hanno.

Eben, sagt Sabine, wir haben nur eins. Und wem gehört das?

Mir, sagt Hanno.

Und da willst du ein Klo einbauen, sagt Sabine, auf das ich gehen soll? Franziska liegt in der Badewanne und ich sitz daneben am Klo, oder wie?

Warum nicht?, sagt Hanno.

Hanno, bitte, sagt Sabine, drehst du jetzt vollkommen durch?

Dann bauen wir eben auch ein zweites Badezimmer, sagt Hanno. Oder noch besser, sagt Hanno, wir bauen eine Dusche in deiner Küche ein und gleich dazu auch das Klo. Reicht das?

Und wer zahlt das alles?, sagt Sabine.

Die Mama hilft uns, sagt Hanno.

Das kostet doch ein Vermögen, sagt Sabine, und ich hab kein Geld.

Ich sag doch, die Mama hilft uns, sagt Hanno.

Wem uns?, sagt Sabine.

Uns, sagt Hanno.

Mir nicht, sagt Sabine.

Ich weiß nicht, was du willst, sagt Hanno.

Ich will das alles nicht, sagt Sabine. Du weißt, dass ich das alles nicht will.

Es geht aber nicht anders, sagt Hanno.

Muss denn Franziska da einziehen?, sagt Sabine. Die kann doch ruhig weiterhin in der Werkstatt schlafen.

Da hat sie schon lang genug geschlafen, sagt Hanno.

Dann wird sie auch weiterhin dort schlafen können, sagt Sabine.

Nein, sagt Hanno, das wird sie nicht.

Will sie denn überhaupt hier herziehen?, sagt Sabine. Will sie, dass hier alles auf den Kopf gestellt wird, nur wegen ihr?

Was heißt: nur wegen ihr, sagt Hanno. Sie will überhaupt nichts auf den Kopf gestellt haben. Sie will nur mit mir zusammenziehen und ich mit ihr.

Und sie ist einverstanden damit, sagt Sabine, dass deswegen hier alles umgebaut wird?

Ja, sagt Hanno, warum nicht?

Dass hier alles anders wird, sagt Sabine, für mich und für Moritz?

Lass Moritz aus dem Spiel, sagt Hanno.

Ist sie damit einverstanden oder nicht?, sagt Sabine.

Und lass auch Franziska aus dem Spiel, sagt Hanno. Ich will das so, weil es nicht anders geht, und Schluss.

Ich halt das für eine beschissene Lösung, sagt Sabine.

Du hältst das für eine beschissene Lösung?, sagt Hanno.

Ja, sagt Sabine.

Hast du eine bessere?, sagt Hanno.

Ja, sagt Sabine. Dass Franziska nicht hier einzieht, dass hier keine Mauern aufgestellt werden und dass alles so bleibt, wie es ist. Schon dem Buben zuliebe.

Moritz fährt doch sowieso nach Dublin, sagt Hanno, und ist ein Jahr weg.

Trotzdem, sagt Sabine.

Was trotzdem?, sagt Hanno.

Es ist eine einschneidende Veränderung für ihn, sagt Sabine. Oder willst du behaupten, dass das keine einschneidende Veränderung ist für ihn, wo es schon für mich eine ist?

Er weiß doch, dass wir getrennt sind, sagt Hanno, oder?

Ja, sagt Sabine. Aber so sind wir wenigstens räumlich nicht getrennt. So hat er immer noch ein Zuhause bei uns.

Er ist jetzt ein Jahr weg, sagt Hanno. Wenn er zurückkommt, ist er siebzehn. Da hält er das schon aus.

Das glaubst du?, sagt Sabine.

Ja, sagt Hanno, das glaube ich. Er ist alt genug. Hanno sagt: Das sind halt die Realitäten des Lebens.

Deine Realitäten sind das, sagt Sabine.

Willst du jetzt mit mir streiten?, sagt Hanno. Dann gehe ich überhaupt gleich. Mama hat eh schon angerufen.

Liebes, sagt Jack und küsst seine Frau auf die Wange, wir sehen uns.

Musst du nicht ins Büro?, sagt Claudia.

Gleich, sagt Jack, noch ein paar Anrufe.

Und abends bist du rechtzeitig da?, sagt Claudia.

Ich weiß nicht, sagt Jack, ich hab Sitzungen.

Marianne und John kommen, sagt Claudia, und du hast gesagt, du bist da.

Ich hab Sitzungen, sagt Jack, es ist Wahlkampf.

Er wartet, bis er Claudias Auto wegfahren hört, nimmt den Anwaltsbrief aus der Tasche, legt ihn vor sich auf den Tisch und wählt eine Nummer auf seinem Handy.

Krista, sagt Jack, du wirst doch nicht glauben, dass du damit durchkommst. Dass du eine Klage gegen mich durchstehst. Ich lass mich doch von dir nicht in den Dreck ziehen. Es ist Wahlkampf. Ich bin an der vordersten Front. Die Scheißpresse würde das mit Freude hinausposaunen. Vom Freudengeschrei der politischen Gegner will ich gar nicht reden. Ich lass mir doch von dir Schlampe nicht meine Karriere versauen. Und sie wäre im Arsch, und zwar vollkommen. Das weißt du. Auch wenn nichts dran ist, und natürlich ist nichts dran, aber ein Wort an die Öffentlichkeit und sie wäre im Arsch. Wer fragt denn schon, ob was dran ist? Der Verdacht reicht, und ich bin draußen. Hast du es darauf abgesehen? Willst du mich ruinieren? Wer hat dich denn gekauft? Jetzt sag schon, wer hat dich gekauft? Die Sozis, die Grünen? Und für wie viel? Für eine Karibikreise? Für ein Haus am Semmering?

Was heißt, das ist die Wahrheit. Einen Dreck ist das die Wahrheit. Oder hast du Zeugen? Hat jemand zugeschaut, wie du ihn mir gelutscht hast? Ich hab niemanden gesehen. Wie kommst du nur auf die absurde Idee, ich hätte dich auf die Knie gezwungen? Ich hätte meinen steifen Schwanz herausgeholt und ihn dir in den Mund gestopft? Ich hätte dich auch noch an den Haaren gerissen, damit du ordentlich bläst? Das ist doch lächerlich. Schau dich doch an! Wem willst du glaubhaft weismachen, du könntest mich aufgeilen? Mit was denn? Mit diesen Sulzlappen vielleicht, die du da unter dem Rock hervorhängen hast? Mit diesen Palatschinkenbrüsten? In dieses ausrangierte Mopsgesicht soll ich meinen Schwanz hineinstecken wollen? Wer soll dir das glauben? Und wenn er drin gesteckt ist, dann hab nicht ich ihn hineingesteckt. Wer steckt denn da freiwillig seinen Schwanz hinein? Den hast du dir selber hineingesteckt, das heißt hineinstecken wollen. Mit welcher Leidenschaft du über mich hergefallen bist und mir das Hosentürl aufgerissen hast und dir den Schwanz gekrallt, daran wirst du dich doch noch erinnern können, liebe Krista, oder nicht? Klar werde ich das aussagen. Und ob ich das aussagen werde. Mit beiden Händen bist du hineingefahren in mein Hosentürl. Und nur mit Mühe habe ich dich davon abhalten können, dir meinen Schwanz auch einzuverleiben. Du warst ja überhaupt nicht wegzubringen von meinem Hosentürl. Gebettelt und gefleht hast du: Gib mir deinen Schwanz. Bitte gib mir deinen Schwanz. Ich hab immer schon deinen Schwanz blasen wollen. Sicher werde ich das aussagen. Wer soll mir denn das Gegenteil beweisen? Wo du doch so scharf bist auf den Referentenposten, oder? Die ganze Zeit liegst du mir doch schon in den Ohren damit. Seit die Rosa in Pension gegangen ist, liegst du mir in den Ohren damit. Oder stimmt das vielleicht nicht? Das wissen doch alle, wie scharf du auf den Referentenposten bist. Das können doch alle bezeugen. Du bist fünfunddreißig. Das versteh ich ja, dass du scharf auf den Posten bist. Wer wäre es nicht? Jetzt oder nie. Die letzte Chance deines Lebens. Ja, ich weiß schon, dass du sagen wirst, ich hätte gesagt: Willst du den Posten, dann blas. Aber du weißt auch, dass ich sagen werde, dass du gesagt hast: Ich blas dir einen, krieg ich dann den Posten? Und schon warst du an meinem Hosentürl und nicht und nicht zu verscheuchen. Klar werd ich das sagen, liebe Krista. Und alle werden mir glauben. Du wirst sehen, wie mir alle glauben werden. Warum sollten sie ausgerechnet dir glauben, einer ausgehungerten kleinen Beamtenschnalle? Man sieht doch auf Kilometer, wie ausgehungert du bist und zerfressen von Ehrgeiz.

Jetzt halt mal die Luft an, du Schlampe, und hör zu. Denn ich werde nicht nur das sagen. Ich werde auch sagen, dass du mir auch dein Arschloch angetragen hast. Na, sicher hast du mir dein Arschloch angetragen. Ruckzuck bist du aus deinem Höschen geschlüpft, und wie du geschlüpft bist!, ich sehe es noch vor mir, richtig drollig!, und bist mir durch das ganze Büro nachgelaufen mit nacktem Arsch, das war erst drollig!, damit ich ihn endlich ficke. Sowieso werde ich das sagen, und zwar öffentlich. Ich scheue mich nicht, das öffentlich zu sagen. Du weißt, Krista, ich bin da ein aufgeschlossener Mensch. Ich nenne die Dinge gerne beim Namen. Und lass mich bitte mit deiner Familie in Ruh. Was scheiß ich mich um deine Familie, um deinen Mann, um deine halbwüchsigen Töchter. Die sollen das ruhig hören. Dein Mann soll ruhig hören, dass du die Genüsse, die du ihm nie angeboten hast, mir angeboten hast. Er soll ruhig hören, dass du ihm nie erlaubt hast, dich in den Arsch zu ficken, wie du mir erzählt hast. Dass ich dich aber für deinen heiß geliebten Referentenposten stundenlang hätte in den Arsch ficken können.

Kusch jetzt, Trampel, du ziehst die Klage zurück, und zwar sofort. Und überhaupt, liebe Krista, und nimm dies bitte als Abschiedsgeschenk, dein Blasen war sowieso das Letzte. Mit diesem Blasen kannst du dir nicht einmal den Posten einer Putzfrau erblasen. Oder nennst du das vielleicht ein Blasen, dieses widerwillige Auf-der-Eichel-Herumknabbern? Da hat mein ganzes Herumreißen an deinen Haaren nichts genützt. Dich muss man offenbar treten wie einen Tanzbären, damit du das Maul aufmachst. Du zeigst mich ja nur deswegen an, um dich zu rächen, weil du einen Scheiß zusammengeblasen hast. Weil du die Blamage nicht aushältst. Weil ich als Erster dahintergekommen bin, dass du als Frau eine vollkommene Niete bist, dass du nicht einmal fürs Blasen gut bist. Dein Mann lässt dich wohl im Glauben, du wärst eine tolle Frau, weil er eh jeden Tag wichsen geht, anstatt dich zu ficken. Weil du es bei ihm sowieso nicht beweisen musst. Weil er überhaupt keine Lust hat, es sich von dir beweisen zu lassen. Weil er wahrscheinlich sowieso weiß, dass du überhaupt nichts beweisen kannst, dass du sexuell eine Null bist und dass eure ganze beschissene Ehe in dem Augenblick in die Luft fliegt, in dem du es beweisen müsstest. Sicher ist das wahr. Und ob das wahr ist. Ich hab meine Informationen. Und morgen möchte ich die zurückgezogene Klage auf dem Tisch haben. Ist das klar, du Schlampe? Und such dir schon mal einen anderen Posten. Vielleicht als Kassiererin im Einkaufszentrum Nord.

Franz denkt nach, wann er glücklich gewesen ist. Er weiß, er kann heute nicht einschlafen, solange es ihm nicht einfällt, und er weiß, es fällt ihm nicht ein, solange er nicht die beste Position gefunden hat, in der er auch einschlafen kann. Er möchte sich gern auf die Seite legen, er liegt schon zu lange flach auf dem Rücken, aber er fürchtet, Lisa könnte aufwachen und sagen: Was wälzt du dich herum ständig? Ich muss schlafen. Ich hab Termine morgen. Wenn du nicht schlafen kannst, setz dich ins Wohnzimmer. Er fürchtet, wenn er zu intensiv darüber nachdenkt, wann er glücklich gewesen ist, nicht daran zu denken, dass er sich nicht wälzen darf. Und würde er sich wälzen, fürchtet er, ständig daran denken zu müssen: wacht seine Frau jetzt auf oder nicht, sodass er wieder nicht darüber nachdenken kann. Und indem er ständig daran denkt, sich nicht zu rühren, wird sein Verlangen, sich zu rühren, immer größer. Schon juckt eine Stelle auf seinem Rücken, an die er mit den Händen in seiner jetzigen Lage auf keinen Fall herankommen kann. Und während er seinen Rücken abprüft, ob es nicht auch andere Stellen gibt, die jucken, juckt auch schon eine andere Stelle. Der ganze Rücken beginnt auf einmal zu jucken. Soll er nun doch aufstehen, um sich im Wohnzimmer zu kratzen, und im Wohnzimmer darüber nachdenken, wann er glücklich gewesen ist? Aber er weiß auch zugleich, dass es sicher unmöglich sein wird, im Wohnzimmer darüber nachdenken. Auch wenn er sich vornimmt, sich genau zu diesem Zweck ins Wohnzimmer zu setzen. Denn Lisa würde trotzdem aufwachen und sagen: Was geisterst du wieder herum mitten in der Nacht?, womit es wieder vorbei wäre mit dem Nachdenken im Wohnzimmer. Auch mit dem Lesen. Falls er nicht mehr nachdenken wollte, sondern lesen. Denn auch wenn sie sagt, er soll sich ins Wohnzimmer setzen, meint sie nicht, dass er sich ins Wohnzimmer setzen soll und nachdenken oder lesen, sondern dass er sich ins Wohnzimmer setzen soll, um zu warten, ohne Nachdenken und Lesen, und zwar, bis er überzeugt ist, jetzt doch einschlafen zu können, und ins Bett zurückkommt. Denn Lisa wartet darauf, dass er zurückkommt. Auch wenn sie schläft, wartet sie darauf. Denn sie spürt ganz genau, auch im Schlaf, wenn er nicht da ist. Und er spürt, wenn er draußen sitzt, auch wenn er hört, dass sie schläft, ganz genau, wie sie darauf wartet, dass er zurückkommt. Und so wie sie im Schlafzimmer darauf hofft, dass er wieder ins Bett kommt, hofft er im Wohnzimmer darauf, dass sie nicht ins Wohnzimmer kommt. Aber sie kommt immer ins Wohnzimmer und immer, bevor er noch ins Bett kommen kann. Er kann sich nie in Sicherheit wiegen und sich denken: Heut kommt sie nicht, heut schläft sie besonders tief, heut kann ich in Ruhe, ohne weiter daran denken zu müssen, ob sie kommt oder nicht, noch eine Weile an etwas anderes denken, oder: Heut kann ich in Ruhe doch noch das Kapitel zu Ende lesen. Denn plötzlich ist sie da, immer plötzlich, immer wie aus dem Boden gewachsen, und sagt, mitten in seine Gedanken, mitten in den Satz hinein: Was ist los? Komm ins Bett. Was sitzt du da die ganze Nacht und schaust in die Luft? Oder: Was sitzt du da die ganze Nacht und liest? Dein Flaubert und seine *Erziehung des Herzens* mögen ja spannend sein, aber Beförderung kannst du dir damit keine verdienen. Sodass Franz beschließt, doch im Bett zu bleiben, sich vorsichtig auf die Seite zu drehen und sich vorsichtig zu kratzen. Was gelingt, ohne dass Lisa aufwacht. Und nach einer Weile, in der er sich immer mehr entspannt und schläfrig wird, fällt ihm fast ein, wann er glücklich gewesen ist. Aber so sehr er sich auch bemüht, gerade jetzt noch nicht einzuschlafen, sondern weiter nachzudenken, um vielleicht Genaueres zu erfahren darüber, wann er glücklich gewesen ist, schläft er ein.

Warum müssen diese Mädchen immer die Schenkel auseinandergeben, denkt Stöger. Warum können sie sie nicht zusammenhalten. Sie sitzen vor mir, schreiben ihre Schularbeit und lassen ihre Schenkel auseinanderlaufen. Warum sitzen sie auch ausgerechnet in der ersten Reihe. Warum nicht in der letzten Reihe, wo die Burschen sitzen, und die Burschen in der ersten Reihe. Immer drängen sich am Anfang des Schuljahres die Mädchen in die erste Reihe und niemals die Burschen. Ich kann sie ja nicht umsetzen mitten im Schuljahr. Ich kann ja nicht sagen: Bitte setzt euch in die letzte Reihe, wenn ihr eure Schenkel nicht im Zaum halten könnt, und gebt sie dort auseinander. Aber nicht vor mir. Ich kann doch nicht zum Herrn Direktor gehen und sagen: Lieber Herr Direktor, ich beantrage einen zusätzlichen Paragraph in der Schulordnung, der verfügt, dass Schülerinnen spätestens ab dem dreizehnten Lebensjahr nicht mehr in der ersten Reihe sitzen dürfen, da es unmöglich ist, sich zu konzentrieren als Lehrer, bei diesem ständigen Aufreißen und Zuschlagen der Schenkel, bei diesem ständigen Aufeinanderklatschen des nackten Schenkelfleischs im Sommer, bei diesem ständigen Strumpfreiben im Winter. Weil das nicht durchsetzbar ist, auch wenn unser Direktor dieselben Erfahrungen gemacht hat, und ich weiß, dass er dieselben Erfahrungen gemacht hat und nicht zuletzt auch deswegen Direktor geworden ist, um nicht täglich dem Anblick dieser Schenkel ausgesetzt zu sein. Denn in der Öffentlichkeit würde es doch sofort heißen: schwarze Pädagogik!, verklemmte Gymnasialprofessoren!, sexistische Lehrerschaft! Aber ich kann doch nicht immer wieder, bei jeder Schularbeit eine ganze Stunde lang unablässig zwischen diese Schenkel hineinschauen müssen und dabei ruhig sitzen, als gäbe es nur die sich angesichts des Schularbeitsthemas zermarternden Köpfe zu sehen. Und das ist ja nicht nur bei den Schularbeiten so. Wenn auch bei Schularbeiten am ärgsten. Denn wer hält das aus, von Goethes Gedichten zu reden und zwischen die bestrumpften Schenkel der jungen Mädchen zu schauen. Die Zeitenfolge zu erklären und zwischen die nackten Schenkel der jungen Mädchen zu schauen. Pichler sagt immer: Denen sieht man ja bis in die Gebärmutter hinein. Was aber nicht das Problem wäre. Die Gebärmutter ist für mich nie das Problem. Die Schenkel sind das Problem. Die Tatsache, dass man ihnen gerade nicht bis in die Gebärmutter sieht. Dass man gerade nicht sieht, wohin die Schenkel führen. Dass man nie das Höschen sieht. Oder haben Sie schon einmal ein Höschen gesehen?, frage ich Pichler. Und natürlich hat er noch nie ein Höschen gesehen. Aber immer von der Gebärmutter reden. Kaum ist im Konferenzzimmer von der neuen Mode der Schülerinnen die Rede, schon spricht er von der Gebärmutter, in die man hineinsieht. Dabei sieht man auch bei der neuen Mode immer nur Schenkel und nie ein Höschen, geschweige denn eine Gebärmutter. Zwar sieht man einmal weniger weit hinauf zwischen die Schenkel, dann wieder weiter hinauf zwischen die Schenkel, aber immer nur bis knapp vor das Höschen, nie das Höschen selbst und schon gar nicht bis hinein in die Gebärmutter. Immer nur bis ganz knapp vor das Höschen. Wobei man auch nur vermuten kann, dass man bis knapp vor das Höschen sieht, denn man sieht das Höschen ja nie, sodass man sagen könnte: Diese Stelle des Schenkels, die man jetzt sieht, ist ganz knapp am Höschen. Aber auch wenn man sich bückt, und gelegentlich lasse ich die Kreide ganz bewusst fallen, um mich nach ihr bücken zu müssen, und natürlich lasse ich sie immer ganz knapp vor den offenen Schenkeln fallen, womöglich vor den am weitest offen stehenden Schenkeln, man sieht kein Höschen. Aus keiner mir im Klassenzimmer zur Verfügung stehenden Perspektive. Ich zumindest habe noch nie das Höschen einer Schülerin gesehen. Und eben auch Pichler nicht. Vielleicht in einer anderen Schule. Aber in unserer Schule ausgeschlossen. Dabei würde ich gern einmal eines sehen. Und es wurmt mich, dass ich noch nie eines gesehen habe. Ich kenne zwar alle Schenkel meiner Schülerinnen, die schlanken und die muskulöseren, die schöner geformten und die fetten, aber kein einziges Höschen meiner Schülerinnen. Aber wieso nicht? Wissen sie denn so genau, wie weit sie ihre Schenkel öffnen müssen, damit man ihre Höschen genau nicht sieht? Üben sie vor einem Spiegel? Gelingt es ihnen instinktiv, das Öffnen der Schenkel genau dort zu stoppen, wo man das Höschen eben noch nicht sieht? Spüren sie es an dem feinen Luftzug auf ihrer Schenkelhaut, der entsteht, wenn sich die Schenkel öffnen? Löst dieser Luftzug an einer ganz bestimmten Stelle der Schenkel Alarm aus, der sofort jedes weitere Öffnen der Schenkel stoppt? Pichler vermutet es. Und jedes Mal wenn ich da sitze, denkt Stöger, und bei einer Schularbeit sitze ich eine ganze Stunde lang da, und darauf achten sollte, dass keine schwindelt, keine der Nachbarin etwas zuflüstert, achte ich eher darauf, ob es einer Schülerin nicht doch noch misslingt, rechtzeitig das Öffnen ihrer Schenkel zu stoppen, und ich nicht doch noch ein Höschen zu sehen kriege. Aber ich kriege auch heute keines zu sehen. Es ist zwar erst eine halbe Stunde vergangen, aber ich bin fest davon überzeugt, dass ich auch in der zweiten halben Stunde keines zu sehen kriege, sosehr die Schülerinnen im Eifer ihres Schreibens mit ihren Beinen auch herumrudern unter den Bänken und sie nach allen Richtungen spreizen und strecken. Als ob sie nicht zu ihnen gehörten. Als ob sich die Beine, momentan nicht weiter gebraucht beim Schularbeitenschreiben, selbständig machen wollten, ein bisschen flanieren gehen, mich zwischen sich hineinziehen wollten. Wo wir doch die einzigen sind, die nichts zu tun haben. Und je länger ich sie betrachte, und während der Schularbeitsstunde kann ich die Beine immer am längsten betrachten, umso mehr habe ich das Gefühl, und auch Pichler hat das Gefühl, sie fordern einen richtiggehend auf, sich mit ihnen zu beschäftigen. Sie breiten die Arme gewissermaßen ständig aus nach mir, sie erwarten, dass ich sie endlich hervorhole unter den Bänken, während über den Bänken weitergeschrieben wird, und hineinfahre zwischen sie, um sie besser festhalten zu können am Fleisch in ihrem Gezappel.

Wir könnten ja auch wegfahren, sagt Sabine.

Was?, sagt Hanno.

Dass wir auch wegfahren könnten, sagt Sabine, auf ein, zwei Wochen, wenn Moritz abgereist ist.

Wie stellst du dir das vor?, sagt Hanno.

Wann sind wir das letzte Mal weggefahren?, sagt Sabine.

Keine Ahnung, sagt Hanno. Ist das wichtig?

Eben, sagt Sabine. Nach Südtirol. Wir könnten nach Südtirol fahren. Dort wollten wir doch immer hin. Ein bisschen wandern.

Ich kann doch jetzt nicht wegfahren, sagt Hanno.

Wieso nicht?, sagt Sabine.

Weil ich nicht kann, sagt Hanno.

Mit Franziska fährst du ja auch nach Tirol, sagt Sabine.

Das ist eine Geschäftsreise, sagt Hanno.

Eine Geschäftsreise?, sagt Sabine.

Ja, sagt Hanno, eine Geschäftsreise.

Was für eine Geschäftsreise?, sagt Sabine.

In Hall, sagt Franziska, haben wir einen Kunden. Und der in Kufstein ruft auch schon jeden Tag an. Dein Ratatouille ist köstlich, sagt Franziska. Darf ich mir noch etwas nehmen?

Aber sicher, sagt Sabine.

Ich finde das eine gute Idee, sagt Moritz.

Was?, sagt Hanno.

Dass ihr beide einmal wegfahrt, sagt Moritz.

Ich hab jede Menge Arbeit, sagt Hanno, wie soll ich da wegfahren?

Jetzt, sagt Moritz, aber vielleicht hast du dann weniger.

Ich hab dann nicht weniger, sagt Hanno.

Dann machst du halt eine Pause, sagt Moritz, und ihr fahrt weg.

Genau, sagt Sabine, jeder fährt einmal weg.

Ich kann aber nicht wegfahren, sagt Hanno. Eine Terminarbeit.

Dann mach sie vorher, sagt Moritz, die Terminarbeit.

Jetzt halt doch den Mund, sagt Hanno, was verstehst denn du davon.

Ich hol die Nachspeise, sagt Franziska und steht auf.

Gute Idee, sagt Sabine. Was ist es denn?

Ein Tiramisu, sagt Franziska.

Hast du gehört, Moritz, ein Tiramisu, sagt Sabine.

Ja, sagt Moritz.

Extra für dich, sagt Franziska und geht.

Was soll denn das?, sagt Hanno. Was willst du auf einmal wegfahren?

Weil wir schon lang nicht mehr miteinander weggefahren sind, sagt Sabine, und weil ich finde, dass wir wieder einmal miteinander wegfahren sollten.

Ich will aber nicht wegfahren, sagt Hanno. Was für einen Grund sollte ich haben, jetzt auf einmal mit dir wegzufahren?

Sagt doch die Mama, sagt Moritz. Weil ihr schon lang nicht mehr miteinander weggefahren seid. Und jetzt, wo ich dann nicht da bin ...

Ich find das unmöglich, sagt Hanno, dass du jetzt da, in Anwesenheit von Franziska, plötzlich mit der Idee daherkommst, ich soll mit dir wegfahren.

Was hat denn Franziska damit zu tun?, sagt Sabine.

Jetzt stell dich nicht so blöd an, sagt Hanno.

Aber Mama hat doch nur gesagt, sagt Moritz.

Ich weiß, was Mama nur gesagt hat, sagt Hanno.

Und ich finde ..., sagt Moritz.

Ist mir wurscht, was du findest, sagt Hanno, kapiert? Wenn ich sage, ich kann nicht, dann kann ich nicht. Und immerhin lebst du davon, dass ich eine Arbeit hab, oder?, sagt Hanno. Oder wer, glaubst du, zahlt dir dein Jahr Dublin?, sagt Hanno. Die Mama?

Moritz schaut auf seinen Teller. Er isst den letzten Bissen und legt das Besteck weg. Franziska kommt mit dem Tiramisu.

Na also, sagt Sabine und lacht, da ist es ja.

Ein bisschen viel Rum hab ich erwischt, sagt Franziska.

Moritz wird schon nicht betrunken vom Sessel fallen, sagt Sabine. Nicht wahr, Moritz, sagt Sabine, das packst du schon?

Später, sagt Moritz und steht auf.

Was ist denn?, sagt Sabine.

Ich geh ins Kino, sagt Moritz.

Ins Kino?, sagt Sabine. Wieso ins Kino? Du hast mir versprochen, dass du daheim bist.

War ich ja, oder?, sagt Moritz. Ciao.

Du gehst nicht ins Kino, sagt Sabine.

Und wieso nicht?, sagt Moritz.

Weil du eine Schularbeit hast, sagt Sabine.

Die hab ich nächste Woche, sagt Moritz.

Und überhaupt, wieso auf einmal?, sagt Sabine. Du hast nichts gesagt von einem Kino.

Pit hat angerufen, sagt Moritz.

Wann?, sagt Sabine. Wann hat Pit angerufen? Ich hab nichts gehört.

Vorher, wie ich am Klo war, sagt Moritz.

Und kein Tiramisu?, sagt Franziska.

Später, sagt Moritz, also, ich geh jetzt, ciao.

Du gehst nicht, sagt Sabine.

Jetzt lass ihn doch gehen, sagt Hanno.

Die Wohnungstür fällt ins Schloss.

Er hat gesagt, er ist da beim Essen, sagt Sabine, wieso geht er jetzt?

Er hat ja gegessen, oder?, sagt Hanno.

Das Tiramisu, sagt Sabine, das Tiramisu hat er noch nicht gegessen.

Aber Pit hat angerufen, sagt Hanno.

Aber er lässt doch sonst nie ein Tiramisu stehen, sagt Sabine.

Franziska stellt das Tiramisu auf den Tisch. Ihr wisst ja, ich ess kein Tiramisu, sagt Franziska, ich wasch derweil ab.

Sie nimmt die schmutzigen Teller und geht hinaus.

Was ist los?, sagt Hanno. Warum soll er nicht ins Kino gehen?

Ich bin keiner, der eine Frau schlägt, sagt Manuel F. zu seinem Anwalt. Ich habe noch nie eine Frau geschlagen. Sie können alle meine Frauen fragen, keine wird sagen, dass ich sie geschlagen habe. Ich bin kein gewalttätiger Mensch, eher ein Gemütsmensch. Man kann sagen, beinahe ein zurückgezogener Mensch. Und gutmütig. Und unterhaltend. Alle sagen: Wenn es lustig ist, bist du immer dabei, das gefällt uns. Ja, sicher, streiten tue ich oft. Es gibt immer etwas zu streiten. Wo gibt es nichts zu streiten, Herr Anwalt? Wenn zwei Menschen zusammenkommen, vor allem ein Mann und eine Frau, streiten sie. Wenn nicht gleich, dann bald. Wenn sie längere Zeit zusammen sind, dann sicher bald. Männer und Frauen passen halt nicht zusammen. Kurz vielleicht, aber nicht lang. Und das Komische ist, sagt Manuel F., dass das bei mir mit den Frauen genau umgekehrt ist als wie zum Beispiel mit den Türken. Der Türk bei mir in der Arbeit, da hab ich zuerst gedacht: Mit dem passe ich nie und nimmer zusammen, der soll sich wieder zurückhutschen, von wo er herkommen ist. Aber mit der Zeit hab ich das Gefühl gekriegt, mit dem passe ich ganz gut zusammen, der soll bleiben. Während ich mir bei den Frauen zuerst immer denk: Mit der passe ich super zusammen, die soll bleiben, um dann mit der Zeit das Gefühl zu kriegen: Mit der passe ich überhaupt nicht zusammen und die soll überhaupt nicht bleiben, sondern sich schnellstens zurückhutschen, von wo sie hergekommen ist.

Herr Rameder, sagt Jack, Sie sind doch sehr gut befreundet mit einem gewissen Dr. Baumann, Finanzberater.

Sehr gut befreundet, sagt Rameder. Ich kenne ihn.

Sehr gut, sagt Jack. Und dieser Dr. Baumann ist zufällig auch sehr gut befreundet mit der Frau des roten Spitzenkandidaten.

Ja, sagt Rameder.

Das wissen Sie?, sagt Jack.

Ja, sagt Rameder.

Und dass sich diese Dame unlängst ein Grundstück gekauft hat von ihrer Heimatgemeinde, sagt Jack, wissen Sie das auch?

Nein, sagt Rameder.

Und zwar weit unter seinem Wert?, sagt Jack.

Nein, sagt Rameder.

Und dass sie es privat weiterverkauft hat, sagt Jack, das wissen Sie auch nicht?

Nein, sagt Rameder, wie soll ich das wissen?

Weil Ihnen Dr. Baumann vielleicht erzählt hat davon, sagt Jack.

Nein, sagt Rameder, davon haben wir nie gesprochen.

Davon haben Sie nie gesprochen?, sagt Jack.

Nein, sagt Rameder.

Er hat Ihnen nie von diesem Grundstückskauf erzählt, sagt Jack, obwohl Sie die besten Freunde sind?

Wir sind nicht die besten Freunde, sagt Rameder, wir treffen uns gelegentlich.

Zwei Wirtschaftsleute treffen sich, sagt Jack, und reden nicht über ihre aktuellen Geschäfte?

Doch, sagt Rameder.

Eben, sagt Jack.

Aber über dieses Geschäft haben wir nie gesprochen, sagt Rameder.

Okay, sagt Jack, jetzt wissen Sie davon. Und wir wollen wissen, wie weit das Grundstück unter seinem Wert gekauft worden ist, sagt Jack, erstens. Und zweitens, um wie viel es die Frau Spitzenkandidatin weiterverkauft hat. Und drittens, was mit dem Gewinn aus dem Weiterverkauf passiert ist. Ob sie sich selber damit bereichert hat, oder ob sie die Partei damit bereichert hat. Und ob das nicht überhaupt von Anfang an eine Geldbeschaffungsaktion der Partei für die Wahl gewesen ist, sagt Jack. Verstehen Sie mich?

Ja, sagt Rameder.

Perfekt, sagt Jack. Und Sie sollen das herausfinden.

Ich?, sagt Rameder.

Ja, sagt Jack. Darf ich Sie zu einem Imbiss einladen?

Wieso ich?, sagt Rameder.

Und was trinken Sie dazu, sagt Jack, Bier?

Apfelsaft, sagt Rameder.

Setzen wir uns dort nach hinten, sagt Jack, da sind wir ungestört. Rauchen Sie?

Nein, sagt Rameder.

Weil man sich in diesem Haus am meisten auf Sie verlassen kann, sagt Jack, deswegen. Langjähriges Parteimitglied, loyal, verschwiegen, tüchtig und effizient. Meint auch der Herr Minister.

Ist das ein Ministerauftrag?, sagt Rameder.

Der Käse-Schinken-Toast ist hier immer exzellent, sagt Jack. Finden Sie nicht?

Doch, sagt Rameder.

Mögen Sie Toast?, sagt Jack.

Ja, sagt Rameder.

Ich auch, sagt Jack. In Käse-Schinken-Toast könnt ich mich eingraben. Kochen Sie zuhause?

Selten, sagt Rameder.

Ich leidenschaftlich, sagt Jack, aber ich komme selten dazu.

Ich auch, sagt Rameder, ich würde auch gern mehr kochen. Aber was ich fragen wollte.

Ja?, sagt Jack.

Ist das ein Ministerauftrag?, sagt Rameder.

Was, sagt Jack, das Kochen?

Nein, sagt Rameder und lacht, die speziellen Nachforschungen.

Ich bin der Büroleiter des Ministers, sagt Jack, und ich will, dass Sie das herausfinden.

Und wie?, sagt Rameder.

Über diesen Herrn Dr. Baumann, sagt Jack.

Aber wie?, sagt Rameder.

Aber wie, aber wie, sagt Jack. Es wird Ihnen doch etwas einfallen als Beamter des Wirtschaftsministeriums, der gern kocht.

Fällt aber nicht in meine Kompetenz, sagt Rameder.

Es fällt aber in Ihre Kompetenz als Mitglied unserer Partei, sagt Jack, diesem Gesindel das Handwerk zu legen.

Sicher, sagt Rameder.

Eben, sagt Jack. Noch einen Apfelsaft?

Nein, danke, sagt Rameder.

Was halten Sie eigentlich von diesem Fall Joachim P.?, sagt Jack. Schauderhaft, nicht? Wie kann man einem Kind so etwas antun? Das sind ja echte Bestien, sagt Jack, oder?

Sie meinen ..., sagt Rameder.

Ja, sagt Jack. Oder dieser Manuel, der seine Ex-Freundin absticht.

Oder dieser Glatzkopf, sagt Rameder.

Genau, sagt Jack, der diesen Mann so lange getreten hat, bis man ihn nicht einmal mehr reanimieren kann, weil man in diesem Brei von Gesicht den Mund nicht mehr findet. Meinen Sie den? Grauenhaft, sagt Jack. Woher kommt diese Lust an der Gewalt?, sagt Jack. Was meinen Sie?

Ich finde, sagt Rameder.

Genau, sagt Jack, Entwertung der Familie, Verunglimpfung der Ehe, wie sie die Sozis seit Jahrzehnten betreiben,

Autoritätsverlust, diese zügellosen, sexuellen Freiheiten, wohin soll uns das sonst führen?

Die 68er-Generation, sagt Rameder.

Die war unser größtes Unglück, sagt Jack. Kaffee?

Gern, sagt Rameder.

Groß? Klein?, sagt Jack.

Klein, sagt Rameder, danke.

Also, die Sache ist klar zwischen uns, sagt Jack und steht auf. War schön, mit Ihnen zu plaudern.

Einen Augenblick bitte, sagt Rameder.

Aber bitte kurz, sagt Jack, ich hab einen Termin.

Das geht doch nicht, sagt Rameder.

Was geht nicht?, sagt Jack und setzt sich wieder.

Ich kann doch nicht einfach hingehen zu diesem Herrn Dr. Baumann, sagt Rameder, und sagen, geben Sie mir die Unterlagen.

Natürlich nicht, sagt Jack. Sie müssen sich was einfallen lassen.

Wieso machen wir nicht eine offizielle Anfrage an die Gemeinde?, sagt Rameder.

Weil das nicht in unsere Kompetenz fällt, sagt Jack, wie Sie richtig sagen. Und außerdem, sagt Jack, wird sich die rote Gemeinde nicht überkugeln vor Eifer, uns zu helfen. Oder haben Sie dort auch einen guten Freund sitzen?

Nein, sagt Rameder. Dann über das Finanzministerium.

Finanzministerium?, sagt Jack.

Ja, sagt Rameder, da muss es doch eine Steuererklärung geben.

Ja, sagt Jack, nächstes Jahr. Aber wir brauchen das jetzt.

Wieso jetzt?, sagt Rameder.

Weil die Wahl jetzt ist, sagt Jack, und nicht nächstes Jahr.

Aber wenn ein strafbares Delikt vorliegt, sagt Rameder.

Kapieren Sie nicht oder wollen Sie nicht kapieren?, sagt Jack. Sobald die an der Macht sind, ist die Sache gegessen.

Aber wenn das ein strafbares Delikt wäre, sagt Rameder.

Strafbares Delikt, strafbares Delikt, sagt Jack. Ist bei den Untersuchungen über die Polizeispitzelaffäre ein strafbares Delikt herausgekommen? Nein. Bei den Untersuchungen über den Verkauf der Bundesgebäude? Auch nicht. Und warum nicht? Weil wir an der Macht waren. Und sind die Sozis an der Macht, kommt auch nichts heraus. Und kommen sie nicht an die Macht, sagt Jack, dann ist die Sache erst recht uninteressant. Denn eine Sache ist ja nicht deswegen interessant für uns, weil sie strafbar ist, sagt Jack, das könnten Sie wirklich schon wissen, Rameder, sondern weil sie politisch interessant ist.

Ja, sagt Rameder.

Und das ist diese Sache jetzt und nur jetzt, sagt Jack, vor der Wahl. Verstehen Sie mich?

Ja, sagt Rameder.

Perfekt, sagt Jack und steht auf, ich zähle auf Sie. Bleiben Sie nur, sagt er, ich zahle vorn.

Danke für die Einladung, sagt Rameder.

Aber gern, sagt Jack. Es wird auch weiter Ihr Nachteil nicht sein, sagt Jack. Sie wissen ja: Die Partei vergisst nie. Wo ist denn eigentlich Krista?, sagt Jack.

Die hat sich krankgemeldet, sagt Rameder.

Bestens, sagt Jack. Hat sowieso sehr schlecht ausgesehen gestern.

Stöger müsste wieder Schularbeiten verbessern. Aber er tut es nicht. Der Stoß Hefte steht vor ihm auf dem Schreibtisch, wie er ihn hingestellt hat. Ich hab keine Lust, denkt er. Zugleich denkt er: Dieser Satz stimmt nicht. Er stimmt für mich nicht. Es ist nicht keine Lust. Keine Lust spürt man als keine Lust. Aber ich spür nichts, denkt Stöger, ich bin ein leeres Zimmer.

Auf dem Bildschirm seines PCs schiebt ein Mann seinen Schwanz in eine Frau und beginnt zu ficken. Immer wird zuerst geblasen und geschleckt und dann gefickt. Seit zwei Stunden wird auf dem Bildschirm zuerst geblasen und geschleckt und dann gefickt. Masturbiert hat Stöger noch nicht beim ersten Mal, aber beim zweiten Mal Blasen, Schlecken, Ficken. Er bückt sich und betrachtet einen Tropfen schon etwas angetrockneten Spermas auf der Schreibtischlade. Er wischt ihn weg und schmiert ihn in die Hose. Den Rest kratzt er vom Holz. Der Mann auf dem Bildschirm fickt immer noch. Stöger überlegt, ob er noch einmal masturbieren soll. Aber er hat auch dazu keine Lust. Er spielt ein bisschen mit seinem Schwanz, dann packt er ihn weg. Er denkt: Es wird nichts mehr kommen, aber auch wenn etwas kommt nach einiger Anstrengung, was kommt da schon, was die Anstrengung wert gewesen wäre. Es bleibt nichts übrig, denkt er. Er kommt von der Schule heim, geht auf sein Zimmer, schaltet den PC ein, wählt die Internetseite *redtube* und masturbiert. Dann sitzt er vor dem Bildschirm und denkt: Was war vorher da bis drei und ist jetzt weg bis sieben. Nicht nur bis sieben. Bis morgen um drei. Nach drei, nachdem er masturbiert hat, ist nichts mehr da von dem, was vor drei da war. Da war nur die Qual in der Schule und das bisschen Vorfreude, dass sie, wenn er heimkommt, bald weg sein wird. Die ist dann auch weg, denkt er, aber dafür nichts anderes da.

Er greift nach dem ersten Schularbeitsheft und schlägt es auf. Er schaltet den PC aus. Er starrt auf das Heft, auf den schwarzen Bildschirm vor sich, auf die Tastatur.

Jemand rüttelt an der Türschnalle. Stöger fährt hoch. Was sperrst du immer zu?, sagt seine Frau draußen. Du weißt, dass ich das nicht mag, zugesperrte Türen in der Wohnung. Ja, denkt Stöger. Hörst du mich?, sagt seine Frau und klopft. Ob du mich hörst?, ruft sie. Ja, denkt Stöger, ich höre dich. Essen ist fertig, sagt seine Frau und entfernt sich.

Nicht vergessen, das Taschentuch mit dem Sperma ins Klosett zu werfen, denkt Stöger, ohne sich zu bewegen.

Ich glaub, aus meiner Beförderung wird nichts, sagt Franz.

Was?, sagt Lisa. Sie kommt aus dem Badezimmer und schaut ihn an.

Aus meiner Beförderung, sagt Franz, ich glaub, da wird nichts draus.

Wieso nicht?, sagt Lisa.

Franz zieht die Schuhe aus und stellt sie an die Wand, nimmt seine Aktentasche und geht ins Wohnzimmer.

Wieso soll aus deiner Beförderung nichts werden?, sagt Lisa. Sicher wird was aus deiner Beförderung.

Nein, sagt Franz.

Wer hat das gesagt?, sagt Lisa, Winter?

Nein, sagt Franz.

Wer denn?, sagt Lisa.

Schneider, sagt Franz.

Wer ist Schneider?, sagt Lisa.

Der, der befördert wird, sagt Franz.

Statt dir?, sagt Lisa.

Ja, sagt Franz.

Und Winter, sagt Lisa, hat nichts gesagt?

Doch, sagt Franz.

Und was?, sagt Lisa. Was hat Winter gesagt? Jetzt spiel nicht mit deinen Fingern herum. Sag endlich, was Winter gesagt hat, sagt Lisa.

Winter hat gesagt, dass ich ein hervorragender Mitarbeiter bin und so hervorragend in meinem Bereich, dass er mich dort nicht entbehren kann, sagt Franz, dass ich dort sitzen bleiben soll, wo ich jetzt sitze, dass er mich unbedingt weiter dort sitzen haben will, weil ich so hervorragend bin, das hat er gesagt. Dass er nicht im Traum daran denkt, mich dort abzuziehen. Dass er nie eine Sekunde daran verschwendet hat, sich vorzustellen, dass dort ein anderer sitzen könnte, weil ich so hervorragend bin. Und überhaupt, sagt Franz, ich bin nicht nur hervorragend, ich bin überhaupt der Beste in der Firma. Das hat er gesagt, der Herr Winter, sagt Franz.

Und das lässt du dir gefallen?, sagt Lisa.

Was hätte ich denn tun sollen?, sagt Franz. Sagen, dass ich nicht hervorragend bin?

Was hätte ich denn tun sollen, was hätte ich denn tun sollen, schreit Lisa. Ihm eine Goschen anhängen, schreit Lisa, das hättest du tun sollen!

Eine Goschen anhängen, sagt Franz, dem Herrn Winter.

Sag bist du noch zu retten, schreit Lisa. Der verarscht dich nach Strich und Faden und du stehst da und hältst den Mund?

Wieso verarscht er mich?, sagt Franz. Er meint es ja wirklich so. Er schätzt mich wirklich, sagt Franz. Ich weiß, dass er mich schätzt.

Sowieso schätzt er dich, schreit Lisa, aber wo? Auf dem Posten, auf dem du schon seit zehn Jahren hockst. Damit du noch zehn Jahre dort hockst. Der Beste in der Firma, schreit Lisa, weißt du, was das heißt?

Dass ich der Beste in der Firma bin, sagt Franz.

Dass du zu nichts anderem zu gebrauchen bist, schreit Lisa.

Jetzt hör auf zu schreien, sagt Franz, die Kinder.

Dass du eine Niete bist, dass du nur das kannst, was du schon zehn Jahre lang machst, schreit Lisa, dass du nicht im Entferntesten fähig bist, etwas anderes zu machen als das, was du sowieso schon seit zehn Jahren machst.

So hab ich das nicht verstanden, sagt Franz.

Du wolltest doch befördert werden, schreit Lisa, oder wolltest du nicht befördert werden?

Natürlich, sagt Franz.

Dann kann man das doch nur so verstehen, wie ich es verstehe, schreit Lisa. So naiv kann man doch nicht sein, schreit Lisa. So taub auf beiden Ohren wie du, schreit Lisa, in deinem Alter. Du gehörst ja verboten, schreit Lisa, du bist ja gemeingefährlich. Ja, steht nicht herum da, schreit sie die Kinder an, zieht euch an endlich, die Oma wartet.

Ich hab echt das Gefühl, du bist erleichtert, dass nichts daraus geworden ist aus deiner Beförderung, schreit Lisa im Auto.

Was redest du für einen Blödsinn, sagt Franz.

Dass du dich nicht an einen anderen Schreibtisch gewöhnen musst, dich in eine andere Materie einarbeiten, schreit Lisa, und vor allem, dass du dich nicht mit anderen Kollegen abgeben musst, denn das müsstest du ja als Abteilungsleiter, oder? Im Team arbeiten, bisschen lächeln, bisschen reden, Kollegen motivieren, ihnen Arbeiten anschaffen, die Arbeiten überprüfen, Kaffee trinken gehen, auch mit denen, die du nicht leiden kannst, auch Leute von auswärts treffen, Smalltalk machen, verhandeln.

Jetzt schau auf die Straße, Franz, schreit sie, oder willst du uns alle umbringen. Und ihr hört auf herumzuschreien, schreit Lisa nach hinten zu den Kindern, oder ihr steigt aus.

Und wie geht es euch sonst?, sagt Franz' Mutter im Vorzimmer.

Scheußlich, sagt Lisa und geht in die Küche.

Wieso?, sagt Franz' Mutter. Ist was mit den Kindern?

Dein Sohn, diese Niete, wird nicht befördert, sagt Lisa.

Jetzt halt dich bitte zurück, sagt Franz, vor den Kindern.

Was gibt es da zurückzuhalten?, schreit Lisa. Ich bin auf hundertachtzig.

Aber es hat doch geheißen, er wird befördert, sagt Franz' Mutter.

Hat es geheißen, sagt Lisa, aber er wird nicht befördert.

Und warum nicht?, sagt Franz' Mutter.

Weil er unfähig ist, schreit Lisa, weil er nichts, aber schon gar nichts dafür getan hat.

Was hab ich nicht getan?, sagt Franz.

Wie oft hab ich dir gesagt, bereite deine Beförderung vor in der Firma, schreit Lisa, interessiere dich für andere Bereiche, geh mit den Kollegen auf ein Bier, lad sie ein zu deinem Geburtstag, und vor allem, lad diesen Herrn Winter ein. Wie oft hab ich dir gesagt, schreit Lisa, lad endlich diesen Herrn Winter ein.

Ich hab ihn ja eingeladen, sagt Franz.

Ja, wann? Gestern, sagt Lisa, wo schon alles gelaufen ist.

Er hat auch gesagt, er kommt, sagt Franz.

Jetzt braucht er aber nicht mehr zu kommen, schreit Lisa, jetzt ist es zu spät. Kapierst du das immer noch nicht?

Ja, sicher, sagt Franz, aber das hab ich gestern noch nicht gewusst.

Das wissen wir schon seit Monaten, sagt Lisa, das mit der Umstrukturierung, und dass da ein Posten freiwerden könnte für dich. Seit Monaten. Und seit Monaten sag ich, lad diesen Herrn Winter ein. Jetzt lad endlich diesen Herrn Winter ein. Oder nicht? Hab ich das nicht gesagt seit Monaten?

Dein Papa ist immer befördert worden, sagt Franz' Mutter.

Fang nicht schon wieder mit Papa an, sagt Franz und geht in die Küche.

Sonst willst du aber nie, dass die Kinder vorm Fernsehapparat sitzen, sagt Franz' Mutter nach dem Essen.

Heute schon, sagt Lisa. Keinen Funken Ehrgeiz, sagt Lisa. Was ist das für ein Mensch, ohne einen Funken Ehrgeiz?

Einen Ehrgeiz hat der Franz immer gehabt, sagt Franz' Mutter, das weiß ich.

Ja, sagt Lisa, alle französischen Romane des 19. Jahrhunderts zu lesen. Diesen Ehrgeiz hat er immer noch.

Papa hat auch immer viel gelesen, sagt Franz' Mutter.

Der hat aber auch die Abendmatura geschafft, sagt Lisa, und es bis zum Stationsvorstand gebracht, oder?

Ja, sagt Franz' Mutter, wenn er sich etwas in den Kopf gesetzt hat, der Papa, dann ist es auch geschehen.

Könnt ihr jetzt bitte aufhören damit, sagt Franz.

Können wir nicht, sagt Lisa. Vor allem, die anderen werden nicht damit aufhören. Jeder wird fragen: Was ist mit der Beförderung? Wann kommt sie? Ist es schon so weit? Um wie viel verdienst du jetzt mehr? Wissen doch alle davon, sagt Lisa. Warten doch alle darauf.

Nein, Mama, sagt Lisa, der Franz trinkt nichts, auch kein Achtel. Untersteh dich, sagt sie zu Franz und nimmt ihm das Glas weg, der Franz muss fahren.

Eine einzige Blamage, sagt Lisa auf der Heimfahrt. Aber die lass ich nicht auf mir sitzen, sagt Lisa, das schwör ich dir. Wenn du damit leben kannst, sagt Lisa, ich kann nicht damit leben.

Nein, sagt Manuel F. zu seinem Anwalt, Janine wollte mich nicht ärgern, sie wollte mich quälen. Sie wollte einen Mann leiden sehen. Sie wollte sehen, wie ein Mann aussieht, der leidet. Und sie wollte sehen, wie ein Mann aussieht, der leidet und der sich nicht wehren kann. Das wollte sie sehen. Danach hat sie gelechzt. Das wollte sie genießen. Und sie hat ihre ganze Phantasie dafür aufgeboten. Und was für eine Phantasie sie aufgeboten hat. Da sind Frauen Meister darin, ihre ganze Phantasie dafür aufzubieten. Das schafft ein Mann nie. Oder würden Sie das schaffen, so viel Phantasie dafür aufzubieten? Ich nicht. Jemandem zuerst vorzuspielen, mit einem Naturschnitzel und mit einem Arsch, wie sehr Sie ihn mögen? Ihn damit einzulullen? Ihn in Sicherheit zu wiegen? Ja, sie hat mich eingelullt und in Sicherheit gewiegt. Mit ihrem Naturschnitzel und mit ihrem Arsch. Damit hat sie mich einlullen wollen, und zwar vorsätzlich, und hat mich auch eingelullt. Und zwar restlos. Das können Sie ruhig vor Gericht sagen, Herr Anwalt, genauso, mit meinen Worten. Natürlich können Sie das vor Gericht sagen. Sie können sagen, von Anfang an war es ihr teuflischer Plan, mich mit ihrem Naturschnitzel und mit ihrem Arsch restlos einzulullen und in Sicherheit zu wiegen. Zuerst mit dem Naturschnitzel, zu dem sie mich eingeladen hat, das ich mit ihr essen sollte und das ich auch gegessen habe. Denn das kann ich, Naturschnitzel essen. Das hab ich immer gern gegessen. Nichts hab ich von Kindheit auf lieber gegessen als ein Naturschnitzel. Und das weiß sie. Damit hat sie mich gepackt. Damit hat sie mich immer leicht packen können und einlullen. Damit hat sie mich immer dazu bringen können, mich wohl zu fühlen. Und dazu hat sie mich auch jetzt gebracht. Damit ich keinen Verdacht schöpfe. Damit ich das Gefühl habe, hier bin ich gut aufgehoben, hier werde ich heute einen schönen Abend erleben, hier werde ich behandelt, wie ich schon lang nicht mehr behandelt worden bin. Das hat sie geschafft. Und dann, als ich mich richtig wohl gefühlt habe und überzeugt gewesen bin, heut werde ich einen schönen Abend erleben, kommt sie mit dem Arsch daher. Wieso auf einmal? Können Sie mir das sagen? Wieso kommt sie auf einmal, kaum hab ich das Naturschnitzel gegessen und fühle mich wohl, mit dem Arsch daher? Das ist doch nicht normal, dass man nach einem Naturschnitzel mit einem Arsch daherkommt, oder? Welche normale Frau tut das? Sagen Sie mir das. Sie sind ja auch verheiratet. Kommt Ihre Frau nach einem Naturschnitzel mit einem Arsch daher? Ist das je vorgekommen, Herr Anwalt, dass Sie ein Naturschnitzel gegessen haben, mit Ihrer Frau gemütlich bei Tisch sitzen und zufrieden sind, weil es ein sehr gutes Naturschnitzel war, und plötzlich steht sie auf und kommt mit einem Arsch daher? Das ist doch nicht üblich, oder? Das hab ich noch nie gehört, dass das üblich ist. Und ich muss Janine zugute halten, auch bei ihr war das nie üblich. In der Zeit, in der ich mit ihr zusammen gewesen bin, ist das nie vorgekommen. Wieso jetzt auf einmal? Das gibt einem doch zu denken, oder? Mir gibt das sehr zu denken. Jetzt im Nachhinein hat mir das sehr viel zu denken gegeben. Und es gibt nur eine einzige Antwort für mich: Das muss diese andere Frau gewesen sein. Das kann nur diese andere Frau gewesen sein. Wer soll es sonst gewesen sein? Die hat sie umgedreht. Die hat sie einer Gehirnwäsche unterzogen. Der ist sie hörig gewesen. Sie muss dieser Frau wahnsinnig hörig gewesen sein, Herr Anwalt. Diese Frau hat alles mit ihr machen können, ihr alles einimpfen, vor allem diesen Hass auf Männer. Denn diese Frau muss einen furchtbaren Hass auf Männer gehabt haben. Denn jede Lesbe hat einen furchtbaren Hass auf Männer. Und den hat sie ihr eingeimpft. Sexuell hörig machen und dann alles einimpfen. Von sich aus wäre Janine nie auf die Idee gekommen, Männer zu hassen. Mich hat sie nie gehasst. Auch ihre vorigen Männer hat sie nie gehasst. Beschimpft schon, aber nie gehasst. Nein, gehasst nie. In drei Monaten hat diese Frau sie verdorben fürs ganze Leben. Drei Monate lang hat diese Frau sie angehalten, Männer nicht zu lieben, sondern zu hassen und zu quälen. Und zwar bis aufs Blut. Und sie hat mich bis aufs Blut gequält. Oder ist das kein Quälen? Zuerst das Naturschnitzel und der Himmel und dann dieser Arsch und die Hölle. Ist das kein Quälen? Ist Ihnen das schon einmal passiert? Sehen Sie. Aber mir muss das passieren. Mir gutgläubigem, ahnungslosen Trottel muss das passieren. In so eine Falle tappen. Dabei hätte ich gewarnt sein müssen. Spätestens als sie den Arsch ausgepackt hat, hätte ich gewarnt sein müssen, hätte ich mich bedanken sollen für das gute Naturschnitzel und gehen. Aber nein, ich bleib sitzen und tappe in die Falle. Aber sie hat die Falle auch sehr gut ausgelegt, Herr Anwalt, das muss ich sagen. Gelächelt, zärtliche Worte geflüstert, sich an mich geschmiegt. Welcher Mann ist da nicht empfänglich, Herr Anwalt? Dafür sind wir Männer doch alle empfänglich, oder? Und dann, ohne dass ich etwas Böses getan hätte, außer dass er mir nicht gestanden ist, wie aus heiterem Himmel: Du kannst ja nicht. Und noch einmal: Du kannst ja nicht, du hast ja noch nie können. Und: Wie soll ich mit so einem zusammenleben, der nicht kann, wie stellst du dir das vor? Wohl wie sich die Herrn Männer das immer vorstellen. Nicht können, aber zusammenleben wollen. Nichts als einen schlappen Schwanz in der Hose, aber glauben, ihn ausgerechnet in mein Bett legen zu können. Nichts zwischen den Beinen, aber glauben, ein Naturschnitzel stellen wir ihnen immer noch hin. Sollen sie doch erst einmal einen Volkshochschulkurs belegen: Wie krieg ich mein Nichts in die Höhe. Und auch gleich den Fortgeschrittenenkurs: Wie krieg ich ihn, wenn er einmal steht, auch hinein in die Frau, und: Was mach ich, damit er auch drin bleibt in der Frau und die Frau auch noch nach drei Minuten merkt, dass er drin ist. So hat sie geredet, Herr Anwalt, und nur so. Nicht dass sie gesagt hätte, als sie hört, ich kann nicht: Gut, dann gehen wir ins Bett, ich weiß, dass du einen Unfall gehabt hast. Was man doch verlangen kann von einer Frau, mit der man zehn Jahre zusammengelebt hat, oder? Was man doch verlangen kann von einem Menschen mit ein bisschen Gefühl, oder? Aber nein, nichts, kein Gefühl, nur: Du kannst ja nicht, du kannst ja nicht, du hast ja noch nie können. Das sagt man doch einem Mann nicht. Das kann man doch einem Mann nicht so sagen, oder, Herr Anwalt? Die Schwächen eines Menschen derartig bloßzustellen, gehört sich das? Sich über die Schwächen eines Menschen derartig lustig zu machen, einem Menschen seine Schwächen derartig brutal vorzuhalten, ist das menschlich? Obwohl sie weiß, ich kann, nur in der Situation eben nicht. Nein, nicht obwohl sie es weiß, sondern weil sie es weiß. Nur so hat sie mich wirklich quälen können. Nur so hat sie mich wirklich leiden sehen können. Und ich hab gelitten, Herr Anwalt. Ich hab gelitten wie ein Hund. Nein, nicht wie ein Hund. Ein Hund kann nicht so leiden. Einen Hund lässt man nie so leiden. Und dann auch noch eins drauf zum Abschluss, um mir den Rest zu geben: Die Frau kann das besser als du. Und wieder: Die Frau kann das viel besser als du. Sie hat nicht genug bekommen können. Sie hat mich auf dem Boden sehen wollen. Sie hat mich hilflos und verzweifelt auf dem Boden liegen sehen wollen, sagt Manuel F. Sie hat mich vernichten wollen, total vernichten hat sie mich wollen, das Luder, sagt Manuel F.

Sie haben das richtig gemacht, sagt Jack. Umstrukturieren, neue Abteilungen schaffen, neue Kommandanten ausschreiben und unsere Leute hineinsetzen. Fabelhaft, sagt Jack.

Die große Reform, sagt Falkner.

Die große Reform, sagt Jack. Eine wunderbare Idee.

Hätte Ihr Minister auch machen sollen, sagt Falkner.

Bei der Polizei geht das, sagt Jack. Aber im Wirtschaftsministerium?

Stimmt, sagt Falkner, wo sowieso schon unsere Leute sitzen.

Aber was für welche?, sagt Jack. Großkoalitionäre, Sozialistenfreunde, Beamtenschädeln. Die gehörten doch alle hinausgeputzt, sagt Jack.

Sie sind aber ein ganz Scharfer, sagt Falkner.

Ich bin die junge Generation, sagt Jack. Ich möchte etwas bewegen, etwas weiterbringen, etwas durchsetzen. So wie Sie, sagt Jack.

Falkner lacht.

Junge Generation bin ich ja nicht mehr gerade, sagt Falkner.

Aber Sie bewegen etwas, sagt Jack.

Finden Sie?, sagt Falkner.

Das weiß man, das hat sich herumgesprochen, sagt Jack.

Sie schmeicheln, sagt Falkner.

Überhaupt nicht, Herr Polizeikommandant, sagt Jack. Steht doch jeden Tag in der Zeitung. Ehre wem Ehre gebührt, sagt Jack. Und deswegen wollte ich Sie auch kennenlernen, sagt Jack. Und mit Ihnen eine Sache besprechen, die mir zu schaffen macht.

Und zwar?, sagt Falkner.

Bestellen wir doch zuerst, sagt Jack, wenn Sie damit einverstanden sind. Ich bin am Verhungern.

Gern, sagt Falkner, ich auch.

Immer diese Brötchen den ganzen Tag, sagt Jack, bei den Sitzungen, zwischen den Sitzungen.

Geht mir genauso, sagt Falkner.

Ich sag immer: Politik ist ein einziges Magengeschwür, sagt Jack.

Polizeidienst auch, sagt Falkner und lacht.

Kann ich mir gut vorstellen, sagt Jack. Der Hummersalat als Vorspeise ist sehr zu empfehlen.

Warum nicht?, sagt Falkner.

Und welchen Wein, sagt Jack, weiß? Rot?

Weiß, sagt Falkner.

Würde ich auch vorschlagen, sagt Jack. Herr Ober, bitte.

Und was ich mit Ihnen besprechen wollte, sagt Jack, ist kein großes Problem, könnte aber eines werden, und, wie ich überzeugt bin, sagt Jack, völlig zu Unrecht.

Und das wäre?, sagt Falkner.

Mein angeblicher Autounfall, sagt Jack.

Ja, sagt Falkner, da liegt ein Polizeibericht vor.

Sehen Sie, sagt Jack. Schon das Autounfall zu nennen, ist ein Witz. Klingt aber furchtbar. Vor allem, wenn es in der Zeitung steht, und vor allem, sagt Jack, wenn es jetzt vor der Wahl in der Zeitung steht.

Ja, Herr Doktor, sagt Falkner, da könnten Sie Recht haben.

Und was unser politischer Gegner daraus macht, Herr Kommandant, sagt Jack, können wir uns lebhaft vorstellen, oder?

Es hat auch schon jede Menge Anfragen gegeben, sagt Falkner, seitens der Presse.

Nur seitens der Presse?, sagt Jack.

Falkner lacht.

Sehen Sie, sagt Jack, die Hyänen sind schon da.

Die sind immer da, sagt Falkner.

Genau, sagt Jack. Aber das Problem ist: Ich möchte nicht von ihnen gefressen werden.

Verstehe ich, sagt Falkner.

Das verstehen Sie doch, Herr Kommandant, oder?, sagt Jack.

Vollkommen, sagt Falkner.

Und wie ist der Hummersalat?, sagt Jack. Hab ich zu viel versprochen?

Wirklich ausgezeichnet, sagt Falkner.

Wenn ich schon nur ein Mal am Tag essen darf, sagt Jack, dann möchte ich ordentlich essen.

Man gönnt sich ja sonst nichts, sagt Falkner.

Genau, sagt Jack lachend. Und um es kurz zu machen, Herr Kommandant, ich würde diese Sache gern aus der Welt geschafft haben.

Verstehe, sagt Falkner.

Was könnten Sie mir da raten?, sagt Jack.

Ich habe den Polizeibericht gelesen, sagt Falkner.

Und?, sagt Jack. Natürlich würde ich mich für jeden fachlichen Rat entsprechend erkenntlich zeigen, sagt Jack.

Aber ich bitte Sie, Herr Doktor, sagt Falkner.

Das ist doch selbstverständlich, sagt Jack. Alles kostet was. Und ein Expertenrat erst recht.

Was ich Sie in diesem Zusammenhang aber fragen wollte, sagt Falkner.

Fragen Sie, sagt Jack.

Wieso haben Sie das Auto, nachdem Sie in den Zaun gefahren sind, einfach stehen lassen und sind verschwunden? Wieso haben Sie nicht auf die Polizei gewartet?, sagt Falkner.

Herr Polizeikommandant, sagt Jack, wir können ja offen reden.

Ich bitte darum, sagt Falkner.

Wir hatten eine Wirtschaftsdelegation aus Finnland, sagt Jack, den ganzen Tag Verhandlungen und am Abend ein Essen. Und ein Abendessen mit solchen Gästen und nach so einem Tag, sagt Jack, ist nie nur ein Essen, sondern auch ein Trinken. Und es muss getrunken werden, sagt Jack. Ich kann nicht mit Wasser anstoßen, wenn der finnische Delegationsleiter mit Wein anstoßen möchte.

Das sehe ich ja ein, sagt Falkner.

Und da hab ich vielleicht einmal zu oft angestoßen, sagt Jack. Nicht dass ich etwas gespürt hätte, ich hab nicht viel getrunken, sagt Jack, ich war nüchtern, ich kam mir nüchtern vor. Aber Sie wissen, sagt Jack, wie viel Promille man dann wirklich im Blut hat, kann man schwer abschätzen. Und der Gefahr, die Polizei findet dann mehr Promille als erlaubt und das steht dann auch in der Zeitung, dieser Gefahr wollt ich mich nicht wirklich aussetzen, sagt Jack, jetzt vor der Wahl.

Verstehe, sagt Falkner.

Sie verstehen mein Problem?, sagt Jack.

Ja, sicher, sagt Falkner.

Mich politisch abschießen zu lassen wegen einer Bagatelle, sagt Jack, ich hab ja niemanden verletzt außer einen Zaun, fände ich als Strafe dann doch etwas zu hart. Finden Sie nicht?

Es kommt darauf an, sagt Falkner.

Erst unlängst hab ich mit Ihrem Innenminister gesprochen, sagt Jack. Wir kennen uns ja schon seit Jahren, und ich darf mich rühmen, an einigen der wichtigsten Besetzungen in Ihrem Haus durchaus mitbeteiligt gewesen zu sein. Das heißt natürlich war es mein Minister, aber Sie wissen ja, wie es in einem Ministerbüro zugeht, sagt Jack.

Man redet, man hat Ideen, man überlegt gemeinsam, welche Persönlichkeiten geeignet wären für welche Funktion, man will ja schließlich die Besten und die Verlässlichsten um sich haben, oder? Und natürlich haben wir damals auch über Sie gesprochen, Herr Kommandant, sagt Jack, wie man es eben so tut unter Gesinnungsfreunden, auch von einem Ministerium zum anderen, und wie Sie sehen: positiv.

Freut mich, sagt Falkner.

Übrigens haben wir gerade morgen wieder ein Arbeitsessen, sagt Jack, Ihr Minister und meiner.

Oh, sagt Jack und schaut auf die Uhr, fast hätte ich vergessen. Haben Sie heut noch was vor?

Eigentlich nicht, sagt Falkner, wieso?

Ich müsste noch wohin, sagt Jack, und es wäre mir ein Vergnügen, wenn Sie mich begleiten könnten.

Wo ist das?, sagt Falkner.

Und ungestörter reden lässt es sich dort auch, sagt Jack im Auto.

Und wie geht es dem Herrn Minister?, sagt Falkner.

Wunderbar, sagt Jack. Übrigens, das Etablissement ist eins A. Und total diskret. Kennen Sie es?

Ich hab schon gehört davon, sagt Falkner.

Aber dort gewesen sind Sie noch nie?, sagt Jack.

Nein, sagt Falkner.

Da haben Sie echt was versäumt, Herr Kommandant, sagt Jack. Sie werden sehen: nur erstklassige Gäste und einen Bordeaux, von dem können Sie nur träumen.

Wirklich?, sagt Falkner.

Sie trinken doch Rotwein, oder?, sagt Jack.

Sehr gern, sagt Falkner lachend, vor allem, wenn er gut ist.

Wenn ich es sage, sagt Jack, ebenfalls lachend.

Und, wie gefällt Ihnen das Etablissement?, sagt Jack, als sie das Lokal betreten.

Sehr schön, sagt Falkner und sieht sich um, sehr gemütlich.

Sag ich doch, sagt Jack.

Herr Doktor, sagt der Kellner, der übliche Tisch?

Ja, sagt Jack. Und, René, sagt Jack und legt dem Kellner die Hand auf die Schulter, meinen speziellen Bordeaux, Sie wissen schon, für meinen Gast.

Und für Sie nicht?, sagt René.

Jack lacht und zieht den Kellner am Ohr. Sie Schlitzohr, sagt Jack.

Und, sagt Jack, wie schmeckt er?

Exquisit, sagt Falkner, davon gern mehr.

Haben wir, sagt Jack lachend, haben wir. Und wie gefallen Ihnen die Mädchen?, sagt Jack.

Nicht schlecht, sagt Falkner.

Welche gefällt Ihnen am besten?, sagt Jack.

Die sind ja hoffentlich alle registriert?, sagt Falkner.

Natürlich, sagt Jack, alles gesetzeskonform.

Die Schwarze dort auch?, sagt Falkner.

Welche?, sagt Jack.

Die mit dem Minirock, sagt Falkner.

Die mit den schlanken Hüften?, sagt Jack.

Ja, sagt Falkner, die sich jetzt umdreht und herschaut.

Die Sandra?, sagt Jack. Die ist extrem gesetzeskonform. Die tut alles, was man ihr vorschreibt.

Alles?, sagt Falkner und lacht.

Folgt aufs Wort, sagt Jack, glauben Sie mir. Alles getestet. Bei der Gelegenheit, sagt Jack, nimmt sein Glas und hält es Falkner hin, ich heiß Jack.

Okay, sagt Falkner, Herbert.

Freut mich, Herbert, sagt Jack.

Sie stoßen an.

Und, sagt Falkner, was macht sie alles aufs Wort?

Was hättest du gern?, sagt Jack.

Falkner lacht.

Alles ist alles, sagt Jack, genital, anal, oral und, wenn du willst, alles ohne.

Ist sie sauber?, sagt Falkner.

Blitzsauber, sagt Jack. Hier sind alle blitzsauber.

Und auch schon achtzehn?, sagt Falkner.

Natürlich, sagt Jack. Glaubst du, wir lassen uns alle einsperren von dir?

Falkner lacht. Einmal Polizist, sagt er, immer Polizist.

Was wir auch an dir schätzen, sagt Jack.

Die schaut wirklich gut aus, sagt Falkner.

Dann überprüf sie doch selber, sagt Jack, du bist mein Gast.

Echt?, sagt Falkner.

Jack ruft René. René kommt, Jack sagt ihm etwas ins Ohr.

Das Verhörzimmer ist reserviert, sagt Jack, und die Delinquentin wartet, zitternd vor Angst. Aber vorher trinken wir noch einen Schluck, sagt Jack. Möchtest du noch etwas essen?, sagt Jack. Ein paar Austern?

Nein, danke, sagt Falkner, vor denen graust es mir.

Aber ich nehme noch ein paar, sagt Jack und ruft René. Sonst was?

Ich bin satt, sagt Falkner und beobachtet Sandra, die immer wieder hersieht zu ihm und lacht.

Ich glaub, Sandra freut sich schon auf die Härte des Gesetzes, sagt Jack und schlürft die Auster. Wie sie herumrutscht auf ihrer Muschi. Aber um das abzuschließen, sagt Jack, wir sind so weit klar: Für deinen Polizeikulturverein 10.000 in bar und für deine Vereinszeitung ein Inserat für 3.000. Ist das in Ordnung?

Ich hätte eher an 5.000 gedacht, sagt Falkner.

Auch recht, sagt Jack, 5.000, okay?

Ja, sagt Falkner. Sind wir jetzt fertig?

Aber sicher, sagt Jack. Wie nennt das der Fachmann? Außergerichtliche Einigung, oder?

Genau, sagt Falkner.

Dann auf die außergerichtliche Einigung, sagt Jack und hebt das Glas, und auf eine gute Freundschaft.

Sie stoßen an.

Und jetzt zu den angenehmen Seiten des Lebens, sagt Jack und winkt Sandra.

Und was prüfst du derweil?, sagt Falkner.

Das Arschloch von der Sybille, sagt Jack. Das überprüf ich fast täglich. Denn ein so zartes und zugleich festes Arschloch findest du in ganz Europa nicht. Und das will gepflegt sein, verstehst du?, sagt Jack. Ich borg es dir gern einmal, als Zeichen meiner Freundschaft.

Vielleicht beim nächsten Verkehrsunfall, sagt Falkner.

Bei zwei, sagt Jack, die ist zwei wert. Mindestens.

Glaubst du, es ist mir egal?, sagt Sabine.

Ich weiß nicht, ob es dir egal ist, sagt Hanno.

Es ist mir nicht egal, sagt Sabine.

Gut, sagt Hanno, es ist dir nicht egal.

Dass du dir das nicht denken kannst, sagt Sabine.

Was?, sagt Hanno.

Dass mir das auf keinen Fall egal sein kann, sagt Sabine.

Warum sollte ich daran denken?, sagt Hanno. Wir sind getrennt. Ich sehe keinen Anlass daran zu denken, was dir egal ist und was nicht.

Wir sind nicht getrennt, sagt Sabine.

Wir sind nicht getrennt?, sagt Hanno.

Ich wohne hier, sagt Sabine, und du wohnst hier. Und Moritz wohnt hier.

Na und?, sagt Hanno.

Also sind wir nicht getrennt, sagt Sabine, sondern wohnen hier zusammen.

Zusammen wohnen tun viele, sagt Hanno.

Wie deine zwei Schwestern, sagt Sabine.

Genau, sagt Hanno, die wohnen auch hier zusammen mit ihren Männern und sind getrennt.

Aber sie haben keine anderen Männer in der Wohnung, sagt Sabine.

Jeder, wie er will, sagt Hanno.

Ich sehe nicht ein, sagt Sabine, dass, solange ich hier wohne, auch Franziska hier wohnen muss.

Dann zieh aus, sagt Hanno.

Das meinst du nicht ernst, sagt Sabine.

Wieso nicht?, sagt Hanno.

Mit was für einem Geld?, sagt Sabine. Mit was für einem Geld soll ich ausziehen?

Du verdienst doch, sagt Hanno, oder?

Damit kann ich mir doch keine Wohnung leisten, sagt Sabine.

Dafür kann ich nichts, sagt Hanno.

Und was ist mit Moritz, sagt Sabine, den soll ich dalassen?

Der fährt sowieso weg, sagt Hanno.

Der kommt aber wieder zurück, sagt Sabine.

Dann soll er wohnen, wo er will, sagt Hanno, bei dir oder bei mir. Was gehst du mir auf die Nerven damit?

Weil ich ein Recht darauf hab, hier zu wohnen, sagt Sabine.

Ich hab nichts dagegen, dass du hier wohnst, sagt Hanno. Wohne hier. Was regst du dich auf?

Ich reg mich nicht auf, sagt Sabine.

Doch, sagt Hanno, du regst dich ständig auf. Mama sagt auch, wieso regt sich die ständig auf. Ihr seid getrennt und Schluss. Papa und ich sind auch getrennt und wohnen hier zusammen und keiner regt sich auf.

Hörst du mir nicht zu?, sagt Sabine. Ich reg mich nicht auf.

Sondern?, sagt Hanno.

Ich hab was dagegen, dass Moritz mit ansehen muss, wie sein Vater ständig mit einer anderen Frau herumknutscht, und ich sitz daneben, sagt Sabine.

Du hast was dagegen, dass du es mit ansehen musst, sagt Hanno.

Ich rede von Moritz, sagt Sabine.

Du redest von dir, sagt Hanno. Du redest immer von dir.

Ich rede von Moritz, sagt Sabine. Wieso kannst du nicht akzeptieren, wenn ich sage, ich rede von Moritz, dass ich von Moritz rede?

Du redest nicht von Moritz, sagt Hanno, du schiebst Moritz vor.

Was würdest denn du sagen, wenn dein Vater ständig herumknutscht mit einer anderen Frau so wie du, und deine Mutter sitzt daneben?, sagt Sabine.

Lass meinen Vater aus dem Spiel, sagt Hanno.

Ich red nicht von deinem Vater, sagt Sabine, ich rede von dir.

Mein Vater knutscht nicht herum mit einer anderen Frau, sagt Hanno, kapiert.

Ich sag ja nur, sagt Sabine.

Du brauchst überhaupt nichts zu sagen, sagt Hanno, denn du hast hier überhaupt nichts zu sagen, verstanden? Was meine Familie macht oder nicht, geht dich einen Scheißdreck an. Es ist nicht dein Haus, es ist unser Haus. Und wenn Franziska hier wohnt, dann wohnt sie hier. Und wenn dir das nicht passt, sagt Hanno, dann nimm deine Scheißsachen und hau ab. Und wenn du weiter so blöd daherredest, schmeiß ich dich eigenhändig hinaus, samt deinem Moritz.

Oh, sagt Sabine, samt meinem Moritz? Hast du gehört, Moritz?

Die Schülerin steht vor ihm und schaut ihn an. Sie trägt einen kurzen Rock und Kniestrümpfe. Sie weiß nicht, wann Rilke gelebt hat, und weiß keines seiner Werke zu nennen. Sie schaut Hilfe suchend in die Klasse. Manche versuchen ihr einzusagen, aber sie kann die Gesten nicht deuten. Nicole, sagt Stöger, wann könnte Rilke gelebt haben, im 20. Jahrhundert, im 19. Jahrhundert? Sie reibt die nackten Knie aneinander. Sie lächelt ihn an und kratzt sich an der Hüfte.

Der Rock rutscht dabei den halben nackten Schenkel hinauf und wieder hinunter. Sie hört nicht auf, sich zu kratzen, denkt Stöger. Wieso hört sie nicht auf, sich zu kratzen?, denkt Stöger. Er starrt auf den nackten Schenkel, der auftaucht und wieder verschwindet. Er erschrickt und schaut hoch. Hat sie etwas bemerkt?, denkt er. Hat sie bemerkt, dass ich auf ihren nackten Schenkel starre, und hört sie deswegen nicht auf sich zu kratzen? Was ist, Nicole?, sagt Stöger. Sie lächelt ihn immer noch an, zuckt mit den Achseln. Sie schiebt das eine Knie vor, dann das andere. Es wird lauter in der Klasse. Bitte Ruhe, sagt Stöger. Haben die anderen auch bemerkt, dass ich auf Nicoles Schenkel starre?, denkt Stöger. Hat Nicole den anderen nicht eben einen Blick zugeworfen, der besagt: Schaut, wie er auf meine Schenkel starrt? Ermuntern sie die anderen nicht, weiter mit ihren Schenkeln zu spielen? Haben sie es nicht gemeinsam darauf angelegt, mich aus der Fassung zu bringen? Jetzt bückt sie sich, spreizt ein bisschen die Beine und kratzt sich am Innenschenkel. Das ist Absicht, denkt Stöger. Die will mich fertigmachen. Die ganze Klasse will mich fertigmachen, denkt Stöger. Also wann hat Rilke gelebt?, sagt Stöger scharf. Ich müsste dringend auf die Toilette, sagt Nicole und presst die Schenkel aneinander. Die Klasse lacht. Ich muss wirklich dringend auf die Toilette, Herr Professor, sagt Nicole und geht leicht in die Hocke, greift sich auf den Bauch und zieht dabei weiter ihren Rock hoch. Geh, sagt Stöger, aber schnell. Danke, Herr Professor, sagt Nicole und geht mit übertrieben zusammengepressten Schenkeln und etwas gebückt zur Tür. Die Klasse tobt. Weiß sonst wer, wann Rilke gelebt hat, schreit Stöger, oder wollen alle aufs Klo? Ja, schreien alle. Also, wann hat Rilke gelebt, Daniela, schreit Stöger, und was waren seine Werke? Und während alle durcheinander rufen, versucht Stöger, seinen steifen Schwanz unbemerkt hinunterzudrücken. Denn er kann nicht länger hier sitzen bleiben wie einzementiert, denkt Stöger. Er muss aufstehen. Aber so kann er nicht aufstehen. Er hebt seinen Hintern hoch, um zu überprüfen, ob sein Schwanz ausreichend hinuntergedrückt ist. Ich muss mich konzentrieren, denkt er. Soll ich Nicole weiter prüfen, wenn sie zurückkommt? Soll ich sagen: Wir prüfen morgen weiter? Was würde das für einen Einruck machen? Was würde man über ihn denken? Dass Nicole ihn besiegt hat? Dass er schwach ist? Dass man alles mit ihm machen kann, wenn man nur Schenkel hat zum Herzeigen? Würden sie ihn jetzt weiter zur Sau machen? Wieso reißt die Irmgard gerade jetzt so weit ihre Beine auseinander? Ist das Zufall? Wieso starren mich alle so an? Sehen die mir an, dass ich verzweifelt versuche, meinen Schwanz hinunterzudrücken? Sieht man die Anstrengungen in meinem Gesicht? Rede ich Blödsinn?

Die Blicke der Schüler wenden sich Nicole zu, als sie wieder die Klasse betritt. Einen Augenblick, sagt Stöger, nimmt das Klassenbuch und hält es sich vor den Leib und läuft zur Tür. Keinen Krach machen, sagt er, bin gleich wieder da.

Der Gang ist leer. Auf dem Lehrerklosett schaut er in alle Kabinen. Niemand da. Er sperrt sich ein, reißt das Hosentor auf, sein Schwanz schnalzt heraus, und drei Mal stößt er Nicole den Schwanz in den Leib, während er ihr ausgezogenes Höschen zwischen den Zähnen hat und ihre Beine an den Knien auseinanderdrückt, die Innenseiten ihrer Schenkel möglichst weit links und rechts neben sich ausbreitend, die immer wieder zusammenwollen. Aber nein, sagt er, jetzt gehören sie mir, so lang, bis du weißt, wann Rilke gelebt hat, so lang werde ich sie dir auseinanderdrücken und mich dazwischen hineinpflanzen in dich und dich an mich angeschlossen halten, damit das Wissen vielleicht auf diese Weise in dich hineinfließt, und du wirst sehen, du wirst mich sogar noch umklammern wollen mit deinen nackten Schenkeln und mich bitten, mich noch weiter umklammert halten zu dürfen mit deinen Schenkeln, und mich bitten, ja nicht zu gehen, bitte, bitte, Herr Professor, ja nicht gehen, und bitte, bitte, ja nicht den Schwanz herausnehmen, und bitte, bitte, noch tiefer, unbedingt noch tiefer, Herr Professor, wirst du schreien, ganz tief, ich möchte Ihren Schwanz ganz tief in mich hineingesteckt haben, Herr Professor, und noch schneller stoßen, bitte, bitte, Herr Professor, noch schneller stoßen, noch stärker, noch tiefer. Und nein, nicht aufhören, Herr Professor, bitte nicht aufhören, ja nicht aufhören, wirst du schreien, auf keinen Fall aufhören, damit du trotzdem eine gute Note kriegst in Deutsch, obwohl du immer noch nicht weißt, wann Rilke gelebt hat. Und schon spritzt Stöger, viel zu früh, gern hätte er sich länger in dem jungen Fleisch aufgehalten, eine für ihn überraschend große Menge aus sich heraus gegen den Spülkasten, während er das Klassenbuch fest unter seiner Achsel geklemmt hält.

Nein, Herr Anwalt, davon bin ich überzeugt. Ich habe lange nachgedacht, ich hab ja genug Zeit, um nachzudenken, und bin felsenfest davon überzeugt: Der Höhepunkt im Leben der Janine war ich, indem ich zurückgekommen bin. Sie lachen, Herr Anwalt. Aber es ist so. Es gibt Menschen, die haben ein Leben, in dem kommt immer wieder jemand zurück und ist dann da. Und es gibt Menschen, die haben nicht so ein Leben, da ist nie jemand wirklich da, der dann später auch zurückkommen könnte. So ein Leben hat Janine gehabt. Das weiß ich. Und ich weiß auch: Nach mir wäre niemand mehr zurückgekommen. Ich war der Letzte. Denn Janine hat niemand anderen, der wieder hätte zurückkommen können. Und Melanie, unsere Tochter, wollte weggehen so früh wie möglich, das hat sie mir selbst gesagt, Kinder gehen heutzutage früh weg, und sie wäre nicht mehr wiedergekommen. Oder glauben Sie, dass sie wiedergekommen wäre? Aber ich bin wiedergekommen. Mit mir hätte sich Janine noch einmal ein Leben aufbauen können, noch etwas planen, weniger rauchen, weniger saufen, vielleicht auch noch einen anderen Posten bekommen als den in der Putzbrigade. Ich habe es ihr angeboten. Aber sie wollte nicht. Sie wollte sich mit mir kein Leben mehr aufbauen. Das hat sie mir deutlich zu verstehen gegeben. Mit einem Lottogewinn wollte sie sich ein Leben aufbauen. Immer nur mit einem Lottogewinn. Ununterbrochen hat sie Lotto gespielt, Herr Anwalt. Ihr halbes Gehalt hat sie im Lotto verspielt. Sogar nach Italien ist sie gefahren, um den Jackpot in Italien zu knacken mit seinen 150 Millionen, in einem Tag an die italienische Grenze und zurück und mit allen ihren Ersparnissen, um sich mit den 150 Millionen endlich ein Leben aufzubauen, wie sie gesagt hat, als ich sie gefragt habe, ob sie spinnt. Aber mit mir wollte sie nicht. Dabei wäre ich viel näher gewesen als die 150 Millionen in Italien, oder?

Wow, sagt Hannah. Sie bleibt im Auto sitzen. Prächtig, prächtig, sagt Hannah.

Hier bin ich aufgewachsen, sagt Jack.

Das ist ja ein echtes Schloss, sagt Hannah.

Schloss, sagt Jack. Ein Landhaus.

Und hier bist du aufgewachsen?, sagt Hannah. Sie steigt aus.

Ja, sagt Jack.

Eine schöne Kindheit, sagt Hannah, oder?

Kennst du meine Mutter?, sagt Jack.

Nein, woher?, sagt Hannah.

Eben, sagt Jack.

Ein tolles Haus, sagt Hannah.

Das längst nicht mehr uns gehört, sagt Jack.

Sondern?, sagt Hannah.

Meine Mutter hat es verkauft, sagt Jack.

Und du wohnst drin?, sagt Hannah.

Ich hab es gemietet, sagt Jack.

Von wem?, sagt Hannah.

Von einem tschechischen Immobilienunternehmen, sagt Jack.

Und wem gehört das Unternehmen?, sagt Hannah.

Einer österreichischen Firma, sagt Jack.

Und die österreichische Firma, sagt Hannah, wem gehört die?

Mir, sagt Jack.

Einen Drink?, sagt Jack und nimmt eine der Flaschen. Cognac? Martini?

Später, sagt Hannah, umarmt ihn und fällt mit ihm auf das Sofa.

Sollten wir uns nicht ausziehen?, sagt Jack.

Später, sagt Hannah und zieht ihm die Hose herunter, küsst seinen Bauch, schiebt ihm das Hemd mit dem Kopf hoch und beginnt seinen Schwanz zu wichsen, nimmt ihn in den Mund, bis er steht, steigt aus dem Höschen, schwingt ein Bein über ihn drüber und setzt sich auf seinen Schwanz, der in ihr verschwindet.

Das geht so nicht, sagt er und drückt gegen ihre Schenkel, steh auf.

Ist das nicht gut?, sagt sie.

Doch, sagt er, aber.

Ich find das sehr gut, sagt sie, besser als gestern.

Ja, sagt er, aber.

Und ob das gut ist, sagt sie, das ist irrsinnig gut.

Ist ja okay, sagt er, aber.

Bin ich dir zu schwer?, sagt sie.

Nein, sagt er, aber ich möchte.

Da hat sie schon ihre Bluse geöffnet und versucht, den Büstenhalter von den Brüsten zu schieben, zerrt am Stoff, will das Brustfleisch, von unten nach oben über den Stoffrand drücken, der aber zu eng ist, zuerst die Brustwarzen einklemmt, dann die unteren Hälften der Brüste, ehe sie herausspringen, kurz über ihm baumeln, dann auf sein Gesicht fallen und es vollständig bedecken. Jack bäumt sich auf, rudert mit den Händen, versucht, die Brüste von seinem Gesicht zu heben, die aber zu groß sind, um ihm nicht immer wieder erneut aufs Gesicht zu klatschen.

Wollen Sie mich ersticken, Frau Außenminister?, hört sie ihn undeutlich unter ihren Brüsten rufen.

Frau Bundesminister für internationale und europäische Politik heißt das. Wiederhole, sagt sie, Frau Bundesminister für internationale und europäische Politik, und drückt ihm lachend weiter mit ihren Brüsten den Kopf in die Polsterung.

Das sind Brüste, was?, sagt sie. Sind das nicht Brüste?, sagt sie.

Ja, sagt er. Mit einem Ruck hat er seinen Kopf auf die Seite gedreht, die Brüste liegen schwer auf seinem Ohr. Aber lass mich oben, sagt er, lass mich oben.

Später, sagt sie und rutscht mit dem Knie ab bei einer ihrer hastigen Bewegungen, mit denen sie ihren Hintern hebt, und fällt, Jack mit sich reißend, als Ganzes vom Sofa, und er auf sie drauf, der sich sofort mit aller Kraft zwischen ihre Schenkel hineinzuschieben sucht, die sie weit öffnet, um ihm Platz zu machen. Aber immer noch ist da zu viel Schenkelfleisch, durch das er sich durchquetschen muss, und er quetscht sich durch, energisch stößt er es zur Seite mit seinen Oberschenkeln. Seine Zehennägel, die auf dem Teppich Halt suchen, hört er über den Teppich kratzen, ihre Knie stemmt er mit beiden Händen links und rechts weg von sich, sie stöhnt auf, es knackt in ihrem Hüftgelenk, und endlich spürt er, wie sein Schwanz einfährt in sie, und er stößt zu, schwimmt hin und her auf den Fettwülsten ihres Bauchs, sodass es ihm schwer fällt, das Gleichgewicht zu halten, schiebt sich einmal die eine, dann die andere ihrer Brüste zurecht, um an den Brustwarzen zu saugen, die ihm aber immer wieder seitlich gegen ihre Achselhöhlen davonrutschen, sodass er sie loslässt, sich links und rechts auf dem

Boden abstützt mit den Händen, um gezielter zwischen ihre Schenkel hineinzukommen. Schweiß tropft ihm von der Nase. Laut klatschen seine Hüftknochen immer wieder und immer schneller gegen ihre nassen Schenkel. Ja, sagt sie, ja, krallt sich an seinem Rücken fest, versucht immer wieder, um ihn anzufeuern, mit ihren Fersen gegen seinen auf- und abspringenden Hintern zu schlagen, was ihr aber nie gelingt, ohne Gefahr zu laufen, ihn mit den Schenkeln als Ganzes auf den Teppich hinauszudrücken, auf dem er, wie sie weiß, als Kind oft mit sich selber stundenlang DKT gespielt hat.

Schön, hier zu liegen, sagt Hannah, wo du stundenlang DKT gespielt hast.

Ja, sagt Jack, wunderschön. Und hier, sagt er, springt auf und geht zum Flügel, hab ich stundenlang wunderschön Klavier spielen müssen.

Spielst du noch?, sagt Hannah.

Nein, sagt Jack. Und hier, sagt er und zeigt auf einen Sessel, hab ich stundenlang sitzen müssen und aufsagen, was ich gelernt hab.

Und kannst du es noch?, sagt Hannah.

Nein, sagt Jack. Und hier auf diesem Sofa ist stundenlang meine Mutter gesessen und hat immer wieder aufs Neue gesagt: Ins Zimmer und nochmals lernen. Und hier, sagt Jack und zeigt auf ein Stück Parkettboden, über dem ein Marienbild an der Wand hängt, hab ich stundenlang auf Erbsen knien müssen und das Gegrüßet-seist-du-Maria beten. Einmal, weil ich nicht rechtzeitig zum Essen gekommen bin, sagt Jack. Einmal, weil ich gesagt hab, ich bin krank, ich kann nicht zur Schule, und war gar nicht krank. Und einmal, weil sie mich mit einem Playboy erwischt hat. Da hab ich zehn Mal das Gegrüßet-seist-du-Maria beten müssen.

Und, sagt Hannah, kannst du es noch?

Was?, sagt Jack.

Das Gegrüßet-seist-du-Maria?, sagt Hannah.

Im Schlaf, sagt Jack. Und wenn ich nichts denke, wenn ich nichts drin hab in meinem Kopf, sagt Jack, ist immer noch das Gegrüßet-seist-du-Maria drin, als ob die Wände meines Kopfes austapeziert wären mit diesem Gegrüßet-seist-du-Maria, mein Kopf nur den einen Sinn hätte, ständig dieses Gegrüßet-seist-du-Maria mit sich herumzuschleppen. Und hier drauf, sagt er und zeigt auf einen Hocker, hab ich stundenlang stehen müssen in dem weißen Erstkommunionskleid meiner Schwester.

Im Erstkommunionskleid?, sagt Hannah.

Ja, sagt Jack.

Deiner Schwester?, sagt Hannah.

Ja, sagt Jack, meiner Schwester.

Aber wieso?, sagt Hannah.

Weil ich zu meiner Schwester gesagt hab: Du bist eine dreckige Hure, sagt Jack. Da war ich fünf.

Und daran kannst du dich erinnern?, sagt Hannah.

Daran werd ich mich immer erinnern, sagt Jack.

Und woher hast du das gehabt?, sagt Hannah.

Was?, sagt Jack.

Das mit der Hure, sagt Hannah.

Aus dem Kindergarten, sagt Jack. Woher sonst?

Hannah lacht. Aus dem Kindergarten?, sagt Hannah.

Ja, sagt Jack, aus dem Kindergarten zu den Heiligen Schwestern.

Aus dem Kindergarten zu den Heiligen Schwestern?, sagt Hannah lachend.

Ja, sagt Jack. Alles, was ich über Frauen weiß, sagt Jack, weiß ich aus dem Kindergarten zu den Heiligen Schwestern.

Und was ist mit der Scheidung?, sagt Hannah auf der Autobahn.

Du weißt, sagt Jack, nicht vor der Wahl.

Aber man hat uns schon gesehen, sagt Hannah, das weißt du ja?

Nein, sagt Jack und fährt in die erste Spur zurück. Man hat uns gesehen?

Ja, sagt Hannah.

Und das sagst du mir jetzt?, sagt Jack.

Wann hätte ich es denn sagen sollen?, sagt Hannah.

Wie wir hergefahren sind, sagt Jack.

Damit wir uns den Abend versauen?, sagt Hannah. Es reicht, wenn ich es jetzt sage, oder?

Was heißt: Es reicht, wenn ich es dir jetzt sage?, sagt Jack. Das steht morgen in der Zeitung.

Das steht morgen nicht in der Zeitung, sagt Hannah.

Und ob das morgen in der Zeitung steht, sagt Jack.

Die haben doch nichts in der Hand, sagt Hannah.

Die haben nichts in der Hand?, sagt Jack. Man hat uns gesehen.

Nichts Konkretes, sagt Hannah.

Keine Fotos?, sagt Jack.

Nicht dass ich wüsste, sagt Hannah.

Und wenn doch?, sagt Jack. Die haben sicher Fotos.

Nein, sagt Hannah.

Wieso nein?, sagt Jack.

Weil er dann sicher gesagt hätte, wir haben Fotos, sagt Hannah.

Wer er?, sagt Jack. Wer hätte das gesagt?

Der Journalist, sagt Hannah.

Welcher Journalist?, sagt Jack.

Der mich drauf angesprochen hat, sagt Hannah.

Ja, sagt Jack, aber von welcher Zeitung?

Weiß ich nicht, sagt Hannah.

Das weißt du nicht?, sagt Jack.

Nein, sagt Hannah, noch nie gesehen.

Das müssen wir aber wissen, sagt Jack.

Ich hab aber nicht fragen können, sagt Hannah.

Das muss man aber fragen, sagt Jack.

Mitten im Trubel, sagt Hannah, wie soll ich da fragen?

Wurscht, ob Trubel oder nicht, sagt Jack, man muss fragen.

Er ist aufgetaucht wie aus dem Nichts, sagt Hannah, und wieder verschwunden.

Das ist doch das Erste, was man fragt, sagt Jack. Wenn man einen Journalisten nicht kennt, fragt man, von welcher Zeitung. Damit man anrufen kann, sagt er, damit man dem Chefredakteur die Hölle heiß machen kann, wenn er das druckt.

Ich hab aber nicht können, sagt Hannah. Reicht das jetzt?

Wann und wo überhaupt?, sagt Jack.

Was wann und wo?, sagt Hannah.

Hat man uns gesehen, sagt Jack.

Nach der Außenministertagung, sagt Hannah.

Nach der Außenministertagung?, sagt Jack. Das gibt es doch nicht.

Doch, sagt Hannah, in der Tiefgarage.

In der Tiefgarage?, sagt Jack. Da war doch niemand. Ich hab mich doch umgesehen. Da war niemand.

Sichtlich doch, sagt Hannah.

Und was hat er gesehen?, sagt Jack. Was kann er gesehen haben?

Ob er es selber gesehen hat, sagt Hannah, weiß ich nicht.

Aber was hat er gesagt?, sagt Jack.

Dass wir in der Tiefgarage gesehen worden sind, sagt Hannah, und ob wir ein Verhältnis haben.

Dass wir gesehen worden sind, sagt Jack. Was sagt denn das schon? Zwei Mitglieder der Regierung nach einer Außenministertagung in einer Tiefgarage.

Ja, sagt Hannah, aber dass zwei Mitglieder der Regierung, noch dazu die Außenministerin und der Büroleiter des Wirtschaftsministers, sagt Hannah, nach einer Außenministertagung in einer Tiefgarage schmusen auf Teufel komm raus, sagt schon was, oder?

Wir haben geschmust?, sagt Jack.

Auf Teufel komm raus, sagt Hannah.

Echt? Wir haben geschmust?, sagt Jack. Wann?

Wie ich gekommen bin, sagt Hannah. Ich bin gekommen, du bist aus dem Auto ausgestiegen und wir haben geschmust.

So eine Scheiße, sagt Jack. Warum haben wir nicht im Auto geschmust?

Ja, sagt Hannah, eine ziemliche Scheiße.

Aber wo hat sich das Arschloch versteckt?, sagt Jack. Wo kann sich das Arschloch versteckt haben?

Keine Ahnung, sagt Hannah. Vielleicht ist da jemand anderer auch noch in seinem Auto gesessen und hat gewartet wie du.

Und was hast du gesagt?, sagt Jack.

Was soll ich gesagt haben?, sagt Hannah. Ich hab es abgestritten, was sonst? Aber Tatsache ist, sagt Hannah, die Presse hat Witterung aufgenommen.

Blut gerochen, willst du sagen, sagt Jack.

Egal, sagt Hannah, wir müssen uns etwas einfallen lassen. Vor allem du musst dir etwas einfallen lassen, sagt Hannah. Ich bin ja schon geschieden.

[…]

Er sieht an sich hinunter, bevor er auf die Straße tritt. Er entdeckt nichts Auffälliges an seiner Kleidung. Die Hose ist geschlossen. Keine Flecken. Aber ich bin gespeichert, denkt er, sie werden mich ausfindig machen. Sie werden im Klassenzimmer stehen, mitten im Unterricht, und sagen, Herr Professor Stöger, würden Sie bitte mitkommen, und ich werde fragen: wieso?, und sie werden sagen, laut, sodass es alle Schüler hören können: Weil Sie sich im Internet nackte kleine Mädchen anschauen, die sexuell missbraucht werden, und dabei masturbieren. Und der Herr Direktor wird uns entgegenkommen und sagen: Was ist los mit Herrn Professor Stöger, einem unserer Besten und Engagiertesten im Aufbau einer modernen Schulbibliothek? Und sie werden sagen: Herr Professor Stöger wird verhaftet, weil er sich im Internet nackte kleine Mädchen anschaut, die sexuell missbraucht werden, und dabei masturbiert. Und Kollege Hofbauer wird sagen: Ich halte Herrn Professor Stöger zwar fachlich für inkompetent, aber er ist beliebt bei den Schülern und untadelig in seinem Benehmen. Und sie werden sagen: Das mag sein, aber Herr Professor Stöger schaut sich im Internet nackte kleine Mädchen an, die sexuell missbraucht werden, und masturbiert dabei. Und Frau Kollegin Siegert wird sagen: Ich schätze Herrn Professor Stöger als ausgezeichneten Pädagogen, fast hätte ich ein Verhältnis mit ihm angefangen. Und sie werden sagen: Dazu wird es mit Herrn Professor Stöger leider nicht mehr kommen können, gnädige Frau, weil er sich im Internet nackte kleine Mädchen anschaut, die sexuell missbraucht werden, und dabei masturbiert. Und was wird meine Frau sagen?, denkt Stöger.

Wohin gehe ich?, denkt Stöger. Was schauen die Passanten so? Was sehen sie an mir? Sieht man mir an, was ich gesehen habe? Woran sehen sie es? Dreht man sich nach mir um?, denkt er. Schaut man mir nach? Gehe ich, als hätte ich etwas zu verbergen? Wie bin ich denn gestern gegangen und vorgestern? Zwicke ich die Beine zu sehr zusammen? Könnte man sich dabei etwas denken, wenn ich die Beine so zusammenzwicke? Sollte ich sie lockerer bewegen, offener? Wie schaut man denn am unverfänglichsten?, denkt er. Indem man gar nicht schaut? Indem man gar nicht den Eindruck macht, als würde man schauen wollen? Indem man eher den Eindruck macht, als hätte man überhaupt keine Lust zu schauen? Als gäbe es draußen überhaupt nichts, auf das man schauen wollte? Als wäre man vollkommen zufrieden mit dem, was man in seinem Inneren zum Schauen hat? Als hätte man überhaupt kein Bedürfnis danach, draußen etwas zum Schauen finden zu müssen? Als würde es sowieso ein wahres Vergnügen sein und vollkommen ausreichend, ausschließlich in sich hineinzuschauen?

Da sieht ihn das Mädchen an. Oder hat es mich gar nicht angesehen?, denkt Stöger. Er überholt das Mädchen mit seiner Mutter, und da sieht sie ihn an. Und er sieht es, obwohl er im selben Moment entschieden hat, nicht hinzusehen. Er sieht trotzdem hin. Er kann es nicht vermeiden hinzusehen. In dem Augenblick, in dem er denkt: Nicht hinsehen!, hat er schon hingesehen und das Mädchen hergesehen. War er es, der zuerst hingesehen hat, oder das Mädchen, das zuerst hergesehen hat? Er ist sich sicher, er hat nicht zuerst hingesehen. Ich bin vorbeigegangen, denkt Stöger, und da hab ich hingesehen, wie man auf etwas hinsieht, an dem man vorbeigeht. Das war doch kein wirkliches Hinsehen, denkt Stöger. Das war ein beiläufiges Hinsehen. Ein beiläufiges Hinsehen, wie man beim Vorbeigehen einfach beiläufig hinsieht, ist doch niemals ein wirkliches Hinsehen. Erst wenn der andere, an dem man vorbeigeht, wirklich hersieht, sieht man vielleicht wirklich hin. Aber wieso hat das Mädchen hergesehen?, denkt Stöger. Was ist es, was mich bewogen hat, als das Mädchen hergesehen hat, zurückzusehen? Ich hätte ja, trotzdem das Mädchen hergesehen hat, nicht wirklich zurücksehen müssen. Wieso habe ich also hingesehen?, denkt Stöger. Und auf ihre Beine, denkt er, obwohl er genau das nicht hat denken wollen, aber da hat er es schon gedacht. Und er denkt es gleich noch einmal: auf ihre Beine. Und ein weiteres Mal. Und so sehr er es sich verbietet, an die Beine des Mädchens zu denken, desto weniger schafft er es, an die Beine nicht zu denken. Wieso die Beine?, denkt er. Habe ich extra auf ihre Beine geschaut? Bin ich langsamer gegangen, um ausführlich auf ihre Beine schauen zu können? Nein, denkt Stöger, ich habe nicht auf ihre Beine geschaut, ich bin auch deswegen nicht langsamer gegangen. Warum sollte ich auch auf die Beine eines zehnjährigen Mädchens schauen?, denkt Stöger. Aber dass sie rote Socken anhat, das weiß ich. Wieso weiß ich das?, denkt Stöger. Wieso weiß ich, dass sie nicht nur rote Socken hat, sondern auch schlanke Waden und kleine weiße Kniekehlen? Wieso die Kniekehlen?, denkt Stöger. Die sieht man doch von vorne gar nicht. Auch nicht von der Seite. Hab ich schon von hinten, noch vor dem Vorbeigehen und noch bevor sie mich angesehen hat, auf die Beine des Mädchens und somit auf ihre Kniekehlen geschaut?, denkt Stöger. Bin ich dem Mädchen nachgegangen, um auf ihre Beine und Kniekehlen zu schauen? Auf die Kniekehlen eines zehnjährigen Mädchens? Bin ich denn schon so weit, denkt Stöger, dass ich hinter zehnjährigen Mädchen herlaufe, um auf ihre Kniekehlen zu schauen? Wo ich doch normalerweise auf die Kniekehlen der Mütter schaue und nie auf die ihrer zehnjährigen Töchter. Was ist los, denkt Stöger, wieso weiß ich auf einmal nicht, was ich alles sehe, auf was ich alles schaue, und hinterher weiß ich es doch?

Ich muss etwas trinken, denkt er. Ich kann überhaupt nicht mehr schlucken. Ich kann überhaupt nicht mehr denken. Ist das Mädchen noch hinter mir?, denkt er. Erzählt es seiner Mutter, dass ich auf seine Beine geschaut hab? Schauen sie mir jetzt beide nach? Überlegt die Mutter, ob sie die Polizei rufen soll? Folgen sie mir? Wollen sie wissen, wo ich wohne? Wird die Mutter jetzt rufen: He, Sie da, bleiben Sie stehen! Halten Sie diesen Mann auf! Wird sie mich zur Rede stellen in aller Öffentlichkeit, mich auffordern, mich auszuweisen, mich festhalten, mich fragen, wieso mich die Beine ihrer Tochter interessieren? Was tun sie jetzt hinter mir?, denkt Stöger. Soll ich zu laufen beginnen? Einen Haken schlagen und im Kaufhaus verschwinden? Was hab ich denn, denkt Stöger, das kann mir doch egal sein, was die jetzt tun. Deswegen dreht man sich doch nicht um. Wieso umdrehen?, denkt Stöger. Ich will mich doch gar nicht umdrehen. Nicht umdrehen, denkt Stöger und dreht sich um. Und da steht das Mädchen schon etwas entfernt von ihm vor einer Auslage mit seiner Mutter und sieht ihn an. Und wie er hinsieht, lächelt sie. Meint sie mich?, denkt Stöger. Nein, denkt er. Doch, denkt er, sie meint mich mit dem Lächeln. Sonst ist ja niemand da, dem sie zulächeln könnte. Sie lächelt mir zu. Aber wieso lächelt sie mir zu?, denkt er. Sie kennt mich doch gar nicht. Aber sie meint mich. Natürlich meint sie mich. Nur nicht zurücklächeln, denkt Stöger in dem Moment, in dem er den Mund schon leicht verzogen hat zu einem Lächeln. Hab ich denn jetzt gelächelt?, denkt er erschrocken und wendet rasch den Kopf ab und geht weiter. Ich lächle doch nicht noch immer?, denkt er und überprüft hastig sein Gesicht. Nein, selbstverständlich lächelt er nicht. Und er hat auch vorher nicht gelächelt. Dessen ist er sich sicher. Er hat nur daran gedacht zu lächeln. Aus einem Reflex heraus. Wie man eben automatisch zurücklächelt, wenn einem jemand zulächelt. Aber diesmal hat er nicht gelächelt, todsicher nicht, auch nicht aus einem Reflex heraus. Er hat nur das Gefühl gehabt, lächeln zu müssen, nur automatisch die Aufforderung gefühlt zurückzulächeln, aber in Wirklichkeit hat er, und davon ist er nun felsenfest überzeugt, auf keinen Fall zurückgelächelt.

Erleichtert betritt er das Café. Ich muss mich setzen, denkt er, ich muss mich setzen und in Ruhe einen Cognac trinken, mich ausruhen, entspannen, meine Gefühle ordnen, sie abklingen lassen. Vielleicht eine Zigarette rauchen. Eine Zigarette rauchen ist gut für die Entspannung. Wie lange hat er schon keine Zigarette mehr geraucht?, denkt er. Er lässt sich auf einen Sessel fallen und atmet tief aus. Einen Cognac bitte, sagt Stöger zum Kellner, und darf man hier rauchen? Nein, sagt der Kellner. Und als der Kellner geht und Stöger sich überlegt, ob er sich eine Zeitung holen soll, Lesen beruhigt, denkt er, auf andere Gedanken kommen, denkt er, das beruhigt, sieht er das kleine Mädchen gegenüber an einem der Tische sitzen und erstarrt. Ist das nicht die von der Straße?, denkt er. Das ist doch die von der Straße. Wie sollte aber die von der Straße schon da sein, denkt er, das ist doch nicht möglich? Ist das die Mutter von vorhin, denkt er, oder ist das nicht die Mutter von vorhin? Das könnte die Mutter von vorhin sein. Waren die beiden doch schneller, denkt er, nur um schon da zu sein, wenn er kommt? Um ihn für die Polizei im Auge zu behalten? Um ihn zu identifizieren? Aber wie sollten sie wissen, in welches Café er gehen würde?, denkt er. Das konnten sie gar nicht wissen. Aber das Mädchen hat auch rote Socken, denkt er. Ja, denkt er, das sind dieselben roten Socken. Das können nur dieselben Socken sein. Das ist doch nicht möglich, denkt Stöger, dass die einzigen beiden Mädchen, die er in den letzten zehn Minuten gesehen hat, die gleichen roten Socken haben. Das können nur dieselben roten Socken sein. Er starrt Mutter und Tochter an, die ihn noch nicht entdeckt haben, die ihn aber gleich entdecken werden, denkt Stöger. Sicher, denkt er, gleich werden sie mich entdecken. Gleich wird die Mutter das Handy aus der Tasche nehmen und die Polizeirufnummer wählen. Gleich wird mich das Mädchen anlächeln. Lächelt sie nicht schon? Sie lächelt doch, oder? Langsam steht Stöger auf. Langsam geht er, sich an der Stirn kratzend und sich so mit der Hand das Gesicht verdeckend, zum Zeitungsständer und langsam daran vorüber zur Tür.

Hast du das gelesen von diesem Joachim P.?, sagt Franziska. Dass es solche Familien gibt, sagt Franziska. Was müssen das für Familien sein, die so etwas nicht merken, die so etwas zulassen, sagt Franziska. Hast du das gelesen?

Nein, sagt Sabine.

Das musst du unbedingt lesen, sagt Franziska.

Ich muss überhaupt nichts, sagt Sabine.

Natürlich nicht, sagt Franziska, aber es ist interessant. Ich wundere mich immer, sagt Franziska, wenn ich so etwas lese, wie Menschen so werden können.

Kannst du mich nicht in Ruhe lassen, in aller Früh, sagt Sabine, mit deinen Menschen?

Entschuldige, sagt Franziska, ich hab nicht gewusst, dass ...

Jetzt weißt du es, sagt Sabine.

Okay, sagt Franziska, Frieden?

Ja, sagt Sabine.

Gibt es auch für mich einen Kaffee?, sagt Franziska.

Nein, sagt Sabine.

Der da steht, sagt Franziska, kann ich den nehmen?

Nein, sagt Sabine, das ist meiner.

Ich koch dann einen neuen, sagt Franziska.

Wenn du frühstücken willst, sagt Sabine, geh hinauf zu deiner Schwiegermama. Die kocht dir einen.

Wenn da eh ein Kaffee ist, sagt Franziska.

Ich hab gesagt, das ist meiner, sagt Sabine.

Ich mein den in der Dose, sagt Franziska.

Das ist auch meiner, sagt Sabine.

Und wo ist der vom Hanno?, sagt Franziska.

Weiß ich nicht, sagt Sabine.

Und Tee?, sagt Franziska.

Was ist damit?, sagt Sabine.

Gibt es einen Tee?, sagt Franziska.

Ich trink keinen Tee, sagt Sabine.

Ich mein den von Hanno, sagt Franziska.

Ich weiß nicht, wo Hannos Tee ist, sagt Sabine. Was interessiert mich der Tee von Hanno.

Was ist los?, sagt Hanno. Kann man euch nicht eine Minute allein lassen?

Ich wollte nur einen Kaffee, sagt Franziska.

Dann nimm dir einen, sagt Hanno.

Das ist mein Kaffee, sagt Sabine.

Was heißt, das ist dein Kaffee?, sagt Hanno.

Den hab ich gekauft, sagt Sabine.

Na und?, sagt Hanno.

Nichts na und, sagt Sabine, den hab ich gekauft, der gehört mir.

Wurscht, was du gekauft hast und was nicht, sagt Hanno.

Überhaupt nicht wurscht, was ich gekauft habe, sagt Sabine.

Doch, sagt Hanno, das ist mir ziemlich wurscht.

Dir vielleicht, sagt Sabine.

Nicht vielleicht, sagt Hanno, es ist mir todsicher wurscht.

Mir aber nicht, sagt Sabine.

Das kann schon sein, sagt Hanno.

Das kann nicht schon sein, sagt Sabine, das ist so.

Ist mir aber auch ziemlich wurscht, sagt Hanno, wenn das so ist. Und jetzt nimm dir endlich diesen Scheißkaffee.

Du nimmst dir überhaupt nichts, sagt Sabine, kapiert!

Was ist los mit dir?, sagt Hanno.

Nichts ist los mit mir, sagt Sabine. Ich will nicht, dass ihr meinen Kaffee trinkt, das ist alles.

Und warum nicht?, sagt Hanno.

Darum, sagt Sabine.

Gehen wir, sagt Franziska.

Einen Dreck gehen wir, sagt Hanno. Ich werde doch in meiner Wohnung noch einen Kaffee trinken dürfen.

Trinken wir ihn woanders, sagt Franziska.

Genau, sagt Sabine, trinkt ihn woanders.

Bist du jetzt vollkommen übergeschnappt?, sagt Hanno.

Meinen Kaffee rührst du nicht an, sagt Sabine.

Und was ist, wenn doch?, sagt Hanno.

Geh zu deiner Mami hinauf den Kaffee trinken, sagt Sabine. Sonst bist du ja auch immer bei deiner Mami oben den Kaffee trinken.

Heut will ich ihn aber hier trinken, sagt Hanno.

Wieso, sagt Sabine, ist Mami nicht da?

Sag nicht immer Mami, sagt Hanno. Sie heißt Mama und nicht Mami.

Auch gut, sagt Sabine. Dann gehst du halt zu deiner Mama hinauf den Kaffee trinken.

Ich werde ihn hier trinken, sagt Hanno, weder bei Mama noch sonst wo, und zwar mit Franziska.

Mit Franziska! Natürlich, sagt Sabine, mit Franziska. Du liegst in meinem Bett mit deiner Franziska, sie geht auf mein Klo, deine Franziska, scheißt in meine Muschel, wischt sich mit meinem Klosettpapier den dreckigen Arsch ab, deine Franziska, wäscht sich mit meiner Seife, deine Franziska, schrubbt sich mit meinem Waschlappen deinen Dreck aus dem Loch, benützt meine Handtücher, deine Franziska. Warum soll sie nicht auch meinen Kaffee trinken, deine Franziska. Sie kann auch meine Kleider haben, deine Franziska. Vielleicht gefallen ihr auch meine Halsketten.

Jetzt krieg dich wieder ein, sagt Hanno.

Ich soll mich einkriegen?, sagt Sabine.

Ich bitte darum, sagt Hanno.

Du bittest darum?, sagt Sabine.

Ich hab gedacht, das haben wir ausdiskutiert, sagt Hanno.

Ausdiskutiert?, sagt Sabine.

Ja, sagt Hanno.

Dass ich mir jede Nacht eure Fickerei anhören muss, sagt Sabine, das haben wir ausdiskutiert? Dass wir Wand an Wand liegen und ich mir euer Gestöhne anhören muss, euer Gekicher und dein Gejaule, wenn du endlich abspritzt, endlich hineinspritzt in deine Schlampe, das haben wir ausdiskutiert?

Das nimmst du zurück, sagt Hanno.

Hanno, sagt Franziska.

Was soll ich zurücknehmen?, sagt Sabine.

Die Schlampe, sagt Hanno.

Hanno, sagt Franziska.

Ja, sagt Hanno.

Ich warte unten, sagt Franziska.

Nein, sagt Hanno, du bleibst da und du nimmst es zurück.

Ja, sagt Sabine, bleib da.

Und du nimmst es zurück, sagt Hanno.

Du gehörst ja jetzt zur Familie, sagt Sabine. In dieser Familie bleiben alle da. In dieser Familie sagt niemand, ich scheiß auf die Familie, ich geh. Das ist das Erste, was du in dieser Familie lernen musst: dableiben. Die Mama ist getrennt vom Papa, aber er bleibt da. Der Bruder ist getrennt von seiner Frau, aber sie bleibt da. Ihre Söhne haben keine Frauen, keine Arbeit, wollen auch keine, aber bleiben da. Und auch du wirst bald getrennt sein von Hanno, aber dableiben.

Du sollst das zurücknehmen, hast du gehört, sagt Hanno, und sonst endlich dein Maul halten.

Was soll ich zurücknehmen?, sagt Sabine. Dass sich Franziska Wand an Wand mit deiner Immer-noch-Ehefrau nächtelang von dir ficken lässt? Dass sie quietscht wie eine Sau, wenn du ihn ihr hineinsteckst? Das soll ich zurücknehmen? Dass sie es toll findet, sich von dir stundenlang gegen die Wand donnern zu lassen, hinter der ich schlafen will? Dass sie ihren Orgasmus so laut hinausplärrt, damit ich ja höre, wie großartig du sie fickst? Das soll ich zurücknehmen?

Willst du nicht endlich das Maul halten?, sagt Hanno.

Lass mich los, sagt Sabine.

Hanno, sagt Franziska.

Du sollst mich loslassen!, sagt Sabine.

Hanno, sagt Franziska.

Du hältst jetzt endlich dein beschissenes Maul, sagt Hanno, oder …

Was oder?, sagt Sabine.

Hanno, sagt Franziska.

Was oder?, sagt Sabine.

Was ist denn?, sagt Hanno.

Du sollst sie loslassen, sagt Franziska.

Wenn sie nicht ihr beschissenes Maul hält, sagt Hanno.

Seit wann kann man denn nicht sagen, was man will, in dieser Familie?, sagt Sabine. In dieser Familie tut und sagt doch jeder, was er will. In dieser Familie macht doch keiner ein Geheimnis aus irgendwas, sagt Sabine.

Genau, sagt Hanno, denn dass du eine Niete im Bett bist, daraus hab ich auch nie ein Geheimnis gemacht. Das wissen alle. Dass ich meinen Schwanz jedes Mal tiefgefroren herausgezogen habe aus deinem Eiskasten, wissen auch alle. Dass du prüde und verklemmt bist, dass du mir nach unserem einzigen Arschfick wochenlang aus dem Weg gegangen bist, ich dich wochenlang nicht hab berühren dürfen, nicht einmal auf ein Essen einladen, dass du mir bei jedem sporadischen Fick, höchstens ein Mal im Monat, hinterher mit allen Mitteln gezeigt hast, was für eine Qual es für dich bedeutet, meinen Körper zu ertragen, weiß auch nicht nur ich, sondern wissen alle, selbst der Hund. Denn freiwillig, sagt Hanno, hast du nie etwas hergegeben von deinem Körper. Kein Wunder, wenn ich jetzt die große Lust habe, dir vorzuführen, wie andere sehr wohl etwas herzugeben imstande sind von ihrem Körper. Damit du endlich kapierst, sagt Hanno, damit es endlich hineingeht in deinen Schädel, was du mir vorenthalten hast die Jahre, was ich mir von dir jahrelang hab vorenthalten lassen. Ist das klar, sagt Hanno, ist dir das endlich klar?

Du kannst da nicht so hereinstürmen, sagt Fritz, was ist denn?

Ich stürme nicht herein, sagt Sigi.

Du reißt die Tür auf, sagt Fritz. Wo sind wir denn?

Ich reiß nicht die Türe auf, sagt Sigi, ich hab sie aufgemacht.

Aber wie, sagt Fritz. Machst du daheim auch so die Türe auf?

Ich hab angeklopft, sagt Sigi, und bin hereingekommen.

Du hast angeklopft?, sagt Fritz. Wann? Gestern vielleicht.

Jetzt, sagt Sigi.

Aber herein hab ich nicht gesagt, oder?, sagt Fritz.

Das ist mir jetzt wurscht, sagt Sigi, du bist mein Betriebsrat.

Und deswegen stürmst du da herein?, sagt Fritz.

Ich will nicht mit dir streiten, sagt Sigi, ich will mit dir reden.

Jetzt hab ich aber keine Zeit, sagt Fritz, du musst einen Termin machen.

Ich hab aber keine Zeit für einen Termin, sagt Sigi.

Du bist ja nicht allein da in der Firma, oder?, sagt Fritz. Es kann doch nicht jeder da hereinstürmen, wie es ihm passt, und glauben, ich hab Zeit. Ich hab meine Zeit eingeteilt.

Ich will aber jetzt mit dir reden, sagt Sigi, und nicht wenn du Zeit hast. Denn ich hab keine.

Ich kann aber nur mit dir reden, sagt Fritz, wenn ich Zeit habe.

Ich versteh nicht, warum ich entlassen werde, sagt Sigi. Kannst du mir das erklären?

Ich hab das schon erklärt, sagt Fritz, ich hab das allen erklärt.

Aber ich versteh es nicht, sagt Sigi.

Was gibt es da nicht zu verstehen?, sagt Fritz.

Der Betrieb floriert, es gibt Aufträge, sagt Sigi, wieso werde ich dann entlassen?

Andere werden auch entlassen, sagt Fritz.

Aber nicht alle, sagt Sigi.

Die Leute aus der Produktion werden entlassen, sagt Fritz.

Und wieso gerade die?, sagt Sigi.

Sigi, bitte, mach mich nicht wahnsinnig, sagt Fritz. Die Produktion wird verlegt, wie oft soll ich das noch sagen. Und wenn die Produktion verlegt wird, sagt Fritz, dann braucht man eben die aus der Produktion nicht mehr, weil es die Produktion eben hier nicht mehr gibt, wenn sie verlegt wird.

Du brauchst mit mir nicht zu reden wie mit einem Trottel, sagt Sigi.

Offenbar schon, sagt Fritz, denn alle haben es verstanden, nur du nicht.

Niemand hat es verstanden, sagt Sigi. Niemand hat verstanden, warum die Produktion nach Polen verlegt wird, wo wir hier genügend Aufträge haben.

Auch das hab ich erklärt, sagt Fritz.

Und warum?, sagt Sigi.

Weil dort die Produktion billiger ist, sagt Fritz, ganz einfach. Weil dort die Produktion billiger ist.

Aber genau das versteht niemand, sagt Sigi.

Dass die Produktion dort billiger ist?, sagt Fritz.

Nein, sagt Sigi, dass man sie deshalb so leicht verlegen kann.

Sigi, sagt Fritz, was heißt da: leicht. Wir haben den Herren die Hölle heiß gemacht, und das weißt du. Wir haben protestiert, wir haben geschrien, gedroht, wir haben verhandelt, unsere Gewerkschaft hat Vorschläge gemacht, wir haben die Politik eingeschaltet, wir sind an die Öffentlichkeit gegangen.

Ich weiß, sagt Sigi.

Eben, sagt Fritz, wir haben alles versucht, um die Produktion hier zu halten. Aber du kennst die doch. Da beißt du auf Granit. Wenn die einen größeren Profit anderswo wittern, dann sind die weg und wir mit. Wir leben im Kapitalismus, Sigi, sagt Fritz, hast du das noch nicht begriffen? Und wir leben im globalisierten Kapitalismus, sagt Fritz. Jeder kann seinen Besitz nehmen und tragen, wohin er will.

Und Streik, sagt Sigi, was ist mit Streik?

Sigi, sagt Fritz, die Zentrale sitzt in London. Und wenn wir uns blöd spielen, nehmen sie das ganze Werk mit nach Polen.

Aber die haben doch staatliche Förderungen bekommen von uns, jede Menge, sagt Sigi, damit sie das Werk da bauen. Das gehört ja nicht nur ihnen. Und haben erst unlängst verkündet, was für riesige Gewinne sie machen. Und haben auch die Bonuszahlungen der Manager kräftig angehoben, eben weil sie so riesige Gewinne machen. Und wer hat denn die riesigen Gewinne gemacht?, sagt Sigi. Sie allein? Oder waren wir vielleicht auch ein bisschen beteiligt? Und sind unsere Gehälter vielleicht auch kräftig angehoben worden? Ich weiß nichts davon. Und diese Herren können doch dann nicht daherkommen aus London und uns einfach das Werk nehmen, genau denen, die die Gewinne gemacht haben? Damit sie das Geld überhaupt haben dafür, es nach Polen zu transportieren? Damit ihnen die Polen das Werk überhaupt nehmen? Denn ein Werk, das keine Gewinne macht, brauchen doch auch die Polen nicht, oder? Daher will ich, dass das Werk dableibt, sagt Sigi, und seine Gewinne da macht, damit ich auch weiter da arbeiten kann, Fritz, verstehst du? Denn es gibt keine andere Produktion in der Gegend, wo ich weiter arbeiten könnte. Und lass mich ja in Ruh mit deiner Umschulerei, sagt Sigi. Ich will mich nicht umschulen lassen mit 52. Wer kriegt in dieser Gegend da schon eine Arbeit mit 52, auch wenn er tausend Mal umgeschult ist? Soll ich jetzt am Computer sitzen mit 52? Wer will mich mit 52 schon an seinem Computer sitzen haben? Oder soll ich jetzt eine Tischlerlehre machen mit 52? Oder Installateur lernen. Damit ich die Raten für mein Haus zahlen kann? Soll ich mit der Arbeitslose vielleicht drei Kinder zahlen können? Kannst du mit einer Arbeitslose dein Haus und deine zwei Kinder zahlen? Jetzt komm mir doch nicht so, Fritz, sagt Sigi. Ich versteh viel von der

Arbeit in diesem Betrieb, und wenn ich nicht in der Produktion arbeiten kann, dann eben auf einem anderen Posten in diesem Betrieb. Mich schmeißt du nicht raus, oder wer mich sonst rausschmeißen will, sagt Sigi, verstehst du mich? Mir ist wurscht, wer dafür zuständig ist, ob London oder du. Ich hab das Werk mit bezahlt. Ich hab das Werk mit in die Höhe gebracht. Ich bleib da, verstehst du?

Das hast du ihm gesagt?, sagt Sonja zu Hause.

Ja, sagt Sigi, das hab ich ihm gesagt.

Und er, sagt Sonja, was hat er gesagt?

Was soll er schon sagen?, sagt Sigi.

Das heißt, du bist draußen, sagt Sonja.

Das werden wir noch sehen, sagt Sigi.

Was gibt es da noch zum Sehen?, sagt Sonja. Du bist draußen.

Er hört sie im Badezimmer die Wäsche aus der Waschmaschine nehmen. Er sitzt vor dem laufenden Fernsehapparat und wartet, dass sie zurückkommt. Aber sie kommt nicht. Er steht auf, nimmt das Bier und geht zum Badezimmer. Er steht in der Tür, schaut Sonja zu und sagt: Und mehr sagst du nicht?

Was soll ich sagen?, sagt Sonja.

Irgendwas wirst du doch dazu zu sagen haben, sagt Sigi.

Nein, sagt Sonja. Was ich jetzt sagen könnte, hab ich schon vor zwanzig Jahren gesagt.

Was?, sagt Sigi.

Vergiss es, sagt Sonja.

Ich möchte es aber wissen, sagt Sigi.

Jetzt hat es aber keinen Sinn mehr, es zu sagen, sagt Sonja.

Trotzdem, sagt Sigi. Sagen kannst du es ja trotzdem, oder? Was hast du vor zwanzig Jahren gesagt?

Dass wir von hier wegziehen sollen, sagt Sonja, das hab ich gesagt.

Das hast du gesagt?, sagt Sigi.

Du kannst dich nicht mehr erinnern?, sagt Sonja.

Nein, sagt Sigi.

Dass ich gesagt habe, heiraten tun wir hier noch, und dann nichts wie weg?, sagt Sonja.

Nein, sagt Sigi.

Dass ich immer gesagt habe, mir ist es zu eng da, ich will raus, ich will in die Großstadt?, sagt Sonja.

Nein, sagt Sigi. Und warum sind wir nicht? Wahrscheinlich wegen der Kinder, sagt Sigi.

Die hat es damals noch nicht gegeben, sagt Sonja, und wenn schon. Warum soll man mit Kindern nicht wegziehen können?, sagt Sonja.

Weswegen dann?, sagt Sigi.

Wegen deiner Mutter, sagt Sonja. Stell dich doch nicht so an, sagt Sonja. Das wirst du doch noch wissen. Wegen deiner Mutter sind wir nicht weg.

Wegen meiner Mutter?, sagt Sigi.

Sigi, bitte, sagt Sonja, ich weiß nicht, was mit dir los ist. Manchmal kannst du mich rasend machen.

Wieso wegen meiner Mutter?, sagt Sigi.

Weil deine Mutter das nicht überleben würde, hast du gesagt, sagt Sonja. Oder hast du das nicht gesagt? Den Satz hab ich heut noch im Ohr. Jedes Mal wenn ich mir denke: Wären wir doch weggezogen, und das hab ich mir in den letzten zwanzig Jahren nicht nur ein Mal gedacht, höre ich dich aufschreien: Meine Mutter würde das nicht überleben. Nie würde meine Mutter das überleben.

Aber sie war ja wirklich allein damals, sagt Sigi.

Ich weiß, sagt Sonja.

Willst du mir jetzt einen Vorwurf draus machen?, sagt Sigi. Hätte ich meine Mutter damals allein da sitzen lassen sollen?

Nein, sagt Sonja, ich mach dir keinen Vorwurf. Ich hab ja zugestimmt. Wenn, sagt Sonja, dann muss ich mir den Vorwurf schon selber machen.

Du brauchst dir aber keinen Vorwurf zu machen, sagt Sigi.

Ich bin mir nicht sicher, sagt Sonja, ob ich mir einen Vorwurf machen soll oder nicht.

Nein, sagt Sigi, du brauchst dir keinen zu machen.

Denn dann ist deine Mutter gestorben, sagt Sonja, und wir sind wieder nicht weg. Und warum nicht?

Wollten wir das?, sagt Sigi.

Ich hätte schon wollen, sagt Sonja.

Ja, sagt Sigi, daran kann ich mich erinnern.

Daran kannst du dich erinnern?, sagt Sonja.

Ja, sagt Sigi.

Dass du dich wenigstens daran erinnern kannst, sagt Sonja.

Aber wir sind nicht weg, sagt Sigi. Offenbar hast du dann doch nicht wollen.

Ich hab immer wollen, sagt Sonja.

Und warum sind wir dann nicht?, sagt Sigi.

Das weißt du nicht?, sagt Sonja.

Nein, sagt Sigi. Weil wir gerade das Haus gebaut haben?

Nein, sagt Sonja. Wegen deinem Vater.

Wegen meinem Vater?, sagt Sigi. Der war doch schon längst tot.

Nein, war er nicht, sagt Sonja.

War er nicht?, sagt Sigi.

Nein, sagt Sonja, sondern quicklebendig.

Was soll das heißen?, sagt Sigi.

Dann denk nach, sagt Sonja. Denn ich weiß genau, was du damals gesagt hast, wie ich gesagt hab: Sollten wir nicht jetzt die Gelegenheit nützen, überall werden Betriebe verkauft und abgesiedelt, bevor noch unser Betrieb verkauft wird und abgesiedelt. Du hast gesagt: Nein, diese Firma wird nicht verkauft oder abgesiedelt. Diese Firma ist sicher. Diese Firma ist alt und eingesessen. In dieser Firma hat mein Vater sein Leben verbracht. Auf diese Firma war er stolz und hat auch mich in diese Firma gebracht. Diese Firma ist nicht nur seine Firma, sondern auch meine. In dieser Firma bleib ich. Wo sie doch schon längst weder deine noch seine Firma gewesen ist, sagt Sonja, sondern die Firma der Engländer.

Was soll das Ganze?, sagt Sigi. Was willst du damit sagen? Willst du damit sagen, ich bin schuld, dass mich diese Arschlöcher hinausgeschmissen haben?

Nein, sagt Sonja.

Dass meine Mutter schuld ist?, sagt Sigi, dass mein Vater schuld ist? Dass ich selber das Arschloch bin? Dass meine Mutter und mein Vater die Arschlöcher sind?

Nein, sagt Sonja, jetzt beruhige dich.

Dass ich nur deswegen hinausgeflogen bin, weil ich deine Wünsche nicht erfüllt habe?, sagt Sigi.

Nein, sagt Sonja.

Weil ich Haustyrann dir verboten habe, in die Stadt zu ziehen?, sagt Sigi. Weil ich dich gezwungen habe, hier in diesem Kaff dahinzuvegetieren?, sagt Sigi. Weil ich dir damit das Leben versaut habe, wo du doch ein viel schöneres Leben in der Stadt hättest führen können? Wo nie Betriebe verkauft, nie Betriebe abgesiedelt werden?, sagt Sigi. Wo nie jemand entlassen wird? Wo alle die sichersten Arbeitsplätze haben bis 60 und in Geld schwimmen?

Sigi, bitte, sagt Sonja.

Ja, sagt Sigi, du hast ja Recht. Du hast immer Recht, sagt Sigi. Ich bin so ein Dreckskerl. Dass du erst jetzt dahintergekommen bist. Es war doch immer schon mein Plan, dich zugrunde zu richten, sagt Sigi, dich dazu zu erpressen, hier zu bleiben mit mir und mit mir das Drecksleben zu führen, das du mit mir geführt hast. Und ich hab dich nicht nur hier angekettet, ich hinterhältiger Hund, sagt Sigi, ich hab dir auch noch drei Kinder gemacht, damit du ja nicht wegkannst und ich ruhig weiter im Betrieb meines Vaters arbeiten kann, sagt Sigi. Damit ich ja nicht allein verhungern muss, wenn man mich hinausschmeißt. Ja, sagt Sigi, das war immer schon mein Wunsch, dich mit einem Scheiß-Provinzleben und mit meiner Entlassung dafür büßen zu lassen, dass du meine Mutter nicht geliebt hast, sagt Sigi. Und jetzt geht dieser Wunsch endlich in Erfüllung. Was will ich mehr?, sagt Sigi. Ich bin der glücklichste Mensch auf Erden. Und greif mich ja nicht an, sagt Sigi, Finger weg da, aber schnell!

Du bist aber groß geworden, sagt Stögers Frau. Pia lächelt. Ist sie nicht groß geworden, sagt Stögers Frau. Ja, sagt Stöger. Wenn ihr so selten kommt, sagt sein Bruder. Ja, sagt Stögers Frau, jetzt haben wir sie schon lang nicht gesehen. Wie alt bist du denn jetzt?, sagt sie. Sieben, sagt Pia. Und willst du einmal auch ins Gymnasium?, sagt Stöger. Wenn sie sich in Deutsch verbessert, sagt Pias Mutter. Denn da hat sie einen Dreier, sagt sie. Und mit einem Dreier kommst du nicht ins Gymnasium. Das wird schon werden, sagt Stöger. Von alleine nicht, sagt Pias Mutter. Oh, Kokosstangerln, ruft Pia aus, als ihr Stöger die Schachtel überreicht. Nein, keine Kokosstangerln, sagt Pias Mutter und nimmt sie ihr weg. Bitte, Mama, sagt Pia. Du weißt, du sollst nichts Süßes essen, sagt Pias Mutter. Wieso?, sagt Stögers Frau. Weil es ungesund ist, sagt Pias Mutter, wegen der Zähne und überhaupt. Wollt ihr nicht zuerst ins Wasser springen, sagt Pias Mutter, vor dem Kaffee, euch ein bisschen abkühlen? Das ist ja wirklich ein schönes Bassin, sagt Stöger. Na, dann los, sagt sein Bruder. Handtücher liegen im Badezimmer, sagt Pias Mutter.

Stöger liegt nass auf der Liege. Dass du keinen Sonnenbrand kriegst, sagt seine Frau. Es ist angenehm, sagt Stöger. Ich möchte wieder einmal ans Meer, sagt Stöger. Er schließt die Augen. Das leichte Frösteln, das er im Wasser verspürt hat, verschwindet allmählich. Er hört das Plantschen der anderen im Pool. Er öffnet die Augen und sieht Pia ins Wasser springen. Sie hat noch keine Brüste, denkt er, aber sie hat ein Bikinioberteil. Stöger denkt: Wie sie aus dem Wasser steigt, ihre Bikinihose zurechtrückt, wie sie geht, ist kindlich. Aber wie sie die Haare zurückwirft, sie zurückstreicht und dabei den Oberkörper bewegt, denkt Stöger, das ist nicht mehr ganz kindlich. Als wüsste sie schon, denkt Stöger, dass Blicke auf sie gerichtet sein könnten. Vor denen sie sich zu bewähren hat. Denen sie etwas anderes bieten müsste als bisher. Eine andere Art des Trinkens aus der Plastikflasche vielleicht, etwa so eine wie die in der Fernsehwerbung, einen anderen Ton des Lachens, ein anderes Schwingen beim Gehen, vielleicht so eines wie das des neuen Rockstars beim Verlassen des Hotels in dem Videoclip. Mir kommt vor, Pias Hüften beginnen breiter zu werden, denkt Stöger, und die Schenkel nach oben hin voller. Oder täusche ich mich? Man könnte sie auf alle Fälle leicht auf elf schätzen, denkt Stöger.

Sein Körper hat sich erwärmt. Seine Augen beginnen sich langsam wieder zu schließen. Noch einmal sieht er Pia aus dem Wasser steigen, ihren Kopf, ihren Körper auftauchen zwischen den beiden Haltegriffen der Leiter und das eine Bein heben, um es auf die Fliesen zu stellen. Hat sie da zu ihm hergesehen?, denkt er. Vielleicht nicht dezidiert hergesehen, aber ihm doch einen Blick zugeworfen, beiläufig? Um zu überprüfen, ob er schläft? Ob er die Augen offen hat? Ob er sie beobachtet? Ob er sie bewundert? Warum bewundert?, denkt Stöger. Weil sie mir vorführen will, dass sie kein Kind mehr ist? Dass er als Fremder und doch nicht ganz Fremder der Einzige ist, der fähig wäre zu sehen, dass sie kein Kind mehr ist? Hat sie deswegen kurz hergesehen?, denkt Stöger. Weil sie die Gelegenheit nützen möchte? Von jemandem, nämlich von ihm, einem Außenstehenden und doch nicht ganz Außenstehenden, endlich nicht mehr als Kind angesehen zu werden?

Stöger schreckt hoch. Ein kaltes, nasses Gewicht hat sich auf ihn gelegt. Er reißt die Augen auf und blickt in das lachende Gesicht von Pia, die auf ihm liegt. Ah, sagt sie, bist du schön warm, Onkel Philipp. Pia, ruft Pias Mutter, bist du verrückt, lass doch den Onkel schlafen. Wenn er so schön warm ist, sagt Pia und schlingt sich mit Beinen und Armen desto fester um ihn, je mehr Stöger im Scherz zu schreien beginnt vor Entsetzen und sie abzuschütteln sucht. Pia, ruft Pias Vater, geh sofort runter! Du sollst sofort runtergehen! Aber jetzt umklammert Stöger sie, rappelt sich hoch mit ihr, läuft mit ihr zum Pool, nein!, schreit Pia und will sich losmachen, nein!, schreit sie, aber ja!, schreit Stöger und hält sie fest, aber ja!, und springt mit ihr ins Wasser. Philipp, schreit seine Frau, die am Poolrand sitzt und vollgespritzt wird, bist du wahnsinnig! Pias Eltern lachen. Siehst du, ruft Pias Vater, siehst du, das hast du davon!

Was war das jetzt?, denkt Stöger. Er steht im Badezimmer und zieht sich die nasse Badehose aus. Hab ich da was gespürt?, denkt er. Nein, denkt er, ich hab nichts gespürt. Als sie auf mir gelegen ist und mich mit ihren Beinen und Armen umklammert hat, hab ich nichts gespürt, überhaupt nichts. Er schaut auf seinen Schwanz. Da war es nur nass und kalt, denkt er. Da war ich nur erschrocken, denkt er. Und auch als ich sie zum Pool getragen habe, ihre Haut fest an die meine gedrückt, denkt er, ihre Haut hab ich ja wirklich fest an die meine gedrückt, hab ich nichts gespürt, kein bisschen. Er trocknet sich ab. Er zieht sich die Unterhose an. Onkel Philipp, sagt plötzlich Pia hinter ihm. Er fährt herum. Sie steht da ohne Bikinioberteil und hält ihm das Handtuch hin. Onkel Philipp, sagt sie, kannst du mir bitte den Rücken abtrocknen? Wie?, sagt er, was? Den Rücken, sagt Pia, kannst du mir den bitte abtrocknen? Ich?, sagt Stöger. Ja, sagt Pia, bitte, und hält ihm das Handtuch hin. Das kannst du doch selber?, sagt Stöger. Nein, sagt Pia, da komm ich nicht hin. Aber ja, sagt Stöger, da kommst du sicher hin. Nein, sagt Pia, das ist so schwierig. Dann geh zur Mama, sagt Stöger. Nein, sagt Pia. Wieso willst du nicht zur Mama gehen?, sagt Stöger. Die kann das sicher gut. Weil ich will, dass du mich abtrocknest, sagt Pia. Wieso?, sagt Stöger, wieso ich? Weil du so lustig bist, sagt Pia. Sie schaut ihn an. Ich bin lustig?, sagt Stöger. Ja, sagt Pia, findest du nicht? Gut, sagt Stöger, wenn ich so lustig bin. Er nimmt das Handtuch und trocknet ihr den Rücken ab. Er trocknet ihr sehr sorgfältig den Rücken ab, wischt auch unten an den Hüften und ein wenig nach vor zum Bauch. Gut so?, sagt er. Ja, sagt Pia. Mehr?, sagt Stöger. Ja, sagt Pia, du kannst das so gut. Ihre Haut, denkt Stöger und wischt, was für eine Haut. Jetzt reicht es aber, sagt Stöger und will ihr das Handtuch geben. Ein bisschen noch, sagt Pia. Und das Höschen, sagt Stöger. Nein, nicht das Höschen, denkt Stöger, lass das Höschen in Ruh. Er sieht sich um. Es ist niemand zu sehen. Das Höschen, sagt er, willst du nicht das Höschen ausziehen? Nicht das Höschen ausziehen, denkt er. Er zupft an ihrem Höschen. Hoffentlich zieht sie nicht das Höschen aus, denkt er. Was ist mit dem Höschen, sagt er. Nein, sagt sie und nimmt das Handtuch, das kann ich selber. Danke, sagt sie und geht. Bitte, sagt Stöger. Er kleidet sich schnell an und geht durch das Haus, ohne links und rechts zu sehen, auf die Terrasse hinaus. Wo ist Pia?, sagt Pias Mutter. Ich weiß nicht, sagt Stöger. Ah, der Kaffee ist fertig, sagt er.

Aber Philipp könnte ihr doch Nachhilfe geben, sagt Stögers Frau. Was?, sagt Stöger. Nachhilfe, sagt sie, eine Stunde in der Woche könntest du doch mit ihr üben. Nein, nein, sagt Pias Mutter, Philipp hat doch genug zu tun. Die eine Stunde, sagt Stögers Frau. Sicher, sagt Stöger, aber das ist doch noch nicht nötig in der zweiten Klasse Volksschule. Aber wenn sie auf einem Dreier steht, sagt seine Frau. Üben tue ich sowieso mit ihr, sagt Pias Mutter. Aber du hast doch keine Ahnung von der neuen Rechtschreibung, sagt ihr Mann.

Eben, sagt Stögers Frau, das könnte Philipp leicht mit ihr üben. Aber soll sie allein quer durch die Stadt fahren?, sagt Stöger. Hinbringen könntest ja du sie, oder?, sagt Pias Vater. Sicher, sagt seine Frau, aber das können wir doch nicht verlangen von Philipp, dass er seine Zeit opfert. Wieso denn nicht?, sagt Stögers Frau, Pia ist seine Nichte. Und er Gymnasiallehrer, sagt Pias Mutter, und da soll er sich um die Rechtschreibung von Volksschülern kümmern? Ich bitte dich, sagt Stögers Frau, warum nicht? Das wäre doch kein Problem für ihn, sagt sie, oder? Wäre das ein Problem für dich?, sagt sie. Nein, sagt Stöger, aber der Nachmittag wäre ein Problem. Aber was, sagt seine Frau, was soll das für ein Problem sein? Ihr macht euch eine Zeit aus und dann kommt sie und aus. Das wäre super, sagt Stögers Bruder. Aber wenn es nicht geht am Nachmittag, sagt seine Frau, wie Philipp sagt. Was soll da nicht gehen am Nachmittag?, sagt Stögers Frau. Sicher geht es am Nachmittag, sagt Stöger. Ihr könntet mir die Diktate ja faxen, ich korrigiere sie und fax sie zurück, sagt Stöger. Warum so kompliziert?, sagt seine Frau. Überhaupt nicht kompliziert, sagt Stöger. Sicher kompliziert, sagt sie. Nein, sagt er, überhaupt nicht. Und wieso nicht?, sagt sie. Weil es dann leichter wäre für mich, sagt er. Was ist da leichter?, sagt sie. Ich könnte korrigieren, wenn ich Zeit habe, sagt Stöger. Aber du sollst die Diktate ja gleich korrigieren, sagt seine Frau, nicht drei Tage später. Wer redet von drei Tagen später?, sagt er. Oder zwei Tage, sagt sie. Denn wenn du sie erst am Abend korrigierst, kann Pia erst am nächsten Tag die Verbesserung schreiben, sagt sie, oder? Sie soll sie aber gleich schreiben, sagt sie. In der Schule ist es ja auch nicht anders, sagt Stöger. Eben, sagt seine Frau, es soll aber anders sein als in der Schule. Du sollst ja nicht nur korrigieren, sagt sie, du sollst ihr auch erklären, was sie falsch gemacht hat, und ihr sagen, wie es richtig ist, wie sie es besser machen soll. Wie willst du ihr erklären, was zu erklären ist, und ihr sagen, wie sie es besser machen soll, sagt Stögers Frau, wenn du nicht da bist, wenn du nicht vor ihr sitzt und siehst, ob sie es verstanden hat oder nicht? Am Telefon?

Was ist los bei euch?, sagt Hannos Mutter.

Nichts, sagt Hanno. Was soll los sein?

Genau, sagt Sabine. Was soll los sein? Nichts ist los. In diesem Haus ist nie etwas los.

Du sollst nicht jedes Wort auf die Waagschale legen, Sabine, sagt Hannos Mutter.

Was für eine Waagschale?, sagt Sabine. Hanno führt sich auf wie ein notgeiler Fünfzehnjähriger ...

Moment, sagt Hannos Mutter. Hanno ist ein gut aussehender Mann, er ist begabt und lebenslustig und wünscht sich eine Frau, die das zu schätzen weiß. Weißt du das zu schätzen?, sagt Hannos Mutter.

Was soll das jetzt?, sagt Sabine. Darum geht es doch gar nicht.

Es geht immer darum, sagt Hannos Mutter, ob eine Frau einen Mann zu schätzen weiß. Weißt du ihn zu schätzen?

Die und mich schätzen!, sagt Hanno.

Siehst du, sagt Hannos Mutter, er hat das Gefühl, du weißt ihn nicht zu schätzen.

Er weiß mich nicht zu schätzen, sagt Sabine.

Er weiß dich zu schätzen, sagt Hannos Mutter, das weiß ich.

Das weißt du?, sagt Sabine.

Ja, sagt Hannos Mutter. Wer seine Mutter schätzt, schätzt auch seine Frau. Aber du bist viel zu empfindlich geworden, sagt Hannos Mutter, du schränkst ihn zu sehr ein mit deiner Empfindlichkeit. Alles stört dich. Aus der kleinsten Mücke machst du einen Elefanten.

Welche Mücke denn?, sagt Sabine.

Kommt er einmal später von der Arbeit heim, sagt Hannos Mutter.

Von der Arbeit?, sagt Sabine. Du meinst von Franziska.

Siehst du, sagt Hannos Mutter, das ist dein Misstrauen, das alles vergiftet.

Aber ich weiß doch, sagt Sabine, dass ...

Er hat Franziska eingestellt, sagt Hannos Mutter, und schon warst du eifersüchtig.

Das ist nicht wahr, sagt Sabine.

Das ist wahr, sagt Hannos Mutter. Ich war doch selbst dabei, wie du ihn verhört hast.

Ich hab ihn verhört?, sagt Sabine. Ich hab ihn gefragt, wieso er jeden Tag so spät heimkommt.

Ja, sagt Hannos Mutter, aber mit dem Unterton des Misstrauens. Und das geht nicht, sagt Hannos Mutter. Das verträgt kein Mann.

Aber ich hab doch Recht gehabt mit Franziska, sagt Sabine. Du siehst doch, wie Recht ich gehabt habe mit Franziska, oder?

Ja, sagt Hannos Mutter, jetzt hast du Recht. Aber damals hast du nicht Recht gehabt. Damals hast du ihn nur verdächtigt. Damals hast du nur gehetzt. Du hast von Anfang an gegen Franziska gehetzt.

Das stimmt doch nicht, sagt Sabine.

Siehst du, sagt Hannos Mutter, nicht einmal jetzt willst du es wahrhaben.

Er hat von Anfang an mit Franziska geschlafen, sagt Sabine.

Er hat mit ihr gearbeitet, sagt Hannos Mutter.

Und geschlafen, sagt Sabine.

Siehst du, sagt Hannos Mutter, das ist genau das, was einen Mann von seiner Frau entfernt, diese Verdächtigungen.

Aber was, sagt Sabine. Du himmelst ihn an. Und er ist es gewohnt, angehimmelt zu werden, und ist sauer, wenn er nicht mehr angehimmelt wird.

Ein bisschen Angehimmeltwerden braucht jeder Mann, sagt Hannos Mutter.

Wofür soll er denn angehimmelt werden?, sagt Sabine. Dafür, dass er nebenan mit Franziska schläft? Vor Moritz herumschmust mit ihr? Mich aus meinem eigenen Badezimmer vertreibt? Das schaff ich nicht, sagt Sabine, das schaffst nur du.

Er ist mein Kind, sagt Hannos Mutter. Warum sollte ich ihn nicht anhimmeln?

Benimmt er sich deswegen wie ein Kind?, sagt Sabine. Ist das der Grund? Weil du ihn immer noch anhimmelst wie ein Kind? Und damit du ihn weiter anhimmelst wie ein Kind? Färbt er sich deswegen die Haare einmal rot, einmal grün? Zieht er sich deswegen an wie ein Fünfzehnjähriger? Fährt er deswegen ständig auf Rollschuhen herum? Und wechselt er deswegen die Menschen wie Spielzeug? Himmelt mich die eine nicht mehr an, hol ich mir eben eine andere, die mich anhimmelt. Kann ich die Sabine nicht mehr brauchen, nehm ich mir halt die Franziska. Kann ich die Franziska nicht mehr brauchen, nehm ich mir halt die Edith. Und kann ich die Edith nicht mehr brauchen ... Aber dein Sohn ist vierzig, sagt Sabine, und nicht mehr fünfzehn. Hast du das schon realisiert? Ich glaube, ihr habt das beide noch nicht realisiert.

Was du dir da zusammenreimst, sagt Hannos Mutter.

So einen Unsinn reimt sie sich ständig zusammen, sagt Hanno.

Jetzt lass mich reden, sagt Hannos Mutter, und mach das Licht im Badezimmer aus. Das kostet.

Was machen wir jetzt mit Krista?, sagt der Minister.

Versetzen und kaltstellen, sagt Jack.

Ich hab geglaubt rausschmeißen?, sagt der Minister.

Geht nicht, sagt Jack. Die ist pragmatisiert.

Und wohin?, sagt der Minister.

EDV-Abteilung, sagt Jack.

Und mit welcher Begründung?, sagt der Minister. Die ist doch tüchtig in ihrem Bereich. Sagen doch alle, sagt der Minister.

Ganz einfach, sagt Jack. Du löst die Abteilung auf, organisierst sie neu, mit neuen Aufgaben, neuen Chefs, und dann gibt es eben kompetentere.

Du meinst, wie im Innenministerium?, sagt der Minister.

Genau, sagt Jack.

Die große Reform, sagt der Minister.

Klingt doch gut, sagt Jack, die große Reform, oder?

Sehr gut, sagt der Minister. Da könnten wir diesen Kronberger auch gleich mit wegputzen, diesen roten Scheißer.

Da haben wir einige, die wir wegputzen sollten, sagt Jack, an roten Scheißern.

Genau, sagt der Minister. Du machst die Liste. Aber top secret.

Die hab ich schon, sagt Jack.

Tüchtig, tüchtig, sagt der Minister. Aber eines versteh ich nicht. Auf Krista hast du doch immer große Stücke gehalten?

Bis jetzt, sagt Jack.

Und wieso jetzt plötzlich nimmer?, sagt der Minister.

Sie plaudert, sagt Jack.

Die Krista plaudert?, sagt der Minister.

Und wie!, sagt Jack.

Kann ich mir nicht vorstellen, sagt der Minister.

Ich war auch baff, sagt Jack, wie ich sie dort sitzen sehe im Café Rathaus mit dem Semler.

Mit dem Semler?, sagt der Minister. Mit dem Wahlkampfleiter der Roten?

Genau, sagt Jack, ins innigste Gespräch vertieft.

Und, sagt der Minister, hast du sie darauf angesprochen?

Natürlich, sagt Jack.

Und?, sagt der Minister.

Sie hat es abgestritten, sagt Jack.

Vielleicht war sie es gar nicht, sagt der Minister.

Sie war es, sagt Jack.

Bist du dir sicher?, sagt der Minister.

Sie ist auch sonst komisch geworden, sagt Jack.

Inwiefern?, sagt der Minister.

Sie macht spitze Bemerkungen, sagt Jack, versteckte Hiebe gegen die Partei, gegen dich, gegen unsere Politik.

Naja, sagt der Minister, spitze Bemerkungen.

Fredi, sagt Jack, sie hat Zugang zu vertraulichen Papieren. Willst du das riskieren? Jetzt vor der Wahl?

Das stimmt, sagt der Minister, sie weiß viel.

Eben, sagt Jack.

Aber dass sie gleich plaudert, sagt der Minister. Die war doch immer für uns, sagt der Minister, loyal, und, soviel wir wissen, politisch total unauffällig.

Die kommende Wahl ist eine Schicksalswahl, sagt Jack, das weißt du. Da sind die Roten nicht zimperlich. Die drehen alle um, sagt Jack, die sie erwischen.

Ich weiß nicht, sagt der Minister.

Fredi, sagt Jack, willst du, dass interne Daten von uns in der Zeitung auftauchen? Denk an die Geschichte vom Innenministerium.

Gut, sagt der Minister, wir können sie ja immer noch zurückholen nach der Wahl.

Finde ich auch, sagt Jack.

Und was ist das?, sagt der Minister und klopft auf ein Papier in seiner Unterschriftenmappe. Wer ist Ewald Klein?

Den würde ich empfehlen statt der Krista, sagt Jack, ein fähiger Mann.

Und wer soll das sein?, sagt der Minister.

Der Schwager vom Falkner, sagt Jack.

Vom Polizeikommandanten?, sagt der Minister. Der ist doch noch frisch. Sind wir mit dem schon im Geschäft?

Ja, sagt Jack, den hab ich auf diesen roten Wahlkampfleiter angesetzt, auf diesen Semler, da ist was im Busch.

Und der ist einer von uns, dieser Klein?, sagt der Minister. Und nicht nur der Schwager?

Der ist tiefschwarz, sagt Jack, und hohes Tier im Bauernbund, der kennt sich aus.

Gut, sagt der Minister. Aber wenn es eine neue Abteilung gibt, gibt es neue Leiter, und die müssen wir ausschreiben.

Stimmt, sagt Jack.

Das machst du, sagt der Minister. Du kennst den Mann, mach eine entsprechende Ausschreibung. Ach ja, sagt der Minister, da ist ein Kuvert für dich abgegeben worden von deinem Polizeikommandanten.

Jack öffnet und nimmt eine Kreditkarte heraus.

Meine Ministerkarte, sagt Jack, wo ist die her?

Das musst du mir nicht sagen, sagt der Minister. Aber wenn du schon wo zahlst mit der Ministerkarte, wo du mit der Ministerkarte eigentlich nicht zahlen dürftest, dann vergiss wenigstens nicht, sie wieder einzustecken, du Depp.

Scheiße, sagt Jack, wer weiß noch davon?

Keine Ahnung, sagt der Minister. Aber in der Hand werden sie sicher mehrere gehabt haben, und deinen Namen kann man ja deutlich lesen.

Ich Trottel, sagt Jack.

Das kannst du laut sagen, sagt der Minister. Ich hab dir schon hundert Mal gesagt, pass auf, jetzt vor der Wahl, oder willst du uns ans Messer liefern? Was ist eigentlich mit deinem Unfall?, sagt der Minister.

Planiert, sagt Jack.

Und wie?, sagt der Minister.

Falkner, sagt Jack.

Hoffentlich, sagt der Minister. Und übrigens, sagt der Minister, kann uns dein Falkner nicht ein paar Informationen liefern aus dem Polizeicomputer?

Sicher, sagt Jack, über wen?

Über die Pauser, sagt der Minister. Diese grüne Drecksau geht mir allmählich auf die Nerven.

Schon erledigt, sagt Jack.

Aber vor allem, Jack, sagt der Minister, wann liefert Rameder? Wer schläft da eigentlich von euch beiden, du oder er?

Was heißt, ich kann nicht?, schreit Jack fünf Minuten später ins Telefon. Sind Sie noch zu retten? Sie sind ein Beamter. Sie haben den Beamteneid unterschrieben. Da gibt es kein: Ich kann nicht, ich darf nicht, ich muss mir das überlegen, ich möchte eine schriftliche Weisung. Sie haben zu tun, was Ihnen aufgetragen wird. Sie haben zu spuren. Auch ohne schriftliche Weisung. Ich hab Ihnen gesagt, ich will bis heute einen Bericht auf den Tisch, und zwar einen Bericht, den ich brauchen kann. Wie, wann, wo und warum ist mir wurscht. Ich möchte diese Schlampe durch den Wolf drehen und ihren Alten mit, kapiert? Ich möchte dieses rote Verbrecher-Nest ausgeräuchert haben, verstanden? Ich möchte, dass diese korrupte rote Bagage dem Erdboden gleichgemacht ist und zwar ein für alle Mal. Ich will Details, Rameder, hieb- und stichfeste, Namen, Zahlen, Protokolle, Verträge, Kontoauszüge, verstehen Sie? Dieser Scheiß-Grundstückskauf ist eine verschleierte Parteienfinanzierung. Und ich will die Beweise dafür, kapiert? Und wenn ich das will, dann haben Sie mir das auch zu liefern, Sie Beamtenschädel, haben Sie das kapiert?, und mir nicht mit fadenscheinigen Erklärungen zu kommen, warum das nicht geht. Mich interessiert das nicht. Schieben Sie sich ihre menschlichen, rechtlichen und sonstigen an den Haaren herbeigezogenen Vorbehalte sonst wohin. Haben Sie mich verstanden, Rameder? Wenn das bis Freitag nicht da ist, Rameder, ich mache Sie fertig. Ich jage Ihnen eine Dienstaufsichtsbeschwerde nach der anderen an den Hals, Disziplinarverfahren und was es sonst noch gibt, um Sie fertigzumachen. Und ich finde Gründe, da können Sie Gift darauf nehmen, Rameder. Sie werden sich nicht wiedererkennen in meinem Bericht über Sie. Nicht einmal in Ihren bösesten Träumen können Sie sich vorstellen, was ich über Sie zusammentragen werde an Beamtenpflichtsverletzungen, an staatsschädigenden Verhaltensweisen und Aktionen. Ich werde die Leichen im Keller ihrer Beamtenlaufbahn finden, und es gibt keinen Beamten, der nicht mindestens eine Leiche im Keller hat, und sie ans Licht zerren. Da werden Sie Augen machen, Rameder, was Sie da alles plötzlich anlacht an Fratzen. Sie werden gar nicht wissen, dass es solche Vergehen überhaupt gibt, die ich finden und Ihnen um die Ohren schlagen werde. Mich macht man sich nicht ungestraft zum Feind, Rameder. Das scheinen Sie noch nicht ausreichend verstanden zu haben, was ich für ein findiges und hinterhältiges Arschloch sein kann, wenn man mich reizt. Aber Sie werden mich kennenlernen. Ich verspreche es Ihnen. Ich mache Ihnen die Hölle heiß, und zwar so, dass Ihnen Hören und Sehen vergeht und dass Sie mich auf den Knien bitten, hier aus dem Fenster springen zu dürfen. Und ich mach Ihnen das Fenster weit auf, Rameder, weit werde ich Ihnen das Fenster aufmachen, darauf können Sie sich verlassen. Wir haben schon andere Kaliber dazu gebracht, aus dem Fenster zu springen, nicht nur so kleine Arschlöcher wie Sie. Sie, kleines Arschloch, erledigen wir sowieso mit links. Haben wir uns verstanden, Rameder? Wenn also bis Freitag nicht ein vollständiger Bericht über diese rote Schlampe und ihren Grundstückskauf bei mir auf dem Tisch liegt, sodass wir am Montag die Titelseiten vollhaben damit, und das meine ich bitterernst, Rameder, sind Sie ein toter Mann.

Was soll denn das, Sigi, sagt Fritz, was willst du denn mit der Pistole?

Ich will, dass du die Kündigung zurücknimmst, sagt Sigi.

Spinnst du, wie soll ich die Kündigung zurücknehmen können?, sagt Fritz.

Du schaffst das schon, sagt Sigi, du bist der Betriebsrat.

Und wie?, sagt Fritz.

Dir wird schon was einfallen, sagt Sigi, dir fällt ja immer was ein.

Jetzt sei nicht komisch, sagt Fritz. Gib die Pistole weg. Oder willst du mich erschießen?

Ich will, dass du die Kündigung zurücknimmst, sagt Sigi.

Wo hast du die überhaupt her?, sagt Fritz.

Jetzt lenk nicht ab, sagt Sigi.

Ich will nur wissen, wo du sie herhast, sagt Fritz. Neu schaut sie ja nicht aus.

Aus dem Krieg, sagt Sigi. Und jetzt setz dich.

Aus dem Krieg?, sagt Fritz. Aus welchem Krieg? In welchem Krieg warst du denn?

Ich nicht, sagt Sigi, aber mein Vater.

Ja, dein Vater, sagt Fritz, der war im Krieg. Aber du nicht.

Jetzt bin ich auch im Krieg, sagt Sigi.

Seit wann?, sagt Fritz. Seit wann bist du im Krieg? In was für einem Krieg?

Seit gestern, sagt Sigi.

Was phantasierst du dir da zusammen, Sigi, sagt Fritz. Wieso seit gestern?

Maulhalten und niedersetzen, sagt Sigi.

Ich will nur wissen, wieso seit gestern?, sagt Fritz. Was war gestern?

Denk nach, sagt Sigi, vielleicht fällt es dir ein.

Jetzt mach dich nicht lächerlich, sagt Fritz, und gib die Pistole her.

Er geht auf ihn zu.

Stehen bleiben, sagt Sigi.

Ich will nur die Pistole haben, sagt Fritz, dann können wir weiterreden.

Du sollst stehen bleiben, sagt Sigi.

Es sieht uns niemand, sagt Fritz. Niemand hat deine Pistole gesehen. Niemand hat gesehen, dass du mich bedrohst.

Du sollst stehen bleiben, sagt Sigi.

Also, gib her, sagt Fritz, und wir vergessen das Ganze.

Er greift nach der Pistole. Der Schuss kracht. Fritz greift sich auf den Arm.

Bist du jetzt vollkommen übergeschnappt, schreit Fritz und schaut seine blutige Hand an.

Weil du nicht stehen bleibst, schreit Sigi. Hab ich nicht gesagt, du sollst stehen bleiben. Was bleibst du denn nicht stehen, du blöder Hund, wenn ich sage, du sollst stehen bleiben.

Und deswegen willst du mich gleich erschießen, schreit Fritz, weil ich nicht stehen bleib?

Was bleibst du denn auch nicht stehen, schreit Sigi, du blödes Arschloch.

Dir haben sie wirklich ins Hirn geschissen, schreit Fritz. Diesem Proleten haben sie echt ins Hirn geschissen.

Dann wärst du doch stehen geblieben, schreit Sigi.

Du hast mich erschießen wollen, du Volltrottel, schreit Fritz. Ist dir das klar? Du hast mich erschießen wollen.

Ich hab dich nicht erschießen wollen, schreit Sigi.

Wonach sieht es denn aus?, schreit Fritz und hält ihm seinen blutigen Arm hin.

Ich hab wollen, dass du stehen bleibst, schreit Sigi.

Und wer soll dir das glauben, schreit Fritz, außer deiner Mutter, und die lebt nimmer. Du hast die Schlagader erwischt, du Wichser, schreit Fritz. Siehst du nicht, du hast die Schlagader erwischt. Ich brauch einen Arzt.

Er greift nach dem Telefon.

Weg vom Telefon, schreit Sigi und schlägt mit der Pistole nach ihm.

Aber ich verblute, schreit Fritz.

Du verblutest überhaupt nicht, schreit Sigi.

Du hast die Schlagader erwischt, schreit Fritz.

Was für eine Schlagader?, schreit Sigi. Was bist du denn so hysterisch. Du blutest doch gar nicht.

Und ob ich blute, schreit Fritz.

Das bisschen Blut nennst du bluten?, schreit Sigi.

Für zwanzig Jahre wird es reichen für dich, schreit Fritz.

Die Türe wird aufgerissen.

Was war denn das?, sagt Daniela.

Um Gottes Willen, schreit sie, als sie das Blut sieht.

Hinaus, schreit Sigi und richtet die Pistole auf sie.

Nein, schreit Daniela und schmeißt die Tür zu.

In diesem Moment will sich Fritz auf Sigi werfen. Aber Sigi hat die Pistole schon wieder auf ihn gerichtet.

Niedersetzen, schreit Sigi, geht zur Tür und sperrt ab.

Was soll das jetzt werden?, sagt Fritz und setzt sich hinter seinen Schreibtisch. Eine Geiselnahme?

Doch nicht der Sigi, sagt Popic.

Ich hab es doch gesehen, sagt Daniela, alles voll Blut. Und er hat auch auf mich schießen wollen.

Der steht doch auf dich, sagt Popic, warum sollt er auf dich schießen wollen?

Wer steht auf mich?, sagt Daniela.

Der Sigi, sagt Popic.

Der Sigi?, sagt Daniela.

Noch nicht bemerkt?, sagt Popic. Der ist doch dauernd im Büro bei dir oben.

Der ist überhaupt nicht dauernd im Büro bei mir oben, sagt Daniela. Was soll das?

Du brauchst es ja nicht abzustreiten, sagt Popic.

Was soll ich denn abstreiten, sagt Daniela.

Dass er auf dich steht, sagt Popic.

Stehen tun doch alle da auf mich, sagt Daniela, oder? Ihr steht doch auf jeden Hintern, der vorbeiwackelt, oder?

Das hab ich ihm immer schon zugetraut, sagt Hermann, dem Sigi.

Dass er auf mich steht?, sagt Daniela.

Dass er einmal durchdreht, sagt Hermann.
Also, das hätt ich ihm nie zugetraut, sagt Joe.
Ich schon, sagt Anna.
Du hättest ihm das zugetraut, sagt Popic, dass er auf den Fritz schießt?
Dass er durchdreht, sagt Anna.
Und dass er auf jemanden schießt?, sagt Popic.
Wenn einer durchdreht, sagt Anna, dann dreht er durch.
Wann hat der Sigi schon Terror gemacht?, sagt Joe. Der hat nie Terror gemacht.
Genau, sagt Daniela. Da hätt ich schon eher auf den Gerhard getippt, dass der einmal durchdreht.
Der Gerhard?, sagt Popic.
Aber nicht so, sagt Hermann. Nicht mit einer Krachen. Der schmeißt einem vielleicht die Rohrzange nach, wenn er auf 180 ist ...
Wie dem Rettensteiner, sagt Joe.
Wie dem Rettensteiner?, sagt Hermann.
Der hat dem Rettensteiner die Rohrzange nachgeschmissen?, sagt Popic.
Das weißt du nicht?, sagt Joe.
Woher denn?, sagt Popic.
Aber dass er mit einer Krachen herumrennt und auf Leute schießt, der Gerhard, sagt Hermann, nie im Leben.
Der Sigi auch nicht, sagt Joe.
Das tut er aber gerade, sagt Hermann.
Wahrscheinlich hat er Zores mit seiner Alten, sagt Joe.
Andere stechen ihre Alte nieder wie dieser Manuel F. in Stadlau, sagt Hermann.
Was willst du denn damit sagen?, sagt Daniela.
Aber das mit diesem Joachim P. ist wirklich arg, sagt Jennifer.
Du hast das auch im Fernsehen gesehen?, sagt Daniela.
Gitti hat mir erzählt davon, sagt Jennifer. Ist das wahr mit dem Baby?

Sicher ist das wahr, sagt Hermann.

Da geh ich zur Gerichtsverhandlung, sagt Jennifer, den muss ich sehen.

Die ist aber heute, sagt Daniela.

Was, wirklich?, sagt Jennifer. Heute?

Dem gehören doch sowieso gleich die Eier abgeschnitten, diesem Johann P., sagt Joe, ohne Prozess.

Joachim P., sagt Daniela.

Diesem Joachim P., sagt Joe.

Aber scheibchenweise, sagt Hermann.

Wem?, sagt Kaltenberger. Dem Sigi?

Diesem Joachim P., sagt Hermann, diesem Sadisten.

Das ist bei mir kein Sadist, sagt Joe, das ist ein Perversling.

Der Sigi?, sagt Anna.

Nein, sagt Hermann, der Joachim P.

Was ist mit dem Sigi?, sagt Kaltenberger.

Auf die Daniela hat er geschossen, sagt Joe.

Der Sigi auf die Daniela?, sagt Kaltenberger. Mit was denn?

Mit einer Panzerfaust, sagt Joe.

Gelächter.

Auf den Fritz hat er geschossen, sagt Daniela.

Auf den Fritz?, sagt Kaltenberger. Warum?

Ich war nicht dabei, sagt Joe.

Wahrscheinlich wegen der Kündigung, sagt Daniela.

Echt?, sagt Popic.

Auf die oben hat er doch eh immer geschimpft, sagt Anna, oder?

Das stimmt, sagt Daniela. Schon wie es geheißen hat, die Produktion wird verlegt, ist er aufgetaucht im Büro vor Wut.

Toll, sagt Popic.

Was ist da toll?, sagt Hermann.

Dass sich wenigstens einer wehrt, sagt Popic.

Richtig, sagt Joe, die gehören alle erschossen, die Arschlöcher.

Da hast du auch wieder Recht, sagt Anna, Scheiß-Engländer.

Und deswegen soll der Fritz dran glauben, oder was?, sagt Hermann. Der kann ja nicht einmal Englisch.

Und Sigi soll dran glauben, oder wie?, sagt Joe.

Das ist ein Gewaltverbrechen, sagt Hermann, eine Geiselnahme, oder lebst du am Mond?

Gewaltverbrechen, sagt Sigi. Jetzt komm mir nicht so. Wer hat denn angefangen damit?

Ich nicht, sagt Fritz. Oder hab ich auf dich geschossen?

Sowieso hast du auf mich geschossen, sagt Sigi.

Ich hab auf dich geschossen?, sagt Fritz. Wann? Wo?, sagt Fritz. Drehst du jetzt völlig durch?

Nicht nur auf mich, sagt Sigi.

Natürlich, sagt Fritz, nicht nur auf dich, ich schieß auf alle.

Auf alle eben nicht, sagt Sigi, Auf die da oben nie.

Auf die da oben nie?, sagt Fritz.

Nein, sagt Sigi, geht zum Fenster, schaut kurz in den Hof und zieht den Vorhang vor.

Was heißt, auf die da oben nie?, sagt Fritz. Aus allen Rohren haben wir auf die geschossen. Das hab ich dir doch gestern schon erklärt.

Aber leben tun sie immer noch, sagt Sigi.

Leben tust du ja auch noch, sagt Fritz, oder nicht?

Nennst du das Leben, sagt Sigi, mit der Arbeitslose? Willst du mein Leben mit dem Leben von denen vergleichen? Willst du mich verarschen? Willst du alle, die jetzt von dir zwangspensioniert werden, zu deiner Gaudi auch noch in den Arsch ficken?

Sigi, sagt Fritz und schaut auf die Pistole, die vor seinem Gesicht hin- und herfährt, jetzt beruhig dich, so hab ich das nicht gemeint. Du weißt, dass ich das so nicht gemeint habe.

Aus allen Rohren geschossen hast du auf uns, sagt Sigi, nicht auf die. Die haben angefangen auf uns zu schießen, und du hast mitgeschossen, sagt Sigi, kapierst du das nicht? Du hast mitgeschossen. Und zwar auf uns.

Wie geht es denn deiner Tochter, sagt der Polizist, jetzt im Gymnasium?

Eh gut, sagt der Kollege.

Meine will auch ins Gymnasium, sagt der Polizist.

Lernt sie so gut?, sagt der Kollege.

Sehr gut, sagt der Polizist.

Meine hat auch gut gelernt, sagt der Kollege.

Lernen ist wichtig, sagt der Polizist.

Genau, sagt der Kollege.

Die deutsch können, lernen alle gut in der Schule, sagt der Polizist, und kommen alle ins Gymnasium.

Bei uns auch so, sagt der Kollege.

Bei meiner Tochter waren nur drei in der Klasse mit Deutsch als Muttersprache, sagt der Polizist, und die sind alle im Gymnasium.

Bei meiner fünf, sagt der Kollege, und die kommen auch alle ins Gymnasium. Sonst nur Türken und Albaner, sagt der Kollege, die kommen nicht ins Gymnasium.

Bei uns waren es Türken und Russen, sagt der Polizist, und Albaner.

Und von denen kommt auch keiner ins Gymnasium?, sagt der Kollege.

Nein, sagt der Polizist.

Eh besser, sagt der Kollege, wegen dem Niveau.

Genau, sagt der Polizist. Nur zwei Russen, die kommen auch ins Gymnasium. Und zwei Türken.

Russen geht, sagt der Kollege. Aber Türken?

In welches Gymnasium geht sie denn?, sagt der Polizist.

Laaerbergstraße, sagt der Kollege.

Kenn ich, sagt der Polizist. Eine gute Schule?

Wurscht, sagt der Kollege. Hauptsache, sie macht die Matura.

Genau, sagt der Polizist. Ohne Matura bist du ein Trottel.

Sag ich auch, sagt der Kollege.

Wenn ich mich so umschau, sagt der Polizist. Was bist du ohne Matura? Ein Trottel.

Und mit Matura, sagt der Kollege, bist du auch ein Trottel.

Auch wieder wahr, sagt der Polizist.

Macht ja jeder, die Matura, sagt der Kollege.

Eben, sagt der Polizist.

Trotzdem sagt meine Frau immer, sagt der Kollege, lernen, lernen, lernen.

Genau, sagt der Polizist.

Auf was warten wir denn eigentlich?, sagt der Kollege.

Auf die Cobra, sagt der Polizist.

Auf die Cobra?, sagt der Kollege.

Ja, sagt der Polizist.

Wegen jedem Schas warten wir auf die Cobra, sagt der Kollege.

Ist eben unser Wunderteam, sagt der Polizist.

Schießen können wir doch auch, sagt der Kollege, oder?

Sowieso, sagt der Polizist.

Warum gehen wir dann nicht selber hinein und schießen ihn über den Haufen?, sagt der Kollege.

Achtung, der Chef, sagt der Polizist.

Warum gehen wir eigentlich nicht selber hinein und schießen ihn über den Haufen?, sagt der Kollege.

Wir warten auf die Cobra, sagt der Offizier, die machen das schon.

Wenn es dann noch etwas zu machen gibt, sagt der Kollege, außer Leichen wegzuräumen.

Es wird keine Leichen geben, sagt der Offizier.

Das sagen wir immer, sagt der Kollege.

Würden Sie mir bitte das Megafon geben?, sagt der Offizier.

Und wer ist dieser Dilo da drin?, sagt der Kollege. Ein Tschetschene, den man dabei erwischt hat, wie er die Kaffeekasse plündert?

Nein, sagt der Offizier.

Ein Türk?, sagt der Kollege.

Der Papa, sagt Paula.

Was?, sagt Sonja. Wo?

Da im Radio, sagt Paula.

Wieso der Papa?, sagt Sonja.

Siegfried S., sagt Paula, das kann nur der Papa sein. Hör zu.

Mit einer Pistole?, sagt Sonja. Das gibt's doch nicht.

Und geschossen hat er auch, sagt Paula.

Spinnt der vollkommen, sagt Sonja.

Wieso schießt der Papa?, sagt Paula. Mama, wieso schießt der Papa?

Das weiß doch ich nicht, sagt Sonja.

Und wieso Pistole?, sagt Paula. Woher hat Papa eine Pistole?

Dieser Mann dreht durch, sagt Sonja, dieser Mann dreht ja völlig durch.

Aber die Pistole, sagt Paula, wieso hat Papa eine Pistole.

Was weiß ich, sagt Sonja, wahrscheinlich die vom Opa.

Vom Opa?, sagt Paula. Wieso vom Opa?

Jetzt frag nicht dauernd so blöd, sagt Sonja. Womit hab ich mir das verdient, sagt Sonja, womit hab ich mir das verdient.

Wo gehst du hin?, sagt Paula. Mama, wo gehst du jetzt hin?

Du bleibst da, sagt Sonja.

Nein, ich geh mit, sagt Paula.

Nein, sagt Sonja, du bleibst da.

Ich will aber mit, sagt Paula.

Ich hab gesagt, du bleibst da, schreit Sonja.

Ich will aber nicht dableiben, ich will mit, schreit Paula.

Du bleibst da, schreit Sonja, du musst auf Kevin aufpassen. Hast du verstanden? Du bleibst da und passt auf Kevin auf.

Nein, schreit Paula, du darfst nicht hingehen. Ich hab Angst. Du darfst nicht hingehen.

Ich muss aber, schreit Sonja. Verstehst du das nicht? Ich muss.

Dann erschießt er dich auch noch, schreit Paula. Mama, dann erschießt er dich auch noch.

Weg vom Telefon, schreit Sigi.

Aber es läutet, sagt Fritz.

Ich bin nicht taub, sagt Sigi. Er hebt ab.

Ja, sagt Sigi ins Telefon. Nein, sagt Sigi. Ja, sagt Sigi, ich will ein Fernsehteam. Ja, ein Fernsehteam will ich. Ich will etwas sagen. Nein, sagt Sigi, ich will, dass es alle hören. Ja, sagt Sigi, die ganze Welt, die ganze Welt soll es hören. Bis London soll man es hören. In einer Stunde, sagt Sigi, in einer Stunde ist das Fernsehteam da, spätestens. Und keine Polizei, sagt Sigi. Die hört das dann eh im Fernsehen. Ja, sagt Sigi, keine Polizei, sonst schieß ich ihn über den Haufen.

Er schmeißt den Hörer hin.

Arschlöcher, sagt er. Geht der Fernseher?, sagt er.

Ja, sagt Fritz.

Dann dreh ihn auf, sagt Sigi. Du sollst den Scheißfernseher aufdrehen.

Vor Gericht sagt Joachim P., 27, er sei unschuldig. Er habe Richie, den zweijährigen Sohn seiner Lebensgefährtin Desiree, 22, nicht gewickelt, er habe ihm nicht die Windel heruntergenommen, Hintern und Geschlechtsorgane vom Kot befreit, ihn auf den Bauch gedreht und ihm, wie ihm die Anklage unterstelle, seinen steifen Penis ein gutes Stück in den After gebohrt, um ihn darin so lange hin- und herzubewegen, bis er ejakuliert habe, und ihm dabei, wie ihm die Anklage weiters unterstelle, den Mund zugehalten, damit seine Eltern, die sich im ersten Stock aufgehalten hätten, die Schreie des Kindes nicht hören. Das entspreche nicht den Tatsachen. Und er habe es hinterher auch nicht, da es weitergeschrien habe, kräftig geschüttelt. Nein, sagt Joachim P., das entspreche auch nicht den Tatsachen. Den Tatsachen entspreche vielmehr, dass er vom Zeitungsaustragen gegen sieben Uhr früh heimgekommen sei und sich niedergelegt habe, um zu schlafen, gegen zehn Uhr aufgewacht sei, weil das Kind geschrien habe, worauf er es seinen Eltern in den ersten Stock hinaufgebracht habe. Gegen Mittag sei er endgültig aufgestanden, habe Richie wieder in den Keller getragen, in sein Bettchen gelegt und eine Weile bei ihm verbracht, weil er nicht habe einschlafen können. Er habe geschrien und gekrampft und plötzlich sei Blut aus seinem Mund gekommen. Dass Richie einen Tag später tot gewesen ist, sei für ihn immer noch entsetzlich.

Joachims Mutter sagt aus, dass es nicht ihr Sohn gewesen sein könne. Ihr Joachim täte so etwas nicht. Er arbeite regelmäßig, er sei ehrlich und fleißig. Sie sei vielmehr davon überzeugt, dass die Lebensgefährtin ihres Sohnes das schreiende Kind so lange geschüttelt habe, bis Blut aus seinem Mund gekommen sei. Desiree habe es ihr gestanden. Desiree sei überhaupt mit dem Kind völlig überfordert gewesen. Schreie des Kindes habe sie nicht ertragen können. Die vielen blauen Flecken am Körper des Kindes, weswegen ihr Sohn und sie Richie öfter mit Creme vor allem auf dem Gesäß eingeschmiert hätten, habe sie, Desiree, zu verantworten. Es sei in der Familie allgemein bekannt gewesen, dass sie mit dem Kind keinerlei Geduld gehabt habe, dass die Nerven immer wieder mit ihr durchgegangen seien. Sie habe von Anfang an den Eindruck gemacht, das Kind sei ihr im Weg. Weswegen sie, Joachims Mutter, öfter dafür gesorgt habe, das Kind bei sich zu haben, um es beschützen.

Desiree sagt, sie könne nur aussagen, wenn der Angeklagte aus dem Saal geführt würde. Nachdem Joachim P. den Saal verlassen hat, sagt Desiree unter Tränen, ja, es sei richtig, dass Joachim eine Zeitlang mit ihrem Sohn im

Keller allein gewesen sei, und danach habe Richie stark aus dem Mund geblutet. Sie selbst habe ihn nicht geschüttelt. Sie habe daher auch niemandem eingestanden, dass sie ihn geschüttelt habe.

Er sei unschuldig, sagt Joachim P. Er sei nach wie vor unschuldig. Er liebe Kinder über alles. Das könne jeder bezeugen. Und alle Zeugen, die hier aufgetreten seien, mit Ausnahme von Desirees Eltern, die nur hier seien, um ihm etwas anzuhängen und ihre Tochter reinzuwaschen, hätten es auch bezeugt. Er könne keinem Kind etwas zuleide tun. Er habe alles für Richie getan, obgleich er nicht sein leiblicher Sohn gewesen sei. Er habe Richie herumgetragen und abgeschmust. Er habe Richie in jeder Hinsicht umsorgt. Ja, es stimmt, er habe Richie gewickelt an diesem Tag im Keller. Er habe sich geirrt. Er habe diesen Tag verwechselt mit dem davorliegenden. Er habe Richie öfters gewickelt. Er habe es als seine Pflicht angesehen, seine Lebensgefährtin zu entlasten und Richie Gutes zu tun. Er wisse nicht, wer Richie sexuell missbraucht habe. Er selber sei es nicht gewesen. Zu so einer Tat sei er niemals imstande, wie auch schon seine Mutter gesagt habe. Er könne sich nicht vorstellen, einem zweijährigen Kind, noch dazu dem Kind seiner Lebensgefährtin, Hintern und Geschlechtsorgane vom Kot zu befreien, um dann seinen steifen Penis in den sauberen After des Kindes zu bohren, zu dem Zweck, darin zu ejakulieren und sich auf diese Weise sexuelle Befriedigung zu verschaffen. Er wisse auch nicht, wie Richie zu Rippen- und Armbrüchen und zu einem Schütteltrauma gekommen sei und woher die blauen Flecken stammen könnten. Er wisse nur, dass Richie öfters aus dem Bett gefallen sei. Die blauen Flecken würden wohl daher stammen. Er wisse auch nicht, wie das Prostatasekret in die Windel gekommen sein könnte. Seines sei es jedenfalls nicht. Auch nicht das seines Vaters, wie Desirees Vater vermutet habe. Sein Vater würde ebenfalls zu dergleichen niemals fähig sein.

Er könne sich nur vorstellen, dass Desiree möglicherweise Genaueres wisse. Es sei nicht ganz auszuschließen, dass sie auch noch andere Freunde neben ihm gehabt habe und vielleicht auch noch habe. Dass außer seinem Vater und ihm zu diesem Zeitpunkt kein weiterer Mann im Haus gewesen sei, könne man bei dem bisherigen Lebenswandel seiner Lebensgefährtin nicht als Gegenbeweis gelten lassen. Er wisse zum Beispiel, dass Desiree am Tag davor noch mit Richies leiblichem Vater gesehen worden sei. Richie sei dabei gewesen.

Wann können wir uns wieder treffen?, sagt Sabine.

Nächste Woche, sagt Bert.

Nicht früher?, sagt Sabine.

Leider, sagt Bert.

Für Sonntag ist schönes Wetter vorausgesagt, sagt Sabine.

Ich weiß, sagt Bert.

Wann musst du gehen?, sagt Sabine.

In zehn Minuten, sagt Bert.

Schon?, sagt Sabine.

Carmen von der Schule abholen, sagt Bert.

Wieso musst immer du sie abholen?, sagt Sabine.

Weil ich Abenddienst hab, sagt Bert. Am nächsten Donnerstag, sagt Bert, geht das?

Am nächsten Donnerstag?, sagt Sabine.

Ja, sagt Bert.

Da kann ich nicht, sagt Sabine.

Da kannst du nicht?, sagt Bert.

Moritz hat Geburtstag, sagt Sabine.

Wie alt ist er denn?, sagt Bert.

Sechzehn, sagt Sabine. Da kannst du aber gern auch kommen.

Zum Geburtstag?, sagt Bert.

Ja, sagt Sabine, warum nicht?

Und Hanno ist auch da, sagt Bert, oder?
Ich denk schon, sagt Sabine. Na und?, sagt sie.
Wenn Hanno da ist, sagt Bert.
Was soll sein, wenn Hanno da ist?, sagt Sabine.
Ich weiß nicht, sagt Bert. Übrigens, sagt er, meine Frau weiß nichts von dir.
Wäre das schlimm, sagt Sabine, wenn sie es wüsste?
Jetzt, wo wir in der Scheidung sind, sagt Bert.
Sie hat doch auch einen Freund, oder?, sagt Sabine.
Sicher, sagt Bert.
Und du darfst keine Freundin haben?, sagt Sabine.
Du weiß ja, wie das ist, sagt Bert. Ich muss gehen, sagt er.
Was ist das für eine Narbe?, sagt Sabine.
Magenoperation, sagt Bert.
Und was?, sagt Sabine.
Magengeschwür, sagt Bert.
Magengeschwür?, sagt Sabine.
Ja, sagt Bert, Magengeschwür.
Und jetzt ist es weg?, sagt Sabine.
Nein, sagt Bert. Also nächsten Donnerstag nicht?, sagt er.
Nein, sagt Sabine, aber Freitag.
Da hab ich einen Termin mit meiner Frau, sagt Bert.
Und den kannst du nicht verschieben?, sagt Sabine.
Nein, sagt Bert und steht auf.
Warum nicht?, sagt Sabine.
Weil bisher sie ihn immer verschoben hat, sagt Bert.
Da kannst du ihn ja auch einmal verschieben, sagt Sabine.
Wenn ich ihn verschieben könnte, würde ich ihn verschieben, sagt Bert. Und was ist mit dem Sommer?
Mit dem Sommer?, sagt Sabine.
Mit dem Urlaub, sagt Bert.
Da bekomm ich keinen Urlaub, sagt Sabine. Erst im September.
Im September kann ich nicht, sagt Bert.
Das wär aber schön im September am Meer, sagt Sabine.

Da hat Carmen wieder Schule, sagt Bert.
Wieso Carmen?, sagt Sabine. Fährst du mit Carmen weg?
Hab ich das nicht gesagt?, sagt Bert.
Nein, sagt Sabine.
Im Juli fahr ich mit ihr weg, sagt Bert, im August meine Frau.
Und wann fahren wir weg?, sagt Sabine.
Ich weiß nicht, sagt Bert. Ziehst du dich bitte an.
Irgendwann will ich aber schon weg mit dir, sagt Sabine.
Ein Wochenende geht sich immer aus, sagt Bert.
Ein Wochenende, sagt Sabine, warum immer nur ein Wochenende?
Weil es sich anders nicht ausgeht, sagt Bert, wenn du im Juli nicht kannst.
Da fährst du ja eh mit Carmen, sagt Sabine.
Da könntest du ja mitfahren, sagt Bert.
Mit Carmen und mit dir?, sagt Sabine.
Warum nicht?, sagt Bert. Würdest du dich bitte beeilen, sagt Bert, ich will nicht, dass Carmen auf der Straße steht.
Ich geh mit, sagt Sabine.
Nein, sagt Bert, heut ist es ungünstig.
Wieso?, sagt Sabine.
Weil wir zu meiner Mutter essen gehen, sagt Bert. Ich ruf dich an.
Wann?, sagt Sabine.
Sobald ich weiß, wann ich Zeit habe nächste Woche, sagt Bert. Vergiss deine Handtasche nicht.
Wo ist sie denn?, sagt Sabine. Wo hab ich sie hingelegt?
Dass Frauen nie ihre Handtasche finden, sagt Bert. Jetzt komm endlich.

Und überhaupt finde ich die Gesetzgebung nicht richtig, Herr Anwalt, sagt Manuel F. Ich hab mir das überlegt. Ich hab mir das lange überlegt. Wenn man ein altes, kaputtes

Auto kaputtfährt, bekommt man von der Versicherung ja auch nicht den vollen Preis wie für ein neues, oder? Wieso soll ich dann für den Tod von Janine, der ja noch dazu zu ihrem Besten war, und das habe ich schon dem Herrn Untersuchungsrichter auseinandergesetzt, wieso ich der Meinung bin, dass ihr Tod zu ihrem Besten war, das volle Strafausmaß ausfassen. Wo doch Janine auch schon ziemlich kaputt war und eigentlich schon im Endstadium. Das verstehe ich nicht, Herr Anwalt. Ich hab doch keinen vollständigen Menschen umgebracht. Janine war doch nicht mehr vollständig. Wenn ich eine Vierzehnjährige umgebracht hätte, die gesund ist, das ganze Leben noch vor sich hat, noch Kinder kriegen kann und eine Karriere machen und der Gesellschaft womöglich noch vieles schenken, Erfindungen, einen Weltcup-Sieg, dann würde ich es ja verstehen. Aber bei Janine? Da muss man doch abrechnen, was an ihr schon kaputt war, Herr Anwalt, oder? Und da war schon vieles kaputt. Die Lunge hat nur mehr zur Hälfte funktioniert. Die Leberwerte waren im Keller. Der Magen war im Eimer, jede Menge Geschwüre, Cholesterinspiegel an die 300, Blutdruck 180 zu 120, die Gefäße fast zu, die Zuckerwerte zum Fürchten. Und das soll nicht berücksichtigt werden? Das wäre doch ungerecht, oder? Das steht doch in keinem Verhältnis. Beim Tod einer blühenden Vierzehnjährigen mit einer Lebenserwartung von, sagen wir, noch 70 Jahren ist doch viel mehr tot als bei einer schon halbtoten Fünfunddreißigjährigen mit einer Lebenserwartung von vielleicht noch fünf Jahren. Der Schaden ist doch bei der einen viel größer als bei der anderen. Das muss doch irgendwie in Rechnung gestellt werden, das Strafausmaß irgendwie in ein Verhältnis gesetzt werden zum Ausmaß des Schadens, oder? Das ist doch nicht richtig, sagt Manuel F., dass das so ist. Das gibt mir die ganze Zeit über schon zu denken, Herr Anwalt. Die ganze Zeit über denke ich schon darüber nach. Das müssen Sie vor Gericht doch ins Treffen führen, Herr

Anwalt, dass da nicht mehr so viel kaputtzumachen war, bei der Janine. Dass da die Strafe kleiner ausfallen muss. Dass das nur gerecht wäre. Da muss es doch einen Sachverständigen geben, der das in Prozenten ausrechnet, was an der Janine schon kaputt war, ich also nicht mehr kaputt hab machen können. Oder mehrere Sachverständige. Der eine Sachverständige sagt, an der waren schon 60 Prozent kaputt, der andere, 80 Prozent. Das Mittelmaß wäre dann 70 Prozent. Und das Höchststrafmaß würde dann auch um 70 Prozent verringert. Wenn ich lebenslänglich bekäme, was ich ja sicher nicht bekomme, weil es ja kein Mord war, sondern höchstens ein Totschlag im Affekt, aber nehmen wir den Fall an, Herr Anwalt, ich würde lebenslänglich bekommen und man setzt dafür 100 Jahre ein, dann würde ich nur mehr 30 Jahre bekommen. Was auch nicht ganz gerecht ist. Denn ich bin ja schon 35, und bei einer statistischen Lebenserwartung für mich von 80 Jahren, würde lebenslänglich 45 Jahre bedeuten. Was heißt, dass man die 30 Prozent von 45 Jahren nehmen müsste und nicht von 100. Das wären dann 13,5 Jahre und nicht 30. Aber gut, bleiben wir einmal bei 30. Und da man bei guter Führung und bei lebenslänglich nach 15 Jahren entlassen werden könnte, würde ich entsprechend der Prozente, und das hab ich genau ausgerechnet, Herr Anwalt, schon nach viereinhalb Jahren entlassen werden. Bei den gerechteren 13,5 Jahren natürlich entsprechend früher. Und da es nur Totschlag im Affekt ist, noch früher. Das fände ich gerecht, Herr Anwalt. Das wäre demokratisch. Abgesehen von dem Nutzen für Janine selber, von dem, was sie sich durch ihren Tod alles erspart hat. Was ich ihr alles erspart habe. Das müsste man dann auf alle Fälle noch einmal abrechnen, sagt Manuel F.

Nein, sagt der Polizeioffizier.

Ich will aber mit ihm reden, sagt Sonja.

Er will mit dem Fernsehen reden, sagt der Offizier, nicht mit Ihnen.

Ich bin seine Frau, sagt Sonja.

Er will mit der Welt reden, sagt der Offizier. Er hat gesagt, er will mit der Welt reden. Warum sollt er dann mit seiner Frau reden wollen?

Weil er auf mich hört, sagt Sonja.

Er hört auf Sie, sagt der Offizier.

Ja, sagt Sonja, er hat immer auf mich gehört.

Sie haben doch gestritten, sagt der Offizier, wie Sie mir erzählt haben.

Das war gestern, sagt Sonja.

Und haben Sie sich inzwischen versöhnt?, sagt der Offizier.

Nein, sagt Sonja.

Eben, sagt der Offizier, und mit der Wut von gestern hat er heut die Geisel genommen.

Trotzdem, sagt Sonja.

Nichts trotzdem, sagt der Offizier. Treten Sie also bitte zurück und lassen Sie uns unsere Arbeit machen.

Warum darf ich nicht mit meinem Mann reden?, sagt Sonja.

Weil es gefährlich ist, sagt der Offizier. Wie oft soll ich das noch sagen.

Was ist da gefährlich, sagt Sonja, wenn ich mit ihm rede.

Dass er Sie auch noch als Geisel nimmt, sagt der Offizier. Und jetzt treten Sie bitte zurück.

Das würde er nie machen, sagt Sonja.

Das würde er nie machen, sagt der Offizier.

Nein, sagt Sonja.

Und warum nicht?, sagt der Offizier.

Ich kenne meinen Mann, sagt Sonja.

Sie kennen Ihren Mann, sagt der Offizier.

Ja, ich kenne meinen Mann, sagt Sonja, ich bin zwanzig Jahre mit ihm verheiratet.

Und deswegen glauben Sie, sagt der Offizier, Sie kennen Ihren Mann?

Natürlich, sagt Sonja.

Hätten Sie je gedacht, dass er eine Geisel nehmen könnte und auf sie schießen?, sagt der Offizier.

Nein, sagt Sonja, natürlich nicht.

Und da sagen Sie, Sie kennen Ihren Mann, sagt der Offizier. Kennen Sie eine gewisse Daniela Pointner, sagt der Offizier.

Die Daniela vom Büro?, sagt Sonja.

Ja, sagt Sonja, die kenn ich.

Auf die hätte er auch fast geschossen, sagt der Offizier.

Nein, sagt Sonja, unmöglich.

Und dann ist sie mit Kurti verschwunden, sagt Fritz.

Mit dem Kurti, die Daniela?, sagt Sigi.

Mit dem Kurti, sagt Fritz. Kannst du dich nicht erinnern?

Nein, sagt Sigi. Echt? Mit dem Kurti?

Er ist als Pirat gegangen, sagt Fritz, da kann ich mich genau erinnern. Und sie als Punk.

Genau, sagt Sigi. Als Punk. Das weiß ich noch.

Und sie war ja wirklich scharf, die Daniela, sagt Fritz, als junge.

Und dünn, sagt Sigi.

Was heißt dünn, sagt Fritz, durchsichtig.

Ja, sagt Sigi, so zart, richtig zerbrechlich.

Ja, sagt Fritz.

Und wie sie jetzt ausschaut, sagt Sigi.

Ja, sagt Fritz, wir sind alle nicht jünger geworden.

Und dünner auch nicht, sagt Sigi.

Du sagst es, sagt Fritz. Und wie ich neidig war auf diesen Kurti, wie er mit ihr verschwunden ist.

Du warst ja damals frisch verheiratet, sagt Sigi, oder?

Na und?, sagt Fritz. Kurti ja auch. Seine Alte war ja auch da, sagt Fritz.

Genau, sagt Sigi, die war da. Und trotzdem ist er verschwunden mit ihr?

Sag, wie besoffen warst du damals?, sagt Fritz.

Ziemlich, sagt Sigi. Es war ja auch ein tolles Fest.

Ich glaub, das tollste überhaupt, sagt Fritz. Aber so besoffen, wie du damals warst.

Das würd ich heut nimmer schaffen, sagt Sigi.

Ich auch nimmer, sagt Fritz. Solche Feste feiern kann man nur als junger.

Eigentlich schade, sagt Sigi, oder?

Verdammt schade, sagt Fritz. Trotzdem, sagt er, wir sollten wieder einmal einen Maskenball machen.

Einen Seniorenball, sagt Sigi.

Super, sagt Fritz, mit Rollstühlen und so.

Sie lachen.

Willst du auch ein Bier?, sagt Fritz und steht auf.

Wenn du eins hast, sagt Sigi.

Immer, sagt Fritz, geht zum Kühlschrank, nimmt zwei Dosen Bier heraus und gibt eine Sigi.

Danke, sagt Sigi.

Aber gern, sagt Fritz. Und du warst nicht geil auf die Daniela?, sagt er.

Sicher, sagt Sigi, und wie.

Aber du warst ja auch frisch verheiratet, sagt Fritz, oder?

Wie die immer dahergekommen ist, sagt Sigi, mit ihrem Minirock, die Daniela. Das war ja nicht zum Aushalten.

Schwer, sagt Fritz.

Das war ja kein Minirock, sagt Sigi, das war ein Superminirock.

Bis zum Höschen, sagt Fritz, bis zum Höschen hast du hinaufgesehen, wenn sie sich gebückt hat.

Auch wenn sie sich nicht gebückt hat, sagt Sigi.

Da hast aber du dich gebückt, sagt Fritz, oder?
Ich bitte dich, Fritz, sagt Sigi, ich bin ja kein Spanner.
Nein?, sagt Fritz.
Nein, sagt Sigi.
Bei der Daniela waren damals alle Spanner, sagt Fritz.
Nur der Kurti offenbar nicht, sagt Sigi.
Jedenfalls nicht so ausschließlich wie wir, sagt Fritz.
So ein Hund, sagt Sigi, dieser Kurti.
Das kannst du laut sagen, sagt Fritz. Und die Daniela hat ja dann auch ein Kind bekommen, die Petra.
Da war sie aber schon verheiratet, sagt Sigi.
Aber so knapp nach der Hochzeit?, sagt Fritz.
Warum nicht?, sagt Sigi. Soll öfter vorkommen.
Ähnlich schauen tut sie dem Papa aber nicht gerade, die Petra, sagt Fritz.
Muss ja nicht, oder?, sagt Sigi.
Sicher, sagt Fritz. Aber auffällig ist es schon. Die Nase, der Mund.
Du meinst, die ist vom Kurti?, sagt Sigi.
Ich find, sie ist ihm wie aus dem Gesicht geschnitten, sagt Fritz.
Findest du?, sagt Sigi.
Sicher, sagt Fritz, du nicht?
Ich weiß nicht, sagt Sigi.
Andere finden das auch, sagt Fritz.
Echt?, sagt Sigi.
Aber sicher, sagt Fritz.
Ich kenn die Petra nicht so gut, sagt Sigi.
Aber ich, sagt Fritz. Wohnen doch gleich bei mir um die Ecke.
Und du meinst wirklich?, sagt Sigi.
Aber sicher, sagt Fritz. Ausgegangen wäre es sich auf alle Fälle, oder?
Wenn du mich so fragst, sagt Sigi.

Also ich tipp auf Kurti, sagt Fritz. Ich hab immer auf Kurti getippt. Und ich bin nicht der Einzige.

Ein Kuckucksei?, sagt Sigi.

Ein Kuckucksei, sagt Fritz.

Die Daniela mit einem Kuckucksei. Darauf wär ich nie gekommen, sagt Sigi. Wenn das wahr ist.

Aber auch wurscht, sagt Fritz, oder? Wenn sie glücklich sind.

Wo ist denn der Kurti jetzt?, sagt Sigi.

Eben, sagt Fritz. Er ist ziemlich schnell verschwunden danach. Und keiner weiß, wo er steckt. Noch ein Bier?, sagt Fritz.

Warum nicht?, sagt Sigi.

Es klopft an der Tür.

Niedersetzen, sagt Sigi und drückt Fritz die Pistole an den Kopf.

Sigi, bitte, sagt Fritz.

Kusch jetzt, sagt Sigi. Wer ist es?, schreit er.

Das Fernsehen, hört er von draußen.

Moment, schreit Sigi, geht zur Tür, ohne Fritz aus den Augen zu lassen. Nicht hereinkommen, erst wenn ich es sag, schreit er.

Okay, hört er von draußen.

Sigi sperrt die Tür auf, läuft zu Fritz zurück, wirft dabei einen Blick durch das Fenster in den Hof, wo er den Fernsehwagen stehen sieht, stellt sich hinter Fritz und drückt ihm die Pistole an den Kopf.

Tür aufmachen, schreit Sigi, aber langsam.

Die Tür geht auf. Sigi sieht einen Mann mit einer Kamera auf der Schulter und dahinter weitere fünf Männer.

Einer genügt, sagt er.

Geht nicht, sagt der Kameramann, ich brauch einen Assistenten, einen Tonmeister mit Assistenten und einen Beleuchter.

Und es wird direkt gesendet?, sagt Sigi.

Nein, sagt der Kameramann. Der Sendewagen steht unten. Wir nehmen auf, auf Kassette, gehen hinunter und übertragen.

Wie lange dauert das?, sagt Sigi.

Zehn Minuten, sagt der Kameramann.

Ich will es aber gleich im Fernsehen sehen, sagt Sigi.

In zehn Minuten, sagt der Kameramann.

Nicht länger?, sagt Sigi.

Nicht länger, sagt der Kameramann. Können wir anfangen?

Langsam hereinkommen, sagt Sigi.

Wer soll gefilmt werden?, sagt der Kameramann.

Ich, sagt Sigi. Und was ich sage, will ich in voller Länge gesendet.

Okay, sagt der Kameramann, kein Problem.

Er stellt sich mit der Kamera vor den Schreibtisch. Der Beleuchter baut den Scheinwerfer auf, steckt das Kabel an, schaltet ein und leuchtet Sigi voll ins Gesicht.

Sigi blinzelt. Muss das so grell sein, sagt er.

Sicher, sagt der Kameramann. Die Menschen sollen Sie ja sehen, oder?

Kann ich anfangen?, sagt Sigi.

Das Mikro, sagt der Kameramann.

Der Tonmeister und sein Assistent nähern sich.

Halt, schreit Sigi, was soll das?

Das Mikro, sagt der Tonmeister und zeigt das Mikro, das muss ich Ihnen befestigen.

Wo?, sagt Sigi.

Am Hemd, sagt der Tonmeister.

Habt ihr denn kein Mikro in der Kamera?, sagt Sigi.

Nein, sagt der Kameramann, das ist ja keine Urlaubskamera. Das ist eine Fernsehkamera.

Okay, sagt Sigi, aber keinen Blödsinn machen, sonst schieß ich.

Okay, sagt der Kameramann, wir sind ja nicht lebensmüde, wir sind nur vom Fernsehen.

Okay, sagt Sigi, dann los. Aber von dieser Seite.

Er drückt die Pistole fester an Fritz' Kopf. Der Tonmeister und sein Assistent kommen langsam näher. Der Tonmeister beginnt das Mikro an Sigis Hemd zu befestigen. Es scheint nicht richtig zu halten. Er probiert es noch einmal. In dem Augenblick, in dem Sigi den Blick senkt, um zu sehen, wieso das Mikro nicht hält, lässt der Tonmeister das Mikro fallen und reißt Sigi, der dem Mikro nachschaut, den Arm mit der Pistole nach hinten. Sigi schreit auf vor Schmerz, die Pistole fällt ihm aus der Hand. Er schlägt flach mit dem Gesicht auf dem Boden auf. Der Tonmeister und der Assistent knien auf ihm. Seine beiden Arme werden nach oben gezerrt. Sigi spürt das Blut im Gesicht und wie ihm die Fesseln in die Gelenke schneiden.

Hier schreibt man „Essen“ groß, sagt Stöger, und wieso? Pia denkt nach. Da schau her, sagt Stöger, wieso schreibt man hier „Essen“ groß? Komm her, sagt er. Sie stellt sich neben ihn. Siehst du es?, sagt er. Ja, sagt sie. Setz dich her da, sagt er. Es geht schon, sagt Pia. Nein, setz dich, sagt Stöger, da kann ich es dir besser erklären. Er nimmt sie an der Hüfte und setzt sie auf seinen Schoß. Also, da schau, sagt er, hier: „Das Essen hat gut geschmeckt“, da schreibt man es groß, weil es ein Hauptwort ist, „das Essen“, und wenn man schreibt „Meine Eltern essen eine Suppe“, dann schreibt man es klein, weil es ein Tunwort ist, eine Tätigkeit. Verstehst du? Ja, sagt Pia. Also schreib diesen Satz hierher, sagt Stöger. Welchen Satz?, sagt Pia. „Meine Eltern essen eine Suppe“, sagt Stöger. Pia beugt sich über das Heft und beginnt zu schreiben. Stöger lehnt sich ganz leicht gegen ihren Rücken und schaut ihr über die Schulter. Pia, sagt er und greift ihr auf den nackten Oberarm, wie schreibt man

„Suppe“? Pia hält inne. Mit einem Doppel-p, sagt Stöger, „Suppe“. Sie bessert das Wort aus. Siehst du, sagt Stöger und streichelt ihren Oberarm, sehr gut. Reagiert sie?, denkt Stöger. Nein, denkt er, sie reagiert nicht. Er lässt seine Hand auf ihrem Oberarm und beobachtet sie. Sie schreibt, denkt er, sie ist konzentriert. Sie achtet nur darauf, keine weiteren Fehler zu machen. Sie schreibt sorgfältig und langsam. Und was ist das da?, sagt Stöger? Sie schaut erschrocken. Er legt seine Hand auf ihren Schenkel. Das ist falsch, sagt er. Was ist falsch da?, sagt er. Er klatscht ihr leicht auf den Oberschenkel. Das haben wir noch nicht gelernt, sagt Pia. Was heißt, das habt ihr noch nicht gelernt, sagt Stöger etwas schärfer. Dieses Wort wirst du doch schon gelesen haben. Liest du denn nichts?, sagt er. „Aufräumen“ kommt von „Raum“, und daher schreibt man es mit ..., sagt Stöger. Na, sagt er, womit schreibt man es denn? Jetzt denk doch nach, sagt er, „Raum“, „räumen“. Wie schreibt man daher „räumen“? Pia beginnt zu weinen. Aber Pia, sagt Stöger sanft und nimmt sie in die Arme und drückt sie an sich, das ist ja kein Grund zum Weinen. Mit Umlaut „ä“ schreibt man es, verstehst du, mit Umlaut „ä“. Aber Pia, sagt er und schiebt mit der einen Hand ein wenig ihren Rock hoch. Das ist ja keine Katastrophe, sagt er und drückt sie noch fester an sich und schiebt ihr den Rock dabei noch höher. Jetzt komm, sagt er und dreht sie ein wenig zu sich, sodass sie die Beine, um nicht das Gleichgewicht zu verlieren, etwas auseinandergeben muss. Ich sag eh nichts der Mama, sagt er, versprochen, und legt ihr die Hand ganz oben auf den nackten Schenkel und rutscht mit der Hand etwas hinunter auf die Innenseite ihres Schenkels und streichelt ihn. Das wirst du schon lernen, sagt er, aber sicher. Du wirst sehen, wir beide werden das schaffen. Werden wir beide das schaffen?, sagt Stöger. Aber sicher werden wir beide das schaffen. Und ob wir das schaffen werden. Du wirst noch die beste Schülerin werden. Da werden Papa und Mama aber schauen, wenn du die beste Schülerin bist, nicht wahr? Pia nickt und lehnt ihren Kopf an seine Schulter. Na also, sagt er und drückt ihren Schenkel an sich.

Ich finde das eine gute Idee, sagt Lisa. Sie steht auf und trägt die Teller in die Küche.

Ich weiß nicht, sagt Franz.

Was heißt, ich weiß nicht, sagt Lisa, du bist doch zuständig für die Auftragsvergabe bei der Gemeinde, oder?

Nicht ganz, sagt Franz.

Aber du kennst die Firmen, sagt Lisa. Kein Bauvorhaben, das nicht über deinen Schreibtisch geht, keine größeren Finanztransaktionen, keine Projekte, über die du nicht Bescheid weißt. Du kennst doch die Banken, die Investoren und Anleger. Du kennst doch alle, sagt Lisa, oder nicht? Du weißt doch, wer Geld braucht oder eines hat und es investieren möchte.

Ja, schon, sagt Franz.

Eben, sagt Lisa. Warum deine Kenntnisse nur für die Gemeinde nutzen? Die kann doch sowieso nicht alle verwerten. Bringst du mir bitte die Schüsseln, sagt Lisa.

Wer hat morgen Physikprüfung?, sagt Lisa. Und, sagt sie zu Robby, hast du gelernt? Nicht, dass du wieder nicht gelernt hast, sagt sie.

Ich hab gelernt, sagt Robby.

Das möchte ich auch hoffen, sagt sie, sonst gibt es keinen neuen Laptop, das weißt du.

Ja, sagt Robby.

Ich möchte nicht die ganzen Ferien mit dir Physik lernen müssen, sagt sie, weil du eine Nachprüfung hast. Dann ist der Ofen aus, verstehst du, sagt sie.

Ja, sagt Robby.

Ich will, dass das funkt bei dir, sagt sie, ich will mir nicht wieder einen Vormittag freinehmen müssen, nur um in die

Schule zu laufen und mir anzuhören, dass du wieder nicht spurst.

Ich hab gelernt, sagt Robby.

Das gilt auch für dich, sagt sie zu Corinne. Und jetzt Zähneputzen, sagt sie, aber ruck zuck.

Und ihr macht doch auch viel im Osten, sagt Lisa.

Eigentlich nicht, sagt Franz.

Corinne, ruft Lisa, wir schmeißen die Servietten nicht auf den Boden. Los, aufheben!

Die ist nicht von mir, sagt Corinne, die ist von Robby.

Wurscht, sagt Lisa, aufheben!

Robby, schreit Corinne, du sollst deine Serviette aufheben!

Schrei nicht herum, sagt Lisa.

Aber wenn sie nicht von mir ist, sagt Corinne.

Ich hab gesagt: aufheben!, sagt Lisa, oder bist du taub!

Immer ich, sagt Corinne und hebt die Serviette auf.

Aber die hiesigen Firmen machen doch viel im Osten, sagt Lisa, oder?

Ja, sagt Franz.

Das ist doch super, sagt Lisa.

Wieso super?, sagt Franz.

Weil sie dafür Geld brauchen, sagt Lisa, weil sie sich auskennen im Osten, weil sie wissen, wer dort Geld braucht, wo dort die großen Projekte entstehen. Und es entstehen doch ununterbrochen große Projekte im Osten, sagt Lisa, oder? Flughäfen, Fabriken, Kommunikationssysteme. Lauter Informationen, die du in der Gemeinde nie verwerten kannst, sagt Lisa, die die Gemeinde auch nicht braucht. Aber du als freier Finanzberater mit eigener Firma könntest sie brauchen und sehr wohl verwerten. Robby, ins Bett!, hab ich gesagt, sagt Lisa, du hast Prüfung morgen. Nein, es wird nicht mehr gelesen. Corinne, wenn du nicht sofort das Licht ausdrehst, sagt Lisa. Wer kichert da noch?, sagt Lisa, Corinne, möchtest du im Besenkammerl schlafen?

Ich stell mir vor, sagt Lisa, lasst du mich bitte auch zum Spiegel, sagt sie.

Gleich, sagt er und greift nach der Flasche mit der Mundspülung.

Den Mund spülen kannst du dir ohne Spiegel auch, sagt sie, oder? Was hast du da für einen Kratzer?, sagt sie.

Wo, sagt er, wo hab ich einen Kratzer?

Da, sagt Lisa, auf dem Rücken.

Wo?, sagt er und dreht seinen Rücken dem Spiegel zu.

Da, sagt sie und tippt mit dem Finger drauf.

Ah, sagt er und zuckt zurück, was hast du für eiskalte Hände?

Weil ich mich gerade gewaschen hab, sagt Lisa, mit kaltem Wasser.

Dann greif mich nicht an, sagt er.

Du wolltest ja wissen, wo der Kratzer ist, sagt sie.

Jetzt weiß ich es, sagt er.

Und, sagt sie, wo hast du den her?

Keine Ahnung, sagt er, wo soll ich denn den herhaben?

Das frag ich ja dich, sagt sie.

Ich weiß es nicht, sagt er. Darf ich mir jetzt den Mund spülen?

Das muss man doch wissen, sagt sie, bei dem Riesen-Kratzer!

In der Nacht, sagt er, in der Nacht werd ich mich halt gekratzt haben.

Heut früh hab ich den aber noch nicht gesehen, sagt sie.

Dann halt bei Tag, sagt er.

Das spürt man doch, sagt sie, wenn man sich so kratzt.

Ich kann mich nicht erinnern, sagt Franz.

Er kann sich nicht erinnern, sagt Lisa.

Nein, sagt Franz, man kratzt sich halt, wenn es juckt, manchmal auch ohne es zu merken.

Oder hat dich wer anderer gekratzt, sagt Lisa, und du hast es nicht gemerkt.

Wer denn?, sagt Franz. Wer soll mich denn kratzen, ohne dass ich es merk?

Wie soll ich das wissen, sagt Lisa. Hat dich wer gekratzt?

Lisa, bitte, was soll das jetzt mit dem Kratzer?, sagt Franz und dreht sich um zu ihr. Was willst du hören?

Wolltest du dir nicht den Mund spülen?, sagt Lisa.

Jedenfalls stell ich mir vor, sagt Lisa und steigt ins Bett, du mietest dir ein Büro im Millennium Tower.

Im Millennium Tower, sagt Franz, wieso im Millennium Tower?

Weil du eine gute Adresse brauchst, sagt Lisa. Und der Millennium Tower ist eine gute Adresse.

Aber was das kostet, sagt Franz.

Das amortisiert sich, sagt Lisa. Oder willst du ein Kellerlokal mieten? Eine tolle Homepage und eine noch tollere Sekretärin fürs Vorzimmer und fürs Telefonhörer-Abnehmen, und schon läuft der Laden. Und du wirst sehen, wie der Laden läuft!, sagt Lisa. Ein Finanz- und Vermögensberater, der in der Gemeinde sitzt und für Finanzierung und Vergabe von Bauaufträgen in Milliardenhöhe zuständig ist – was ist lukrativer, was ist vertrauenserweckender!

Klingt nicht schlecht, sagt Franz, aber ob ich da genug Zeit dafür hab.

Wieso denn nicht, sagt Lisa, du gehst doch sowieso jeden Tag heim um drei?

Und dann soll ich wieder ins Büro?, sagt Franz. Ich geh aus dem einen Büro hinaus und geh ins andere hinein?

Warum nicht?, sagt Lisa. Das ist ja dann dein Büro.

Ich weiß nicht, sagt Franz und nimmt sich das Buch vom Nachttisch, ein bisschen viel, oder?

Aber die Chance für dich, endlich vorwärts zu kommen, sagt Lisa, wenn du schon in der Gemeinde auf keinen Fall vorwärts kommst.

Ob ich das kann, sagt Franz.

Sicher kannst du das, sagt Lisa. In der Gemeinde kannst du es ja auch. Warum solltest du es in deinem eigenen Büro nicht können?, sagt Lisa.

Das ist ja etwas ganz anderes, sagt Franz.

Na, Gott sei Dank, sagt Lisa, ist das endlich etwas ganz anderes. Und wir können uns endlich das Haus kaufen.

Aber ob ich das will, sagt Franz.

Was, sagt Lisa, das Haus kaufen?

Das zweite Büro, sagt Franz.

Sicher willst du das, sagt Lisa. Oder willst du dort versauern in diesem Gemeindebüro ohne Perspektive, ohne Veränderung, für die paar Euro? Das ist doch eine Endstation dort, ein Abstellgleis, ein dead end!

Und außerdem, sagt Lisa und nimmt ihm das Buch aus der Hand und küsst ihn auf die Wange, können wir dann sagen, du hast die Beförderung abgelehnt. Man hat dich bekniet, die Beförderung anzunehmen, man hat dir eine Gehaltserhöhung angeboten, von der man nur träumen kann, aber du hast abgelehnt, weil du den Entschluss gefasst hast, eine eigene Firma zu gründen, weil du immer schon eine eigene Firma hast haben wollen und deine überschüssigen Fähigkeiten und deine viel weiter reichenden Interessen, die in der Gemeinde nicht gebraucht werden, eben jetzt dort investieren möchtest. Das wird jeder verstehen, sagt Lisa, da wird dich jeder für einen kreativen Kopf halten, hinter vorgehaltener Hand vielleicht auch einen raffinierten Hund. Aber wer soll was dagegen haben?, sagt Lisa. Du wirst der Tycoon unter den Finanzberatern. Firmen und Anleger werden dir ihr Kapital gern zur Verfügung stellen, einem Mann mit stabilem Hintergrund und mit besten politischen und wirtschaftlichen Verbindungen und Entscheidungsmöglichkeiten. Franz, sagt Lisa und greift nach seinem Schwanz, das ist es! Alle werden erblassen vor Neid und Bewunderung, Thomas, meine Schwägerin, meine Mitarbeiter im Büro, mein Vater, Bernhard, alle werden ihr Geld zusammenkratzen und es dir aufdrängen, du wirst sehen, sie werden dich anbetteln, ihr Geld zu nehmen. Was ist los, sagt Lisa, warum steht er nicht?, und wichst herum an ihm. Endlich, sagt sie, hält seinen steifen Schwanz fest, schiebt ihm den anderen Arm unter den Kopf und zieht ihn auf sich hinauf. 12 Prozent in der Holzwirtschaft, sagt sie. Im Internet, sagt sie, das musst du dir geben. Und 30 Prozent in der Schifffahrt! Das sind Renditen!, sagt sie und steckt sich den Schwanz hinein. Los, Franz! Fester, Franz! 30 Prozent, sagt sie, 30 Prozent! Ja, Franz, so musst du das machen, rangehen, sagt sie. 30 Prozent und mehr! Fester!, sagt sie, fester!, genauso!, dann wirst du das Geld scheffeln und das Haus steht! Und wie es steht! Los, Franz, sagt sie, zieh los, Franz, sagt sie, mit ganzer Power! Und das Haus steht. Was andere können, das kannst du längst, sagt sie, und zwar besser!, denn du bist besser! Ja, Franz, sagt sie, schlag zu!, investiere!, ja, Franz, geh ran!, so musst du rangehen!, geh ran!, investiere!, ja, sagt sie, so musst du investieren!, fester!, fester investieren, schneller, Franz!, schneller!, ja, sagt sie, mit ganzer Kraft, genau!, hinein damit! Schwimmen werden wir in Geld!, Franz, und wie wir schwimmen werden!, ich schwimm schon, sagt sie, super, Franz, sagt sie, super!, du bist super!, sagt sie, du schaffst es!, du schaffst es!, ruft sie, ich hab immer gewusst, du schaffst es!, du schaffst es!, und ich krieg mein Haus!, du kommst, endlich kommst du, und ich krieg mein Haus, ich spür es, ich spür es genau, ich krieg mein Haus, ja, ich krieg es!, ich krieg mein Haus!, fester, Franz!, ich krieg es! Zeig der Welt, was du kannst!, und ich krieg es! Ja, Franz, Wahnsinn!, ich krieg es!

Gar nicht gut, sagt Stöger und legt das Heft auf den Tisch. Aber es sind ja kaum Fehler, sagt Pia. Aber schwere Fehler, sagt Stöger, und die werden sehr streng benotet. Was ist los mit dir?, sagt Stöger. Bitte sag es nicht der Mama, sagt

Pia. Du bist nicht konzentriert, sagt Stöger, du bist nicht bei der Sache. Aber ich bin konzentriert, sagt Pia. Das bist du nicht, sagt Stöger, mit diesem Diktat wird deine Mama keine Freude haben. Dann machen wir ein neues, sagt Pia und hält ihm das Buch hin, sonst darf ich nicht nach Spanien mitfahren, sonst muss ich daheimbleiben und lernen. Aber wenn du nicht bei der Sache bist, sagt Stöger, dann wird das neue auch nicht besser. Doch, sagt Pia, bitte machen wir ein neues. Ist es die Hitze, sagt Stöger, bist du deswegen so unkonzentriert? Ja, sagt Pia, vielleicht. Dann machen wir eine Pause, sagt Stöger. Nein, sagt Pia, noch ein Diktat. Zuerst eine Pause, sagt Stöger, dann geht es besser. Du badest doch gern, sagt Stöger, oder? Ja, sagt Pia. Dann nimm ein Bad, sagt Stöger, und du wirst sehen, nachher geht es viel besser. Jetzt ein Bad?, sagt Pia. Ja, sagt Stöger. Ich weiß nicht, sagt Pia. Also los, sagt Stöger, komm. Und was ist, wenn Tante Irma kommt?, sagt Pia. Die kommt erst am Abend. Und wenn Mama es erfährt, dass ich jetzt bade?, sagt sie. Die erfährt es nicht, sagt Stöger. Schau, sagt er, wir haben ein wunderbares Schaumbad, und lässt Wasser in die Wanne ein. Zieh dich aus, sagt er. Ich schau eh nicht hin, sagt er. Nun, sagt Stöger, als sie nackt im Wasser liegt, ist das nicht angenehm? Doch, sagt sie. Siehst du, sagt er. Da ist noch kein Schaum, sagt er und wirft ihr Schaum ins Gesicht. Ah, schreit sie lachend. Und da auch noch keiner, sagt Stöger und wirft noch eine Handvoll Schaum. Aufhören, lacht Pia, aufhören. Mir wird auch heiß, sagt Stöger, zieht sich die Shorts aus und wirft neuen Schaum. Den Pia zurückwirft. Du bewirfst deinen Lehrer mit Schaum?, sagt Stöger. Er wirft ja auch, lacht Pia und wirft weiter. Na warte, sagt Stöger und greift nach ihr und stellt es so an, dass er samt T-Shirt und Unterhose ins Wasser rutscht. Pia schreit laut auf vor Schreck, als ihr Wasser und Schaum ins Gesicht spritzen, und vor Begeisterung, als sie Stöger verdattert mit nassem T-Shirt vor sich in der Wanne sitzen sieht. Jetzt hab ich dich, ruft er und schnappt sich ein Bein von Pia. Sie strampelt und schreit und lacht. Er hält ihren Fuß fest und kitzelt sie. Sie will ihn abwehren und wirft sich laut lachend im Wasser herum. Bist du kitzlig, sagt Stöger und kitzelt sie. Ja, schreit sie. Nein, sagt er, du bist ja gar nicht kitzelig. Doch, schreit sie lachend. Vielleicht bist du da kitzlig, sagt er und kitzelt sie mit der anderen Hand am Bauch. Ja, schreit sie, aufhören. Oder da, sagt er, bist du vielleicht da kitzlig, und fährt ihr zwischen die Schenkel und dann hinauf zur Achselhöhle, packt sie um den Oberkörper, drückt sie an sich und kitzelt sie zwischen den Beinen hinauf bis ganz nach oben zwischen den Beinen. Sie strampelt, will sich losreißen, er lässt sie los, sie fährt herum. Nicht kitzeln, schreit er. Doch, schreit sie und wirft sich auf ihn, um ihn in den Achselhöhlen zu kitzeln. Er lacht laut auf. Nicht kitzeln, schreit er und lässt sich kitzeln. Aufhören, schreit er und beginnt wieder zurückzukitzeln. Sie tritt nach ihm, um ihn von sich fernzuhalten. Au, schreit er plötzlich und hält sich den Bauch, au, du hast mich getroffen. Er verzerrt das Gesicht vor Schmerz. Onkel Philipp, sagt Pia und hört erschrocken auf zu kitzeln, hab ich dir wehgetan? Ja, sagt Stöger, da. Tut mir leid, sagt Pia und streichelt ihm den Bauch. Und da auch, sagt er und führt ihre Hand an seinen Schenkel. Und dann an seinen steifen Schwanz. Pia zuckt zurück. Was ist das?, sagt sie. Ein Babykrokodil, dem du wehgetan hast, sagt Stöger. Ein Krokodil?, sagt Pia. Ein Babykrokodil, sagt Stöger, das dich gleich beißen wird, weil du ihm wehgetan hast. Er macht einen Ruck mit seinem Unterkörper auf Pia zu. Ah, schreit sie und rückt ans Ende der Badewanne. Du musst es festhalten, sagt Stöger, schnell, damit es nicht beißen kann. Nein, sagt Pia, ich will es nicht festhalten. Dann wird es dich beißen, sagt Stöger. Es kann beißen?, sagt Pia. Ja, sagt Stöger, schnell, festhalten. Da, sagt er, ergreift ihre Hand und führt sie zu seinem Schwanz, festhalten. Zaghaft umfasst Pia den Schwanz. Das ist ja kein

Krokodil, sagt sie und lässt los. Festhalten, schreit Stöger, sofort festhalten, los, sonst passiert was Schreckliches. Du kannst dir nicht vorstellen, was dann passiert. Er nimmt ihre Hand erneut und presst sie auf seinen Schwanz. Sie umfasst ihn erschrocken. Stöger stößt immer wieder seinen Unterkörper gegen ihre Hand. Es will dich beißen, schreit er und hält ihre Hand an seinem Schwanz fest, festhalten, sonst beißt es, es will zu dir, so ein schlimmes Baby, ganz bös ist es, weil du ihm wehgetan hast. Und es tut ihm immer noch weh, au, au, stöhnt Stöger immer lauter, wie weh das tut, du hast ihm so wehgetan, und stöhnt. Und schon ist der Samen aus ihm heraußen im Badewasser. Er lässt Pias Hand los. Ich will hinaus, sagt Pia und steht auf. Jetzt warte doch, sagt Stöger, jetzt hat es sich eh beruhigt, jetzt ist es wieder ganz zahm. Nein, sagt Pia, ich will hinaus. Sie steigt aus dem Wasser. Stöger verstaut seinen nicht mehr steifen Schwanz in der Unterhose und steigt auch hinaus. Komm, sagt er, ich trockne dich ab. Was war das?, sagt Pia. Nichts, sagt Stöger lachend, nichts, meine Hand. Deine Hand?, sagt Pia. Ja, sagt er, hast du das nicht bemerkt? So hab ich sie gehalten, sagt Stöger und drückt die gestreckten Finger eng zusammen. Wirklich?, sagt Pia. Ja, sagt Stöger, siehst du, das war es. Aber deiner Mama darfst du nichts erzählen davon, sagt Stöger. Vom Krokodil?, sagt Pia. Dass du gebadet hast, sagt Stöger, dass du gebadet hast, anstatt das Diktat zu machen. Aber wir machen das Diktat ja noch, oder?, sagt Pia. Ja, sagt Stöger. Und du sagst der Mama nichts davon, dass ich so viele Fehler gehabt hab?, sagt Pia. Natürlich nicht, sagt Stöger, denn wir machen jetzt ein Diktat ganz ohne Fehler. Ganz ohne Fehler?, sagt Pia. Ja, sagt Stöger und trocknet sie ab. Und das kann ich dann Mama zeigen?, sagt Pia. Genau, sagt Stöger, das kannst du dann Mama zeigen. Und das mit den vielen Fehlern muss ich ihr nicht zeigen?, sagt Pia. Nein, sagt Stöger. Und du sagst ihr auch nichts davon?, sagt Pia. Wenn du ihr nichts davon sagst, dass du gebadet hast, sagt

Stöger, sag ich ihr auch nichts von dem Diktat. Ausgemacht?, sagt Stöger. Ausgemacht, sagt Pia. Gut, sagt Stöger und gibt ihr die Hand, hoch und heilig versprochen? Hoch und heilig versprochen, sagt Pia. Und du auch hoch und heilig versprochen?, sagt sie. Ich auch hoch und heilig versprochen, sagt Stöger. Es war doch lustig im Wasser, sagt er, oder? Ja, sagt Pia, nur das Krokodil hat mir ein bisschen Angst gemacht. Das gar keines war, sagt Stöger. Ja, sagt Pia lachend.

Moment, sagt Stöger, als Pia gehen möchte, die Haare. Die Haare muss ich dir noch föhnen. Und Pia, sagt Stöger und föhnt ihr die Haare. Ja, sagt sie und schaut ihn an. Es tut mir leid, sagt er, aber du kannst nicht mehr kommen. Was heißt, ich kann nicht mehr kommen?, sagt Pia. Du kannst nicht mehr herkommen, sagt Stöger. Wieso nicht?, sagt sie. War ich schlimm? Nein, sagt Stöger, du warst sehr brav. Warum dann, sagt Pia, wenn ich eh brav war? Jetzt halt ruhig, sagt Stöger, sonst kann ich dich nicht föhnen. Warum darf ich dann nicht mehr kommen, sagt Pia, warum nicht, wenn ich eh brav war? Weil ich viel zu tun habe, sagt er. Aber du hast ja gar nicht so viel zu tun, sagt sie. Doch, sagt er, in der Schule. Aber daheim, sagt sie, daheim hast du nichts zu tun. Ich muss viele Schularbeiten verbessern, sagt er, es wird mir zu viel mit dir. Schau, sagt er und zeigt auf den Stoß Hefte auf seinem Schreibtisch. Aber du hast gesagt, du gibst mir Nachhilfe, sagt sie. Ja, sicher, sagt er. Und du hast es auch Mama gesagt, sagt sie. Es tut mir auch leid, sagt Stöger, aber ich kann nicht mehr, ich darf nicht mehr. Bitte, Onkel Philipp, sagt Pia. Ich werde Mama anrufen und ihr sagen, dass es nicht mehr geht, sagt Stöger, und sie wird einen anderen Lehrer für dich finden. Ich will aber keinen anderen Lehrer, sagt Pia. Aber es wäre besser für dich, sagt Stöger, glaub mir, es wäre besser für dich. Nein, sagt Pia. Pia, sagt Stöger, schau mich an, sagt Stöger, du musst dir einen anderen Lehrer suchen. Sei vernünftig, sagt Stöger, es ist besser für dich. So, sagt Stöger und räumt den

Föhn zurück in die Lade, die Haare sind trocken. Nein, sagt Pia. Was nein?, sagt Stöger, sie sind trocken. Ich will keinen anderen Lehrer, sagt Pia. Und warum nicht? Warum denn nicht?, sagt Stöger. Das ist doch lächerlich. Weil es bei dir immer so lustig ist, sagt Pia, bei keinem anderen ist es so lustig. Schön, dass du das sagst, sagt Stöger, aber leider, es geht nicht. Und auf keinen Fall darfst du sagen, dass es bei mir immer so lustig war, sagt Stöger, das bleibt unser Geheimnis. Ja, sagt Pia, ich sag es keinem. Versprochen?, sagt Stöger. Hoch und heilig, sagt Pia, hoch und heilig versprochen. Und, sagt Pia, darf ich dann wiederkommen?

Dieter, sagt Jack ins Handy, was ist los mit der Finanz AG? Wo ist das Angebot? Ja, sicher, hab ich doch gesagt, sagt Jack. Die Bundesgebäude müssen weg, aber noch vor der Wahl. Na klar nicht nach der Wahl, sagt Jack. Wenn wir verlieren, gehören sie ja nicht mehr uns, du Dilo. Entscheidung ist in drei Tagen, ja, im Finanzministerium. Moment, sagt Jack und geht durch die Drehtür, ich ruf zurück.

Du bist spät dran, sagt Claudia.

Ich hab Termine, sagt Jack und klappt das Handy zusammen.

Setz dich, sagt Claudia.

Ich sitz ja schon, sagt Jack, was gibt's denn so Dringendes?

Ich lass mich scheiden, sagt Claudia.

Was?, sagt Jack.

Ich lass mich scheiden, sagt Claudia.

Bist du noch bei Trost?, sagt Jack.

Ich will die Wohnung in der Jahnstraße, sagt Claudia, das Haus am Seeboden, das Auto sowieso und 10.000 monatlich Unterhalt. Mammis Schloss kannst du behalten.

Aber wieso?, sagt Jack, was ist los?

Was soll los sein, sagt Claudia, scheiden lass ich mich.

Aber warum?, sagt Jack.

Du fickst mit der Außenministerin, mit dieser fetten Sau, sagt Claudia, und ich soll dir zuschauen dabei, oder wie?

Blödsinn, sagt Jack.

Sein Handy läutet. Kann jetzt nicht, bin in einer Sitzung, schreit er ins Handy. Dieter, sagt Jack, was soll das? Ich hab gesagt, sobald sie mit meinen Bedingungen einverstanden sind, erfahren sie es. Also schau, dass sie einverstanden sind, sagt Jack, aber verbindlich.

Fickst du mit der Außenministerin, sagt Claudia, oder fickst du nicht mit der Außenministerin?

Nicht so laut, sagt Jack und schaut sich um.

Ich kann noch lauter, sagt Claudia.

Claudia, bitte, sagt Jack, man kennt mich hier.

Umso besser, sagt Claudia.

Ich fick nicht mit der Außenministerin, sagt Jack.

Aber mit mir auch nicht, sagt Claudia.

Claudia, sagt Jack und nimmt ihre Hand.

Nichts Claudia, sagt Claudia und reißt ihre Hand weg.

Ich bin Tag und Nacht im Einsatz, sagt Jack. Ich komm nicht einmal zum Schlafen.

Aber ein Fick mit der Außenministerin-Schlampe geht sich immer noch aus, oder?, sagt Claudia.

Eben nicht, sagt Jack, da geht sich überhaupt nichts aus. Eine Sitzung jagt die andere.

Du mit deinen Sitzungen, sagt Claudia.

Es ist Wahlkampf, sagt Jack.

Scheiß auf deinen Wahlkampf, sagt Claudia. Du hast nicht mit mir gefickt, da war kein Wahlkampf.

Aber jetzt ist einer, sagt Jack und steht auf, und jetzt hab ich ein Interview.

Du bleibst sitzen, sagt Claudia und greift nach ihm.

Sitzen bleibst du, sagt er. Sein Handy läutet. Er legt einen Geldschein auf den Tisch und geht.

Ich hab Beweise, schreit sie ihm nach. Er geht durch die Tür.

Was ist da so kompliziert?, sagt Jack ins Telefon. Nein, sagt Jack, die Bauholding hat zurückgezogen. Sicher, sagt Jack, hab ich doch selber veranlasst. Die zehn Millionen? Na, für meine Beratertätigkeit. So wie immer. So wie beim Verkauf der Tabakwerke. War doch so vereinbart, oder? Nein, sagt Jack, natürlich nicht auf ein inländisches Konto. Soll ich vielleicht Steuern auch noch zahlen für diese Peanuts?, sagt er und dreht sich nach Claudia um.

Wieso Beweise, sagt Jack. Was für Beweise, sagt er, es gibt keine Beweise.

Und Zeugen, sagt Claudia.

Zeugen?, sagt Jack. Die dabei waren, wie ich mit der Außenministerin gefickt hab?

Also hast du doch gefickt mit ihr?, sagt Claudia und bleibt stehen.

Nein, sagt Jack, welche Zeugen?

Du wirst sie schon kennenlernen, sagt Claudia, vor Gericht, und geht weiter.

Namen!, sagt Jack. Ich will Namen hören! Wer verbreitet diesen Unsinn?

Einen Dreck werde ich dir sagen, sagt Claudia. Damit du sie fertigmachst.

Claudia, sagt Jack milde, wir sind im Wahlkampf. Ich hab jede Menge Feinde, die alles daransetzen, mich umzubringen. Und jetzt muss ich da hinein in die Parteizentrale, sagt Jack, bleib stehen, bitte bleib stehen, sie bleibt stehen, er schaut ihr freundlich in die Augen, und hab ein Interview mit einer dieser Zeitungen, die mich umbringen wollen.

Du bist also einverstanden mit der Scheidung, sagt Claudia.

Ich bin nicht einverstanden mit der Scheidung, schreit Jack. Was soll dieser Scheiß.

Ich will nur eine Antwort, sagt Claudia.

Das ist die Antwort, schreit Jack.

Nein, sagt Claudia, ob du damit einverstanden bist, dass ich die Wohnung krieg, das Haus ...

Nein, schreit Jack, damit bin ich nicht einverstanden, Und jetzt lass mich in Ruh, schreit er. Nein, schreit er, du gehst da nicht mit hinein.

Frau Doktor, sagt der Portier und nickt. Herr Doktor, sagt er und nickt.

Meine Frau ist kein Doktor, sagt Jack.

Aber ich will die Wohnung, sagt Claudia, und du wirst sie mir geben, und ich will das Haus, und du wirst es mir geben.

Einen Scheißdreck werde ich, sagt Jack.

Als Entschädigung, sagt Claudia, für die verschissene Ehe mit dir.

Jetzt schrei nicht herum da, sagt Jack auf dem Gang der Parteizentrale, wir sind da in der Parteizentrale.

Ist mir doch scheißegal, wo wir sind, sagt Claudia, für deinen Psychoterror, für deine Schlampen, da stünde mir überhaupt alles zu, was du hast. Du Arsch, du glaubst, du kannst mich ewig demütigen ...

Hältst du jetzt dein Maul, sagt Jack.

Einen Dreck werde ich, sagt Claudia. Hab ich nicht Recht?, sagt sie zu der Angestellten, die gerade aus einem Büro tritt. Glauben, die können sich alles erlauben, diese Arschlöcher, in der Gegend herumficken, und wir sollen zuschauen dabei und das Maul halten.

Die Frau nickt erschrocken und verschwindet wieder.

Bist du jetzt vollkommen verrückt geworden?, sagt Jack und drängt sie ins Damenklo, an dem sie gerade vorbeigehen, schaut sich um, ob jemand da ist, ob eine Kabine besetzt ist. Hast du gehört, sagt Jack und packt sie am Arm, du wirst dich beherrschen, du kannst mir hier keine Szene machen, in der Parteizentrale, und du wirst dich nicht scheiden lassen, sagt Jack, jetzt vor der Wahl, kapiert? Nach der Wahl kannst du machen, was du willst, sagt Jack, da werde ich dich gerne hinauswerfen. Aber jetzt vor der Wahl hältst du den Mund, sagt Jack. Jetzt vor der Wahl bist du meine mich liebende Ehefrau, kapiert. Und wenn du nicht spurst ..., sagt er.

Was ist dann?, sagt Claudia.

Er zeigt ihr die Faust.

Schlag zu, sagt sie, schlag zu!

Ich schlag nicht zu, sagt Jack. Ich breche dir einfach das Handgelenk, sagt Jack, ist das okay?

Und wie willst du das der Welt erklären?, sagt Claudia.

Du bist einfach hingefallen, sagt Jack. Was muss ich da noch erklären?

Ich bin aber nicht hingefallen, sagt sie.

Dem kann ich gern nachhelfen, sagt er.

Oh, sagt eine Frau und betritt das Klosett.

Verzeihung, sagt Jack, meine Frau, ein Missgeschick beim Essen, so etwas Dummes.

Er reißt Papierhandtücher aus dem Behälter an der Wand, hält sie unter das fließende Wasser und beginnt an Claudias Bluse herumzuputzen.

So ist es viel besser, sagt er freundlich, oder, Schatz?

Das kenn ich, sagt die Frau. Was ich Sie fragen wollte, Herr Doktor, wo ich Sie gerade sehe, mein Mann im Bundeskanzleramt ...

Ich weiß, ich weiß, sagt Jack.

Ich hab schon mit dem Herrn Bundeskanzler gesprochen, sagt die Frau, im Flughafen-Zoll ist doch diese leitende Stelle frei, und wie gesagt, ich hab schon mit dem Herrn Bundeskanzler gesprochen ...

Machen wir, sagt Jack. Wie war schnell der Name?

Er notiert ihn. Und, sagt Jack, hat Ihr Mann schon mit Zoll zu tun gehabt?

Nein, sagt die Frau, aber ...

Egal, sagt Jack, ein tüchtiger Mann schafft alles, oder?

Genau, Herr Doktor, lacht die Frau, Sie entschuldigen, dass ich Sie hier am Klosett, aber ...

Fickst du die auch nieder, sagt Claudia auf dem Gang, bevor du dich herablässt, ihrem Alten den Posten zu verschaffen.

Du bist ja krank, sagt Jack. Und jetzt schleich dich, sagt Jack, ich hab ein Interview.

Wie du der auf ihre Knie geschaut hast, sagt Claudia. Ich kenn diesen Blick.

Du sollst dich schleichen, sagt Jack. Oder soll ich dich eigenhändig die Stiegen hinunterschmeißen?

Keinen Stress, sagt Claudia. Ich will nur wissen, bist du jetzt mit meinen Bedingungen einverstanden?

Deine Bedingungen kannst du dir in den Arsch schieben, sagt Jack, und Schluss jetzt mit dem Blödsinn.

Oder muss ich auch ein Interview geben?, sagt Claudia.

Jack lacht. Womit denn?, sagt er. Womit willst du ein Interview geben? Mit diesen Hirngespinsten? Mit deinen Zwangsvorstellungen? Und ich sag dir noch eines, sagt Jack und kommt nahe an sie heran, du hast Recht, ich ficke mit der Außenministerin, und ich ficke gern mit ihr, denn die kann wenigstens ficken, verstehst du, im Unterschied zu dir.

Danke, sagt Claudia.

Sehr gern, sagt Jack. Und scheiden lass ich mich trotzdem erst nach der Wahl. Aber die Wohnung kannst du dir aufzeichnen, sagt Jack, und das Haus auch. Und wenn du trotzdem versuchst, mir jetzt blödzukommen, sagt Jack, und dich scheiden zu lassen, kannst du gleich dein Grab schaufeln. Und deinen Vater, sagt Jack, kannst du gleich mit hineinschmeißen. Denn den schieße ich herunter von seinem Aufsichtsratposten, auf den ich ihn gesetzt hab, sagt Jack, dass es nur so knallt.

Ich bin mir da nicht so sicher, sagt Claudia, wer da wem ein Grab schaufelt, und zieht ein kleines Aufnahmegerät aus der Tasche.

Jack erstarrt. Gib das her, sagt er, du Drecksau, gib das sofort her, und will es ihr aus der Hand reißen.

Claudia hat sich aber schon umgedreht und läuft die Stiegen hinunter. Ciao, ruft sie.

Darf ich Sie um eine Stellungnahme bitten, Herr Doktor?, sagt jemand hinter ihm. Jack fährt herum und schaut auf einen Notizblock.

Was?, sagt er. Was für eine Stellungnahme?

Zu dem, sagt der Journalist, was ich gerade gehört hab.

Sie haben überhaupt nichts gehört, sagt Jack.

Der Journalist lächelt.

Und wenn Sie ein Wort verlauten lassen, sagt Jack, von dem, was Sie nicht gehört haben, reiße ich Ihnen den Arsch auf bis zu den Nieren. Ist das klar?

Aber Herr Doktor, sagt der Journalist, eine Exklusivstory würde reichen und ich weiß kein Wort mehr von dem, was ich nicht gehört habe. Wenn sie zufällig einmal eine für mich hätten.

Moment, sagt Jack, geht den Gang hinunter und horcht in sein Handy. Was? Echt?, sagt Jack. Super, sagt Jack, gut gemacht, Dieter. Ja, sagt Jack, sag ich dir gleich, nicht so hastig. Er schaut sich um. 900 Millionen, sagt Jack leise. Ja, das Immobilien-Angebot steht bei 900 Millionen. Genau, sagt Jack, die Finanz AG soll auf 950 erhöhen, und sie haben die Häuser. Aber sie sollen sich beeilen. Was heißt: verlässlich? Die Zahl stammt direkt vom Minister, du Dilo. Und dass sie ja nicht auf seine fünfzehn Millionen vergessen, sonst gibt's Zores. Aber sicher, sagt Jack. Die Häuser sind doch leicht das Doppelte wert.

Wo sind wir stehen geblieben, junger Freund?, sagt Jack und legt dem Journalisten den Arm um die Schulter.

Bei der Exklusivstory, sagt der Journalist, wenn Sie einmal eine hätten.

Hab ich, hab ich, sagt Jack und klopft ihm auf den Rücken, hab ich immer. Wie war doch gleich Ihr Name?

Warum ziehst du das Hemd aus?, sagt Pia. Weil es heute besonders heiß ist, sagt Stöger. Siehst du die vielen Haare da?, sagt er und zeigt auf seine Brust. Die hab ich schon gesehen, sagt Pia. Wann?, sagt Stöger. Als du bei uns schwimmen warst, sagt Pia. Richtig, sagt Stöger, willst du sie einmal angreifen? Nein, sagt Pia. Aber sie mögen es, wenn sie angegriffen werden, sagt er, und gekrault. Ich will aber nicht, sagt Pia. Komm, sagt Stöger, nimmt ihre Hand und fährt sich damit durch sein Brusthaar, siehst du, sie mögen es. Und da sind ganz feine Haare, sagt er und fährt sich mit ihrer Hand über den Bauch, die mögen das auch. Und da ganz große Haare, sagt er, schiebt sich ein wenig die Unterhose hinunter und fährt sich mit Pias Hand in die Schamhaare. Pia reißt sich los. Was ist denn, sagt Stöger, die tun dir doch nichts. Schau, sagt er, da sind auch noch welche, und zieht sich die Unterhose noch weiter hinunter. Igitt, sagt Pia, als sie den steifen Schwanz sieht. Noch nie gesehen?, sagt Stöger. Schon, sagt Pia, bei Papa, aber da ist er nicht so groß. Der kann ihn aber auch so groß machen, wenn er will, sagt Stöger. Nein, sagt sie, das kann er nicht. Willst du ihn angreifen?, sagt Stöger. Nein, sagt Pia. Aber du hast ihn schon angegriffen, sagt Stöger. Ich hab ihn schon angegriffen?, sagt Pia. Ja, sagt Stöger. Nein, sagt Pia. Doch, sagt er. Wann?, sagt sie. Wie wir gebadet haben, sagt Stöger. Pia schaut ihn erschrocken an. Das Krokodil?, sagt sie. Genau, sagt Stöger, das Krokodil. Das so böse war?, sagt sie. Das war nicht böse, sagt Stöger. Du hast es festgehalten, sagt er, und dann war es überhaupt nicht mehr böse. Kann es wieder böse werden, sagt Pia, wenn man es nicht festhält?

Ja natürlich, sagt Stöger, das kann es. Und was ist, wenn es böse wird, sagt Pia, was passiert dann? Etwas Furchtbares, sagt Stöger. Was?, sagt Pia. Etwas ganz Furchtbares, sagt Stöger. Nimm es schnell, sagt er. Nein, sagt Pia. Du musst es schnell nehmen, sagt er und zuckt mit dem Unterleib. Pia erschrickt. Also los, sagt er, bevor es ganz böse wird. Zaghaft greift Pia nach dem Schwanz. Fest drücken, sagt Stöger, damit es nicht auskann, fester. Sie hält fest. Und du musst es küssen, sagt Stöger. Was muss ich, sagt Pia, es küssen? Ja, sagt Stöger, damit es brav bleibt. Ich kann es nicht küssen, sagt Pia. Doch, sagt Stöger, das kannst du. Wie soll ich es küssen, sagt Pia, wo? Da, sagt Stöger und zeigt auf die Spitze. Ich will es nicht küssen, sagt sie und verzieht das Gesicht. Los, sagt er, küssen, nimmt Pias Kopf und zieht ihn zu seinem Schwanz. Das stinkt, sagt Pia, das ist grausig, das kann ich nicht küssen. Es stinkt?, sagt Stöger. Ja, sagt Pia, es stinkt. So ein böses Krokodil, sagt Stöger und schlägt es mit der flachen Hand, es hat mir versprochen, dass es sich wäscht und nicht stinkt. Es stinkt aber, sagt Pia. Dann müssen wir es selber waschen, sagt er. Gehen wir es waschen?, sagt er. Ja, sagt Pia. Und nicht loslassen, ja nicht loslassen, sagt er und zieht Pia ins Badezimmer, hält seinen Schwanz über das Waschbecken. Wasch es, sagt er. Ich soll es waschen?, sagt Pia. Da, die Seife, sagt Stöger, schnell. Pia beginnt den Schwanz einzuseifen. Sie legt die Seife weg und wäscht ihn. Da drunter auch, sagt Stöger und zieht die Vorhaut zurück. Pia lässt den Schwanz los. Was ist das?, sagt sie, als sie die Eichel sieht. Das ist der Kopf des Krokodils, sagt Stöger, den muss man besonders gut waschen. Jetzt wasch endlich. Ich will nicht, sagt Pia und will aus dem Badezimmer laufen. Stöger hält sie fest. Soll ich deine Mama anrufen, sagt Stöger, und ihr sagen, was du hier tust? Ich tu ja gar nichts, sagt Pia. Du hast angefangen, mein Krokodil zu waschen, sagt Stöger, und das will deine Mama sicher gar nicht hören, denn du sollst Deutsch lernen mit mir und nicht das Kro-

ihr Haar, sie hustet und spuckt in die Waschmuschel, was sie im Mund hat. Da, sagt er und gibt ihr den Zahnbecher mit Wasser. Sie spült sich den Mund aus, er zwängt seinen Schwanz in die Unterhose zurück. Na, sagt er, war es nicht lustig, das Krokodilspiel? Ich weiß nicht, sagt Pia. Es war doch lustig, sagt Stöger. Für mich war es sehr lustig, sagt Stöger. Für dich nicht? Ich weiß nicht, sagt Pia. Der Mama würde ich gern erzählen, wie lustig es war, sagt Stöger. Nein, sagt Pia, nicht der Mama. Also war es doch lustig für dich?, sagt Stöger. Ja, sagt Pia, aber ein bisschen salzig. Dafür gibt es jetzt ein Kokosstangerl. Du isst doch gern Kokosstangerln?, sagt er. Oja, sagt Pia, sehr gern. Und ein erstklassiges Diktat für die Mama, sagt er, machen wir auch. Da wird sie eine große Freude haben, die Mama. Kommst du?

Ich hätte gern ein Glas Sekt, sagt Lisa, als sie den Pausenraum der Staatsoper betreten, und ein Lachsbrötchen.

Gut, sagt Franz.

Der Tenor ist hervorragend, sagt Lisa, aber die Bühne finde ich altbacken.

Finde ich nicht, sagt Franz.

Findest du nicht?, sagt Lisa.

Nein, sagt Franz, stimmungsvoll.

Etwas nüchterner, etwas sachlicher könnte sie schon sein, sagt Lisa.

Herr Winter, sagt Franz im Gedränge vor der Bar, Sie auch hier!

Ich bin immer hier, sagt Winter.

Ich auch, sagt Franz.

Sie auch?, sagt Winter. Ich hab Sie noch nie gesehen.

Wir haben für gewöhnlich das Sonntagsabonnement, sagt Franz, deswegen.

Wunderbar die Aufführung, sagt Winter, finden Sie nicht? Aber die Bühne – schrecklich! Wie kann man so eine Bühne bauen? Wer baut so eine Bühne? Der gehört doch auf der Stelle entlassen. Finden Sie nicht?

Ein bisschen nüchterner könnte sie sein, sagt Franz.

Ein bisschen ist gut, sagt Winter. Dieser Pomp! Nein, das halt ich nicht aus. Haben Sie *Tosca* gesehen? Das war eine Bühne! Oder *Salome*. Die hab ich mir zwei Mal angeschaut. Nur wegen der Bühne. Ist Ihre Frau auch hier?

Was brauchst du so lang, sagt Lisa, die Pause ist gleich aus.

Ich hab Winter getroffen, sagt Franz.

Dieses Arschloch?, sagt Lisa. Ist das der mit der Tolle?

Nicht so laut, sagt Franz.

Ist das der?, sagt Lisa.

Ja, sagt Franz.

Groteske Figur, sagt Lisa. Dem könnt ich jetzt noch eine reinhauen.

Jetzt iss dein Brötchen, sagt Franz.

Ich esse ja, sagt Lisa, denn die Brötchen, das muss ich sagen, sind hier immer sehr gut. Wenn ich an *Carmen* denke! Das ist zwar eine leidenschaftliche Oper, aber die Bühne war sehr karg. Da kommt die Leidenschaft erst richtig zur Geltung, sagt Lisa, findest du nicht? Nicht hinschauen, sagt sie.

Was?, sagt Franz.

Nicht hinschauen, sagt Lisa, dort steht Baumann.

Baumann?, sagt Franz.

Ein sehr potenter Anleger, sagt Lisa. Nicht hinschauen! Sie nickt Baumann zu. Ich werde dich vorstellen, und du bittest ihn um einen Termin.

Ich soll ihn um einen Termin bitten?, sagt Franz.

Ja, sagt Lisa.

Warum?, sagt Franz.

Weil er ein potenter Anleger ist, sagt Lisa.

Ich hab genug Anleger, sagt Franz.

Man kann nie genug Anleger haben, sagt Lisa, vor allem nicht so einen wie Baumann.

Ich kenn ihn doch überhaupt nicht, sagt Franz.

Deswegen sollst du ihn auch kennenlernen, sagt Lisa. Was spreizt du dich denn dauernd so, wen kennenzulernen? Oder brauchst du kein frisches Geld?

Nicht unbedingt, sagt Franz.

Was heißt da nicht unbedingt?, sagt Lisa. Du musst doch die Renditen auszahlen. Jetzt komm schon!

Die zahl ich auch, sagt Franz.

Womit denn, sagt Lisa, nach dieser Katastrophe mit der rumänischen Betonfirma? Frau Heller, sagt Lisa und gibt Frau Heller lachend die Hand, das freut mich aber, Sie hier zu sehen.

Ganz meinerseits, sagt Frau Heller, eine echte Überraschung! Kommen Sie öfter her?

Wir sind immer da, sagt Lisa. Wir haben nur für gewöhnlich das Sonntagsabonnement.

Deswegen, sagt Frau Heller. Ihr Mann?

Darf ich vorstellen, sagt Lisa.

Freut mich sehr, sagt Franz.

Haben sie *Jenufa* gesehen?, sagt Frau Heller.

Jenufa?, sagt Lisa.

Von Janáček, sagt Frau Heller.

Noch nicht, sagt Franz, aber ich mag Janáček sehr.

Dann müssen Sie sie unbedingt sehen, sagt Frau Heller.

Steht schon auf unserer Liste, sagt Franz.

Genau, sagt Lisa und lächelt Franz zu, ich freu mich schon darauf.

Ganz ausgezeichnet, sagt Frau Heller. Die Inszenierung ist sowas von kurzweilig! Und gesungen wird – göttlich! Und *Salome* dürfen Sie auch nicht verpassen.

Haben wir schon gesehen, sagt Lisa.

Und?, sagt Frau Heller.

Einmalig, sagt Lisa.

Finde ich auch, sagt Frau Heller. Haben Sie neue Brillen? Sie haben doch neue Brillen. Diese Optiker!, sagt sie. Verpasst mir doch heute einer eine neue Brille, wo ich oben mit zwei Fingern hineinfahren kann. Das gehört sich so, sagt er. Ich sage: Da kann ich doch oben mit zwei Fingern hineinfahren. Gerade dass er mich nicht anbrüllt, weil ich sage, dass man da oben mit zwei Fingern hineinfahren kann und dass das nicht stimmen kann, dass man da oben mit zwei Fingern hineinfahren kann. Das müssen Sie sich vorstellen, sagt Frau Heller, ein Optiker, der mich beinahe zusammenbrüllt, weil ich der Meinung bin, die Brillen passen nicht, wenn man oben mit zwei Fingern hineinfahren kann. Oh, sagt Frau Heller, mein Mann hat schon ausgetrunken. Noch weiter viel Vergnügen, sagt Frau Heller, und wenn Sie einen guten Optiker wissen ...

Ihnen auch, sagt Lisa. Und jetzt komm, sagt sie zu Franz, schnell.

Wohin denn?, sagt Franz.

Zu Baumann, sagt Lisa.

Sie nimmt ihn am Arm.

Jetzt hör auf damit, sagt Franz und schüttelt ihre Hand ab, was soll ich mich da anbiedern, mitten in der Staatsoper.

Das ist kein Anbiedern, du Trottel, sagt sie, das ist ein Anbieten.

Sie packt ihn wieder am Arm.

Jetzt lass mich in Ruh, sagt er und reißt sich los, was mischst du dich da überhaupt ein. Das ist mein Geschäft, sagt er, und ich hab jetzt keine Lust auf Geschäfte!

Wenn du pleite gehst, geh ich auch pleite, sagt Lisa.

Ich geh nicht pleite, sagt Franz.

Weil du schon pleite bist, sagt Lisa, oder was?

Ich bin nicht pleite, sagt Franz.

Schrei ein bisschen lauter, sagt Lisa, damit es alle hören. Dann bist du sicher pleite, sagt Lisa.

Jetzt hör mir einmal zu, sagt Franz. Deswegen weil diese Scheißbetonfirma pleite gemacht hat, bin ich noch lang nicht pleite. Die Flughafenbeteiligungen in Ankara und Sofia laufen blendend. Das Immobiliengeschäft in Ungarn läuft blendend. Alles läuft blendend, verstanden! Ich hab die Sache im Griff, sagt Franz, und hätte sie noch besser im Griff, wenn du dich nicht ständig einmischen würdest. Denn verstehen tust du einen Dreck davon, sagt Franz, oder? Aber das Maul hast du immer offen.

Drehst du jetzt vollkommen durch, sagt Lisa gedämpft und schaut sich um, oder was ist?

Wer hat mich denn hineingeritten in diese Betonfirmageschichte?, sagt Franz, ha? Wer hat mich denn da hineingeritten?

Ah, jetzt bin ich schuld, sagt Lisa.

Du hast doch gesagt, kauf dich dort ein, oder?, sagt Franz. Du bist mir doch ständig in den Ohren gelegen mit deinem: Die Bauwirtschaft in Rumänien boomt, die Bauwirtschaft in Rumänien boomt, da muss man in Baumaterialien investieren.

Aber nicht in die Betonfirma, sagt Lisa. Von einer Betonfirma hab ich nie was gesagt. Mit der Betonfirma bist du gekommen, sagt Lisa. Soviel ich weiß, obwohl ich einen Dreck versteh davon, sagt Lisa, gibt es andere Baumaterialien auch noch als Beton, oder? Aber du immer: Betonfirma! Betonfirma! Kein Mensch hat gesagt, du sollst in eine Betonfirma investieren! Die Pause ist aus, sagt Lisa.

Scheiß auf die Pause, sagt Franz.

Jetzt komm, sagt Lisa, das besprechen wir später.

Nichts später, sagt Franz. Ich bin nicht pleite und hab auch nicht vor, pleite zu sein, verstanden?

Ja, sagt Lisa, ich weiß, jetzt komm.

Nichts komm, sagt Franz.

Okay, du bist nicht pleite, sagt Lisa. Aber du kannst zurzeit die Renditen nicht zahlen, die fällig sind, das stimmt doch, oder? sagt Lisa. Ich werde Papa fragen.

Nein, sagt Franz, auf keinen Fall.

Er hat doch Erspartes, sagt Lisa, er kann dir die 500.000 leicht geben.

Nein, sagt Franz.

Nicht geschenkt, sagt Lisa. Zu 10 Prozent. Auf dem Sparbuch hat er dreieinhalb. Er vertraut dir. Und du bist aus dem Schneider. Zu Baumann kannst du immer noch gehen, sagt Lisa.

Hast du die Aufgabe gemacht?, sagt Stöger. Ja, sagt Pia. Und wie war der Deutschtest?, sagt Stöger. Gut, sagt Pia. Hoffentlich, sagt Stöger, hoffentlich hast du nicht zu viele Fehler gemacht. Ich glaube nicht, sagt Pia. Hat der Film schon angefangen?, sagt Pia. Nein, sagt Stöger, aber gleich. Und zieh dir die Strumpfhose aus und das Höschen, es ist warm hier, sagt Stöger. Mir ist nicht heiß, sagt Pia. Aber es wird dir heiß werden, sagt Stöger, und wenn du schwitzt und hinausgehst, verkühlst du dich. Hast du gehört?, sagt Stöger. Ob du gehört hast, sagt Stöger, oder bist du taub? Sie zieht die Strumpfhose aus und das Höschen. Was ist es heut?, sagt Pia. *Ice Age 2,* sagt Stöger. Juchu, sagt Pia und setzt sich vor den Fernsehapparat. Die Signation ertönt. Darf ich ein Kokosstangerl?, sagt Pia. Gleich, sagt Stöger. Er kniet sich vor sie hin und will ihr die Beine spreizen. Ich will jetzt fernschauen, sagt Pia und hält die Beine geschlossen. Das kannst du ja, sagt Stöger. Was ist, sagt Stöger, oder soll ich den Fernseher wieder abdrehen? Nein, sagt Pia und spreizt die Beine, aber bitte nicht wehtun. Ich tu dir nie weh, sagt Stöger, wann hab ich dir wehgetan?, und gibt ihr ein Kokosstangerl, zieht sie mit beiden Händen an sich heran, schiebt ihr den Kopf zwischen die Schenkel und leckt ihr über die Schamlippen. Er drückt sie ihr mit der Zunge auseinander und dringt in ihr Loch ein. Nein, sagt Pia und stößt seinen Kopf weg. Was ist denn?, sagt Stöger. Es brennt ein bisschen, sagt Pia. Das Bisschen wirst du aushalten, sagt Stöger und leckt ihr die Schamlippen. Nein, sagt Pia, bitte. Hörst du jetzt auf, sagt Stöger. Wenn es brennt,

und verteilt den Speichel auf seiner Eichel und auf Pias Loch. Hast du gesagt, was wir ausgemacht haben?, sagt Stöger. Ja, sagt Pia. Was hast du gesagt?, sagt Stöger schwer atmend und drückt ihr die Backen auseinander, so weit es geht. Dass ich sie gefunden habe, sagt Pia, dass ich die Kette gefunden habe. Sehr gut, sagt Stöger und hat plötzlich den Eindruck, dass sich Pias Loch doch ein bisschen geöffnet hat. Und sofort drängt er heran mit seinem Schwanz. Au, schreit Pia, au, und beginnt zu weinen. Was ist denn?, sagt Stöger erschrocken. Ist ja nichts passiert, ich hab ja nichts getan, sagt Stöger, da gibt es nichts zu weinen, was gibt es denn zu weinen? Aber es hat wehgetan, sagt Pia. Es kann gar nicht wehgetan haben, sagt Stöger, ich hab ja nichts getan. Und hör auf zu weinen, sagt Stöger. Du weißt, dass ich das nicht leiden kann, wenn du weinst. Aber wenn es wehgetan hat, sagt Pia. Ist ja schon vorbei, sagt Stöger und streichelt sie. Ist ja alles gut, sagt er, klopft ihr sanft auf den Hintern, bewegt schnell, immer schneller, die Vorhaut hin und her und spritzt ihr zwischen die Backen. Ist ja schon gut, sagt er, ist ja schon vorbei, sagt er, nimmt sein Hemd und wischt ihr das Sperma vom Hintern. Den Popo, sagt Stöger, den Popo müssen wir unbedingt waschen, bevor du gehst, der ist schmutzig. Hast du gehört?, sagt Stöger. Ob du gehört hast?, sagt Stöger. Ja, sagt Pia. Und nicht vergessen, sagt Stöger, hebt sie vom Fauteuil, umarmt sie. Und jetzt hörst du zu weinen auf, sagt Stöger. Onkel Philipp, sagt Pia und will sich loswinden, ich seh nichts. Erst wenn du zu weinen aufhörst, sagt Stöger. Ich hör ja schon auf zu weinen, sagt Pia. Ist das wahr?, sagt Stöger und hebt ihr das Kinn hoch. Ich hab ja schon aufgehört, sagt Pia, siehst du, und wischt sich die Tränen weg, ich hab ja schon aufgehört. Darf ich jetzt weiterschauen?, sagt Pia. Okay, sagt Stöger, setzt sich, nimmt sie auf den Schoß und küsst sie, streichelt ihre Schenkel. Was wünschst du dir?, sagt er. Pst, sagt Pia, ich hör nichts. Was soll ich dir kaufen?, sagt Stöger. Was hast du unlängst gesagt, dass du haben möchtest? Bitte, Onkel Philipp, sagt Pia, ich hör nichts. Es tut mir leid, wenn es dir ein bisschen wehgetan hat, sagt Stöger. Ja, sagt Pia. Ist schon gut, sagt Pia, ohne den Blick vom Fernsehapparat zu wenden. Aber du wirst sehen, sagt Stöger, nächstes Mal tut es nicht mehr so weh. Ja, Onkel Philipp, sagt Pia. Da wird es dir sogar schon ein bisschen gefallen, sagt Stöger lachend und drückt sie an sich. Da iss, Liebes, sagt er, nimmt eines der Kokosstangerln vom Tisch und steckt es ihr in den Mund, gehen wir jetzt einkaufen, ich meine, wenn der Film aus ist?

Schrecklich, sagt Lisa, wie sich Bernhard verändert hat. Ich weiß, du kannst das nicht mehr hören, Franz, aber ich kann das nicht mehr sehen, wie er ständig nur dasitzt in den Gesellschaften, sein Bier trinkt und kein Wort redet. Sollten wir nicht lieber doch hineingehen, sagt Lisa, bei dem Regenguss? Sicher, sagt Lisa, aber ob die Plane das aushält? Okay, Robby, sagt Lisa, bleiben wir halt, wenn du meinst, das ist cool. Aber setz dich näher heran, du wirst ja ganz nass. Wie jetzt am Telefon, sagt Lisa. Kaum dass er ein Wort sagt zu meinen Geburtstagswünschen. Wo er doch immer geredet hat wie ein Buch, sagt Lisa, oder? Kaum sind wir irgendwo gesessen, wer hat immer angefangen, von den Geschäften zu reden, und hat nicht mehr aufgehört? Bernhard. Wer hat immer die blödesten Witze gemacht? Bernhard. Und jetzt das? Was ist geschehen in Deutschland, was könnte in Deutschland geschehen sein?, sagt Lisa. Hast du eine Idee? Wieso bricht er plötzlich die Zelte ab in Deutschland, nach nur einem halben Jahr, kommt heim und wird Angestellter bei Siemens? Ich versteh es nicht, Franz. Ich will es aber verstehen, sagt Lisa. Er ist mein Bruder. Wenn ich daran denke, wie er uns genervt hat damals beim Geburtstag meiner Schwester, du erinnerst dich, mit seinem Tatendrang und seinen Begeisterungsausbrüchen, und wie er förmlich gefiebert hat danach, abreisen zu können, endlich die große Chance!, endlich das Milliardengeschäft! Wieso ist er dann plötzlich wieder da nach einem halben Jahr und sagt kein Wort? Ich begreife es nicht, sagt Lisa. Begreifst du es? Na, sicher hab ich ihn gefragt, ich hab dir doch erzählt davon, sagt Lisa, oder? Nein, sagt Lisa, nichts hab ich herausbekommen, gar nichts. Das hab ich dir doch auch erzählt, sagt Lisa. Hörst du mir nicht zu?

Was heißt, du kannst nicht mehr?, sagt Lisa. Hab ich nicht gesagt, die Pizza ist dir zu groß, die wirst du nie aufessen? Hab ich das nicht gesagt? Corinne, hab ich das nicht gesagt? Und was bestellst du dir? Eine große Pizza. Was heißt, sie schmeckt dir nicht? Das ist eine ausgezeichnete Pizza. Jedes Mal sag ich: eine kleine Pizza. Aber nein, es muss eine große sein. Und, Robby, willst du nicht endlich aufhören herumstreiten? Könnt ihr nicht einmal bei Tisch sitzen und nicht streiten? Nein, das hat sie nicht gesagt. Corinne hat nicht gesagt, dass sie sich vor einem Blitz fürchtet. Nein, genau das hat sie nicht gesagt. Sie hat etwas ganz anderes gesagt. Aber kannst du mir erklären, sagt Lisa, als sie vom Klosett zurückkommt, wieso es hier nie ein ordentliches Klosettpapier gibt, immer nur diese dünnen Fetzen, die gleich durch sind und dir überall picken bleiben? Und wenn ihr noch eine Nachspeise wollt, sagt Lisa, die Crème caramel schaut sehr gut aus. Wenn das römische Theater hier um die Ecke ist, Franz, warum haben wir es dann nicht gleich besichtigt, noch vor dem Essen, noch vor dem Gewitter? Ja, sagt Lisa, aber warum hast du nicht gesagt, dass es hier gleich um die Ecke ist? Und wenn schon! Auf die paar Minuten wäre es auch nicht mehr angekommen. In den paar Minuten wären die Kinder auch nicht verhungert. Na, sicher wären sie nicht verhungert. Nein, Robby, das römische Theater ist kein Theater, in dem man sich ein Theaterstück ansehen muss. Es sind römische Ruinen, in denen vor langer Zeit Gladiatoren, du weißt doch, was Gladiatoren sind, Robby, oder?, richtig!, gegen Löwen gekämpft haben. Ihr immer mit eurem Kino, sagt Lisa. Wir gehen hier in kein Kino. Wir sind nicht nach Triest gefahren, um hier in ein Kino zu gehen.

Aber was, sagt Lisa im Auto, hör mir doch mit Elke auf. Elke ist überhaupt das Letzte. Wie das Bernhard nur aushält mit ihr. Sag ich zu ihr, was ist mit Montag, könnten wir uns da nicht treffen?, sagt sie, da hab ich Waschtag. Aber wer hat heutzutag einen Waschtag? Heut hat man eine Waschmaschine, sagt Lisa, und keinen Waschtag. Und überhaupt, sagt Lisa, was soll das für ein Waschtag sein bei einem Haushalt von zwei Personen? Bitte fahr nicht so schnell, sagt Lisa, Aquaplaning. Und dann sag ich, was ist mit Dienstag, sagt sie, da muss ich putzen. Und Mittwoch? Da muss ich den Garten machen. Wenn das nicht ein Trampel ist! Nein, Corinne, sagt Lisa, Miramare ist kein Vergnügungspark mit Ringelspiel, Miramare ist ein Schloss am Meer. Aber da könntest du Recht haben, sagt Lisa, Bernhard wird eine Pleite gebaut haben. Aber das kann er doch sagen, sagt Lisa, oder? Findest du nicht, dass er das sagen könnte? Der eigenen Schwester? Pleiten baut doch eh jeder Zweite. Nein, sagt Lisa und lacht auf, eine Freundin. Nie und nimmer. Bernhard und eine Freundin, sagt Lisa, nicht wirklich vorstellbar. Kannst du dir das vorstellen?

Jetzt hört doch zu, sagt Lisa, als sie durch die Räume des Schlosses gehen, wenn Papa euch erklärt, wer hier gewohnt hat. Und wer war Kaiser Franz Joseph, der Bruder von Maximilian? Robby, sagt Lisa, das musst du doch schon in der Schule gelernt haben. Wer war Kaiser Franz Joseph? Richtig, sagt Lisa. Und Maximilan war auch ein Kaiser, aber nicht von Österreich, nein, auch nicht von Italien, sondern, Corinne, weißt du es?, natürlich solltest du das wissen, das sollte jeder wissen, Kaiser von Mexiko. Aber nur kurz, sagt Lisa, denn man hat ihn erschossen. Nicht hier. In Mexiko.

Corinne, sagt Lisa auf der Terrasse, gefällt dir das Schloss? Würdest du gern hier wohnen? Und warum nicht? Corinne, sagt Lisa, man hat ihn ja nicht hier erschossen, sondern in Mexiko. Dann schau gefälligst hin, sagt Lisa, wenn Papa sagt, du sollst hinschauen. Robby, hast du gehört? Ja, dort ist Triest. Wo wir gerade gegessen haben. Und dort, wo die schwarzen Wolken sind, ist Piran. Da war ich einmal mit Papa, sagt Lisa. Nein, sagt Lisa, da wart ihr noch nicht auf der Welt. Kannst du dich erinnern?, sagt Lisa. Franz, sagt Lisa, kannst du dich noch erinnern an das Restaurant in Piran mit den köstlichen Fischen? Ich kann mich sehr gut erinnern, sagt Lisa. Da würde ich gern wieder einmal hinfahren, sagt Lisa, zum Fischessen, du nicht? Franz, sagt Lisa, Franz, was rennst du denn so?

Was heißt begeistert?, sagt Lisa. Ich soll begeistert gewesen sein? Von Bernhard? Weil er nach Deutschland gegangen ist? Franz, sagt Lisa, jetzt machst du aber einen Punkt. Warum sollte ich deswegen begeistert gewesen sein? Und bewundert habe ich ihn schon gar nicht, sagt Lisa. Was du dir immer zusammenreimst, sagt Lisa. Und das ist schon gar nicht wahr, sagt Lisa, dass ich gesagt hätte, nimm dir ein Beispiel. Robby, was ist denn?, sagt Lisa. Ja, wir wissen, dass der Parkplatz dort ist. Aber wir reden, sagt Lisa, oder bist du taub? Und wenn dir fad ist, schau dir den Park an. Der ist berühmt. Da gibt es Bäume, die es in ganz Europa nicht gibt. Die Maximilian extra hierhergebracht hat, aus der ganzen Welt. Zum Beispiel den Gingkobaum. Dort, sagt Lisa und zeigt auf den Gingkobaum, dort steht einer. Geh hin und schau ihn dir an.

Eigentlich, warum nicht Freundin, sagt Lisa, bei der Frau. Wenn ich mich erinnere, wie sich Elke aufgeführt hat. Wieso dauert das Essen so lang? Wieso haben sie nicht mehr Personal eingestellt? Etwas heißer könnte die Suppe schon sein. So brennheiß braucht die Suppe auch wieder nicht sein. Und wenn schon Freundin, sagt Lisa. Freundin hat doch auch jeder Zweite. Robby, sagt Lisa, hörst du jetzt auf zu maulen. Du kommst schon zu deinem Gameboy. Eine einzige Nervensäge, dieses Kind, sagt Lisa, mit seinem Gameboy! Aber Bernhard und Elke bräuchten sich doch überhaupt nichts anmerken zu lassen, sagt Lisa. Andere haben auch Probleme und lassen sich nichts anmerken. Was haben die für ein Problem, sagt Lisa, das sie zwingt, es sich dermaßen anmerken zu lassen?

Einmal noch die blöde Frage, wann sind wir da, und du steigst aus, sagt Lisa, verstanden? Und du kannst ruhig einmal aus dem Fenster schauen, Robby, sagt Lisa, du musst nicht immer auf deinen Gameboy starren. Denn Elke will ja nicht nur uns nicht sehen, sagt Lisa, sie will niemanden sehen. Auch ihre eigene Tochter nicht. Kommt sie zu Besuch, wird ihr der Kaffee hingestellt und aus. Ihr Enkelkind hat Elke noch kein einziges Mal auf den Arm genommen. Kannst du dir das vorstellen? Noch nie hat sie ihre Tochter in ihrer neuen Wohnung besucht. Nicht einmal gefragt hat sie sie danach, wie es ihr geht in der neuen Wohnung. Und sagt die Tochter zu ihr, wir sind eingeladen, könntest du nicht aufs Kind aufpassen, sagt Elke, sie kann nicht, sie hat Waschtag.

Nein, sagt Lisa, ihr könnt nicht im Auto bleiben. Raus mit euch. Aber das könntest du schon wissen, Robby, wie man so eine Kirche nennt, wo das Mittelschiff höher ist als die beiden Seitenschiffe. Toll, die Mosaike, sagt Lisa. Sind die nicht toll? Da schau her, Corinne, hier am Boden. Ist das ein Hund? Ein Pferd ist das nicht, Corinne, sagt Lisa. Wie kommst du auf die Idee, dass das ein Pferd sein soll? Der Esel bist du, sagt Lisa zu Robby. Das ist doch nie ein Esel. Also, wer von euch beiden weiß, wie man so eine Kirche nennt, bekommt einen Euro, sagt Lisa. Und nicht einsagen, Franz, das müssen sie selber wissen. Genau, irgendwann müssen sie es doch lernen, oder?

Und das ist alles?, sagt Lisa. Das soll der Hafen von Aquileia gewesen sein? Dieser Bach? Kinder, aufpassen, sagt

Lisa, nicht zu nahe ans Wasser. Algen, sagt Lisa, das werden Algen sein, das Schleimige da, und Froschlaiche. Du musst ja nicht darin baden, Robby, sagt Lisa, der Bach ist ja nicht da zum Baden, niemand badet da.

Franz, sagt Lisa und schaut sich um. Habt ihr Papa gesehen? Franz, ruft sie, als sie Franz unter einer Zypresse stehen sieht und die Zypressenallee entlangschauen, kommst du? Habt ihr gesehen, sagt Lisa, da war ein Frosch. Ja, sagt Lisa, die sitzen am Ufer und springen ins Wasser, wenn man sich nähert. Sehen kann man sie schwer, sagt Lisa. Genau, sagt Lisa, die haben eine Tarnfarbe. Franz, ruft Lisa, kommst du? Wo bist du denn?, ruft Lisa und geht die Uferböschung hinauf zur Allee. Was stehst du denn dort herum, ruft Lisa, jetzt komm endlich. Corinne, sagt Lisa, lauf hin und hol Papa.

Hörst du nicht zu?, sagt Lisa. Papa hat doch gesagt, wo wir hinfahren. Nach Padua, sagt Lisa, wir fahren nach Padua. Nein, sagt Lisa, das ist eine Stadt. Dort werden wir übernachten. Und nicht schon wieder meckern, sagt Lisa. Wir fahren, so lange wir fahren. Schlaft ein bisschen. Seid ihr nicht müde?, sagt Lisa. Dann schlaft. Und du sitz ruhig, sagt Lisa, und tritt Papa nicht ständig in den Rücken. Natürlich trittst du Papa ständig in den Rücken, sagt Lisa, ich sehe es doch. Ja, dort werden wir essen, sagt Lisa. Papa hat doch gesagt, dass wir dort essen werden. Da nehmt die Kekse inzwischen. Nein, sagt Lisa, die anderen habt ihr schon aufgegessen. Woher kennst du ein Restaurant in Padua?, sagt Lisa. Wann warst du in Padua? Das wird aber ein teures Essen, sagt Lisa. Nein, Corinne, sagt Lisa, du musst keine Trüffeln essen. Es gibt dort auch anderes. Sicher, sagt Lisa, Spaghetti gibt es überall. Aber dass Sofia so viel abwirft, sagt Lisa, hätte ich nicht gedacht. Ist doch super. Und dann noch Baumann. Der ist wirklich Spitze, sagt Lisa. Hab ich nicht gesagt, Baumann ist Spitze? Alle haben gesagt, Baumann ist Spitze, man muss sich an Baumann halten. Und er hat ja noch vor, mehr bei dir anzulegen, oder? Eben, sagt Lisa, und wie viel? Nein! Echt? Da können wir ja jeden Tag Trüffeln essen, sagt Lisa. Du bist ja ein echter Dagobert, Franz! Und ob du ein echter Dagobert bist! Habt ihr gehört, Kinder? Euer Papa, ein echter Dagobert! Vielleicht ist das der Grund, warum Bernhard und Elke nicht mit uns reden, sagt Lisa, aus purem Neid. Und weil wir jetzt das Haus haben. Ein trojanischer Held?, sagt Lisa. Was für ein trojanischer Held? Ein trojanischer Held in Padua? Und der soll Padua gegründet haben? Nein, sagt Lisa, das hat Papa nicht gesagt. Papa hat gesagt, dass ein Dichter im 13. Jahrhundert das Grab eines trojanischen Helden gefunden hat. Ihr wisst ja, was Troja ist? Richtig, Robby, das Trojanische Pferd. Und wer hat das gebaut? Richtig. Und warum haben die Griechen das Trojanische Pferd gebaut? Richtig. Aber sicher, sagt Lisa, sicher gibt es einen Pool im Hotel.

Aber wenn ich an die Trüffeln in Padua denke, sagt Lisa, als die Stewardess den Imbiss serviert, die waren echt spitze. Aber ja, Robby, keine Angst, dort, wo wir hinfliegen, gibt es auf jeden Fall einen Pool. Sehr gut, Corinne, das hast du gut gesagt, das hast du wirklich gut gesagt. Ab jetzt haben wir überall einen Pool, weil der Papa ein Dagobert ist. War das nicht gut, Franz?, sagt Lisa. Das war doch echt gut von Corinne, oder?

Nein, sagt Lisa. Wie sollen die Kinder hier im Meer baden können bei dem Steinstrand? Na, sicher hast du gesagt, lieber würde ich unten im Dorf wohnen. Aber da ist überhaupt nur Steinstrand, sagt Lisa. Hier ist ein Pool, hier sind die Kinder glücklich. Dann sag nicht, du willst unten im Dorf wohnen, Franz, wenn du genau weißt, dort ist nur Steinstrand. Kann schon sein, dass es im Dorf schöner ist unter den Einheimischen als hier heroben, im Hotel, unter lauter Touristen. Aber nicht für die Kinder, sagt Lisa. Und wenn du unbedingt im Meer schwimmen willst, wenn du schon am Meer bist, wie du sagst, sagt Lisa, dann nimm den Lift hinunter zum Meer und schwimm. Ich hab ja nichts dagegen, sagt Lisa. Was soll ich dagegen haben? Wenn du es schaffst, da unten überhaupt zu schwimmen bei den Wellen. Und heil aus dem Meer wieder herauszukommen bei dem Geröll, das sich da unten hin und her schiebt am Strand. Ich halt dich nicht auf. Halt ich dich auf?, sagt Lisa. Du kannst auch einen Tauchkurs machen. Du musst nicht den ganzen Tag hier herumliegen und lesen. Lesen kannst du daheim auch. Es gibt sogar einen Prospekt vom Hotel, falls du es noch nicht bemerkt hast, sagt Lisa, wo alles drin steht. Hier, da lies, unter „Highlights", sagt Lisa und drückt ihm den Prospekt in die Hand. Es gibt auch Gruppen-Wassergymnastik. Melde dich an. Warum nicht? Was soll da komisch sein, wenn du Wassergymnastik machst? Und was ist mit Bogenschießen? Hast du nie Bogenschießen wollen als Bub? Jetzt kannst du Bogenschießen. Und nehmt nicht so viel auf den Teller, Kinder, ihr könnt euch ja noch holen. Und Robby, sagt Lisa, man greift nicht mit den Fingern hinein, hier ist eine Gabel. Und Golf gibt es auch, sagt Lisa. Willst du nicht Golf spielen? Ich hab noch nie Golf gespielt. Sicher werde ich spielen. Wenn es schon angeboten wird, sagt Lisa. Da kann ich dir nicht folgen, sagt Lisa, mir gefällt es hier sehr. Dieser Ausblick! Wo hat man schon so einen Ausblick? Ehrlich, Franz, wo hast du das letzte Mal so einen Ausblick gehabt? Musst du dich immer anpatzen, sagt Lisa und putzt Corinne die Nutella vom T-Shirt. Und Robby, iss nicht so gierig, es nimmt dir niemand was weg. Aber wozu ein Auto mieten?, sagt Lisa. Es gibt einen Hotelbus. Der fährt sowieso überall herum. Da setzt man sich hinein und lässt sich herumfahren. Welche Stellen meinst du?, sagt Lisa. Welche Stellen auf La Gomera sollen das sein, wo der Bus nicht hinfährt und wo du unbedingt hinfahren willst? Was heißt, du willst aussteigen können, wo du aussteigen willst? Der Bus bleibt sowieso überall stehen, wo es etwas zu sehen gibt. Da kannst du sowieso aussteigen und dir anschauen, was du dir anschauen willst. Übrigens fährt der Bus um zwei, sagt Lisa, das müsste sich ausgehen. Oder hast du irgendwas vor?

Bestellst du uns noch einen Cocktail?, sagt Lisa. Jetzt hör doch auf mit den Kindern, sagt Lisa. Die Kinder schlafen. Die sind doch schon im Bus eingeschlafen. Und nächstes Mal wohnen wir im Parador. Ja, sagt Lisa, nächstes Mal will ich im Parador wohnen. Im Parador, Franz, sagt Lisa. Das Hotel in San Sebastián. Die Reiseführerin hat es uns doch erklärt, wie wir unten vorbeigefahren sind, hast du da auch geschlafen?, sagt Lisa, genau, im Hafen, wo wir vorgestern angekommen sind mit der Fähre, ja, vor dem Columbus-Schiff, und wie du gefragt hast, wieso bekommen wir die kleinen Bananen, die es hier gibt und die so gut schmecken, nicht auch bei uns, genau, sagt Lisa, da hat sie uns erklärt, dass da oben das Parador ist, ein Vier-Stern-Hotel. Na und?, sagt Lisa. Sicher, das Tecina hier hat auch vier Sterne. Aber schau dir den Prospekt einmal an vom Parador, dann weißt du, was ich meine. Dieses Lied, sagt Lisa plötzlich, Wahnsinn! Wie lang hab ich das nicht gehört! Auf der Maturareise nach Rom, genau, sagt Lisa, da hab ich es getanzt. Da war ich verknallt und vollkommen betrunken. Da waren wir nur betrunken, sagt Lisa. Aber sicher müssen wir das tanzen, sagt Lisa und steht auf, und ob wir das tanzen müssen. Jetzt komm schon, sagt Lisa, jetzt heb dich, sagt Lisa, sonst bin ich dir ewig bös. Was heißt, du bist müd? Du bist nicht müd, du genierst dich. Na, sicher genierst du dich. Du brauchst dich aber nicht zu genieren, sagt Lisa. Andere genieren sich auch nicht und können nicht tanzen. Da schau, wie der tanzt, sagt Lisa. So tanzen kannst du auch. Jetzt komm, sagt Lisa, oder soll ich mir einen anderen holen. Toll, sagt Lisa, ist das nicht toll? Wenn ich an Rom denke, sagt Lisa, damals, wie sich der Typ hineingeschmust hat bei mir. Klar hab ich mit ihm geschlafen, sagt Lisa. Bisschen mehr Schwung, mein Herr, wenn ich bitten darf. Und fester halten. Du sollst mich fester halten! Na, es geht doch.

Und wie es geht. Du bist ja ein toller Tänzer, Franz. Was heißt nein. Und ob du ein toller Tänzer bist! Hab gar nicht gewusst, dass du so ein toller Tänzer bist.

Dabei wollt ich sowieso immer nur ans Meer, sagt Lisa, mein Vater aber immer nur wandern. Hast du auch immer wandern müssen? Wieso hast du nicht wandern müssen? Alle, die ich kenne, sagt Lisa, haben wandern müssen. Darauf trinken wir noch einen, sagt Lisa, dass wir nicht mehr wandern müssen. Unbedingt trinken wir noch einen. Was heißt, es ist spät?, sagt Lisa. Es ist überhaupt nicht spät. Du kommst schon noch zum Lesen. Du kannst morgen den ganzen Tag lesen. Soll ich vielleicht vor einem leeren Glas sitzen die ganze Nacht? Mitten im Urlaub? Mitten am Meer? Wo dieser Cocktail doch hinreißend gut ist, sagt Lisa. Oder findest du nicht, Franz, dass dieser Cocktail hinreißend gut ist? Okay, wenn du das auch findest, dann bestell uns doch bitte noch zwei von diesen Cocktails, die du auch hinreißend gut findest. Auf das Meer!, sagt Lisa und stößt mit Franz an. Denn an einem See, sagt Lisa, da hat er noch so schön sein können, habe ich mich immer nach dem Meer gesehnt, aber am Meer, da hat es noch so grauslich sein können, nie nach einem See. Das ist doch komisch, sagt Lisa, oder? Und auch wenn ich schon am Meer war, hab ich mich immer noch nach dem Meer gesehnt, sagt Lisa. Und je länger ich am Meer war, umso mehr. Verstehst du das?

Shit, sagt Lisa, schaut auf die Uhr und trinkt den Kaffee aus, ich muss zum Tennis. Die Kinder sind im Kinderclub, sagt Lisa, wir sehen sie zu Mittag. Und am Abend, du weißt schon, sagt Lisa, Rumba und Cha-Cha-Cha. So kommen wir heute aber nicht mehr zu Rumba und Cha-Cha-Cha, sagt Lisa. Aber müssen wir deswegen, weil wir ein Auto gemietet haben, sagt Lisa, gleich bis ans Ende der Welt fahren? Was heißt, Valle Gran Rey ist nicht so weit?, sagt Lisa. Auf der Landkarte ist nie etwas weit. Aber die Serpentinen, sagt Lisa. Hast du an die Serpentinen gedacht? Da gibt es ja nur Serpentinen. Da fahren wir ja ewig. Links, sagt Lisa, links müssen wir fahren, rechts geht es nach Vallehermoso. Was sagst du dann rechts, wenn du links meinst? Wenn dir schlecht ist, Corinne, sagt Lisa, mach das Fenster auf, wir sind gleich da. Wieso nicht?, sagt Lisa. Wie willst du das wissen? Natürlich werden Buben bevorzugt. Buben werden immer bevorzugt. Hab ich eine gute Schularbeitsnote gehabt, hat man mir den Kopf getätschelt. Hat Bernhard eine gute Note gehabt, ist er bejubelt worden. Sicher war ich besser in der Schule, sagt Lisa, trotzdem will man einmal bejubelt werden, oder? Was nimmst du ihn in Schutz?, sagt Lisa. Du musst Bernhard nicht in Schutz nehmen. Jaja, sicher, mein Vater, sagt Lisa, der wird mich dir gegenüber schon gelobt haben. Aber auch nur, um dich anzuspornen. Auch nur, um dir zu sagen, meine Tochter ist toll, sei gefälligst auch endlich toll. Aus welchem Grund sonst, Franz? Kannst du mir das sagen? Nein, sagt Lisa, jetzt kotzt sie echt. Ein Taschentuch! Hast du ein Taschentuch? Franz, hast du ein Taschentuch? Corinne, da ein Taschentuch. Jetzt hör auf zu brüllen! Robby, du sollst aufhören zu brüllen! Halt ihr lieber das Taschentuch! Franz, sagt Lisa, jetzt bleib doch stehen! Scheiß auf den Tunnel! Wieso kannst du nicht stehen bleiben? Sie kotzt. Sie kotzt uns das ganze Auto voll. Steig aus, Corinne, schnell, du sollst aussteigen! So ein Scheißtunnel. Ausgerechnet jetzt dieser Scheißtunnel. Zieh aus! Zieh endlich das Kleid aus!, sagt Lisa. Nein, Corinne, mit dem angekotzten Kleid kannst du nicht herumlaufen. Im Auto sitzen schon gar nicht. Nein, das geben wir in den Kofferraum. Das stinkt doch. Los jetzt!, sagt Lisa. Was heißt nackt? Da, nimm den Badeanzug. Vorsicht, die Kotze! Du schmierst ja die Kotze auf den Badeanzug. Wo ist die Wasserflasche? Robby, sagt Lisa, wo hast du die Wasserflasche hingegeben? Ich hab dich gefragt, wo du die Wasserflasche hingegeben hast! Und jetzt geh ein bisschen auf und ab, Corinne, ja da, geh ein bisschen auf und ab und tief atmen. Und schau, sagt

Lisa, das Tal, ist das nicht schön? Ja, Robby, sagt Lisa, ich weiß, dass es hier stinkt. Es wird schon wieder aufhören zu stinken. Nein, sagt Lisa, vor Bernhard hat er mich nie groß gelobt. Kann schon sein, sagt Lisa, dass du gehört hast, wie mich mein Vater auch vor Bernhard lobt. Aber auch erst jetzt. Willst du mir vorschreiben, wie ich damals hätte empfinden sollen? Na, sicher ist das ein Vorschreiben, sagt Lisa. Meine Mutter hat auch immer gesagt, wenn ich gesagt hab, wieso werde ich nie gelobt, wieso immer nur Bernhard, sei nicht so zimperlich, sei nicht so angerührt. Immer war ich zimperlich und angerührt, sagt Lisa, und Bernhard immer großartig. Hier ist ja wirklich ein Sandstrand, sagt Lisa. Wohl der einzige auf ganz La Gomera. Deswegen diese schrecklichen Hotels. Die sind ja wirklich schrecklich, oder?, sagt Lisa. Ja, sagt Lisa, gehen wir was trinken. Nein, nicht hier, hier ist es so abgesandelt, dort drüben, ja dort, dort haben wir auch einen viel schöneren Blick aufs Meer. Und du willst wirklich ein Eis? Geht es dir schon so gut? Nicht dass du wieder kotzt, sagt Lisa. Warum soll Robby nicht ein Sandwich essen, wenn er Hunger hat? Ich hab auch Hunger, sagt Lisa, ich will auch ein Sandwich. Du nicht, Franz?

Habt ihr schon Zähne geputzt? Nein, sagt Lisa, es wird nicht mehr ferngesehen. Nein, Franz, es ist neun. Es ist mir egal, ob sie beim Fernsehen gleich einschlafen oder nicht, es ist neun, es wird nicht mehr ferngesehen. Corinne, sagt Lisa, mach keinen Stress. Wir sind ja nicht weit. Du weißt, wo wir sind. Wir sind unten an der Bar. Ja, meinetwegen, sagt Lisa, lass das Licht brennen. Robby soll dir etwas vorlesen. Ja, die Balkontür bleibt auch offen. Aber du kletterst nicht auf das Geländer. Du kannst uns auch so sehen. Robby, du passt auf, dass sie nicht auf das Geländer klettert.

Aber ja, sagt Lisa, bestell noch eine Flasche. Ich bin nicht betrunken. Ich bin noch lang nicht betrunken. Aber nein, sagt Lisa, du warst überhaupt nicht uninteressant. Wie kommst du darauf, dass du uninteressant warst? Du warst sogar sehr interessant. Besonders wenn du über Flaubert geredet hast. Und du warst witzig, sagt Lisa. Weißt du, dass du witzig warst? Das hat mir ja gerade gefallen, sagt Lisa, dass du nicht meine Kreise warst. Aber was soll das überhaupt heißen, meine Kreise?, sagt Lisa. Was sind meine Kreise? Was sollen meine Kreise gewesen sein? Nein, sagt Lisa, du bleibst da. Ich will diesen Tango tanzen. Ich hab immer schon gern Tango getanzt. Aber Franz, sagt Lisa. wer schaut hier, ob du einen Tango tanzen kannst oder nicht. Siehst du wen, der schaut? Und wie ich glücklich bin, sagt Lisa, dass wir endlich das Haus haben. Dass ich mir das nicht mehr anhören muss: Die Sonja hat ein Haus. Der Harald baut sich ein Haus. Die Petra kauft sich ein Haus. Wieso habt ihr immer noch kein Haus? Ihr werdet euch doch ein Haus leisten können. Wir haben auch ein Haus und haben es uns nicht so gut leisten können. Oder verdient der Franz so wenig? Wieso verdient der Franz so wenig? Haben wir gar nicht gewusst, dass der Franz so wenig verdient. Rede mit Papa, der wird euch sicher unter die Arme greifen. Erst gestern hat Papa gesagt, er würde euch gern unter die Arme greifen, wo Franz doch wenig verdient. Das war echt ein Horror, sagt Lisa. Kannst du dir vorstellen, was das für ein Horror war? Nein, sagt Lisa, ich bin nicht müd, ich möchte nur was trinken. Warum sollt ich müde sein? Von dem bisschen Tango? Wo ist denn unser Tisch?, sagt Lisa. Franz, weißt du, wo unser Tisch ist? Und dann du auf der anderen Seite, sagt Lisa, mit deinen Reden: Wo wir doch so eine schöne Wohnung in der Stadt haben, wo unten die U-Bahn durchfährt, was brauchen wir da ein Haus am Rande der Stadt, wo unten keine U-Bahn durchfährt? Hast du mich vielleicht genervt. Natürlich hast du das gesagt. Wortwörtlich hast du es gesagt. Und du hast auch gesagt: Du hast ja sowieso ein Haus, wenn deine Eltern tot sind, was brauchst du jetzt ein neues. Na, sicher hast du das gesagt, Franz, ich hab es schriftlich. Nein, ich hab es nicht schriftlich, sagt Lisa.

Aber du hast es gesagt. Und nur, weil du in einem Kleinhäuslerhaus aufgewachsen bist. Das hast du mir doch selber gesagt, sagt Lisa, dass du in einem Kleinhäuslerhaus aufgewachsen bist und die Kleinhäuslernachbarn nicht leiden kannst. Deswegen hast du auch so herumgeschrien, ich bitte dich, Franz, und wie du herumgeschrien hast, sagt Lisa, ich will kein Kleinhäuslerhaus, ich will kein Kleinhäuslerhaus! Das war ja richtig komisch, wie du das geschrien hast, in unserer schönen Wohnung mitten in der Stadt, genau, sagt Lisa, wo unten die U-Bahn durchfährt. Wer hat denn den Wein ausgetrunken? Franz, hast du den ausgetrunken? Wieso soll ich den ausgetrunken haben?, sagt Lisa. Wann denn? Ich war doch tanzen. Ist ja gut, Franz, jetzt reg dich nicht auf, bestellen wir uns halt einen neuen. Ist ja egal, wer ihn ausgetrunken hat, sagt Lisa, wir bestellen einen neuen. Na, sicher bestellen wir einen neuen. Nein, heut keinen Cocktail, sagt Lisa, lieber Wein, ja, denselben aus La Gomera. Und eine Zigarette will ich auch, sagt Lisa, bestellst du mir ein Päckchen? Nein, sagt Lisa, das hab ich nicht geschrien. Das kannst du mir nicht andichten, Franz. Du kannst mir nicht andichten, dass ich geschrien hätte, unsere Wohnung ist eine erbärmliche Wohnung, unter der zwar die U-Bahn durchfährt, in der es aber vollkommen unmöglich ist, Feste zu feiern. Das hab ich nie geschrien, sagt Lisa. Das kann ich gar nicht geschrien haben, denn ich schrei nicht. Ich hab noch nie geschrien. Außer ich bekomme keinen Wein, sagt Lisa. Wo ist denn der Wein jetzt? Wo ist denn der Kellner mit dem Wein? Aber dass du geschrien hast, wer soll das finanzieren, so ein Haus mit herrschaftlichen Räumen, mit hohen Räumen, mit großen Türen, mit großen Fenstern, mit riesigen Fenstern, mit ganzen Glasfronten, mit Balkonen und Terrassen und Panoramablick ins Gebirge, das stimmt. Und dass ich gesagt habe, die Bank. Die Bank soll das finanzieren. Sicher hab ich gesagt, die Bank und nicht der Papa. Und dass du dir endlich eine Nebenbeschäftigung zulegen sollst, das hab ich auch nicht geschrien. Gesagt schon, sagt Lisa, aber nicht geschrien. Sicher hab ich das gesagt. Ich gebe es ja zu, Franz, dass ich das gesagt hab. Im Unterschied zu dir. Ich könnt mich ja jetzt noch abküssen dafür, sagt Lisa, dass ich das gesagt hab, dass ich das immer wieder gesagt hab, dass ich nicht aufgehört habe, es zu sagen, obwohl du immer gesagt hast, lass mich mit deiner Nebenbeschäftigung in Ruh, ich hasse Nebenbeschäftigungen, ich möchte lesen, leck mich am Arsch mit deiner Nebenbeschäftigung. Aber sicher hast du gesagt, leck mich am Arsch mit deiner Nebenbeschäftigung. Das hab ich noch genau im Ohr, Franz, als ob es gestern gewesen wäre. Da kannst du dich nicht herausreden. Na, endlich, sagt Lisa, da ist er ja, unser Wein. Und hätten Sie auch Feuer?, sagt Lisa zum Kellner. Aber die Vorstellung, dass du im neuen Haus deine Bücher nicht mehr unter dem Schreibtisch stapeln musst, sondern in einer echten Bibliothek, das hat dich überzeugt, Franz, stimmt's? Und wie dich das überzeugt hat, sagt Lisa. Wie deine Augen plötzlich zu leuchten begonnen haben! Gib es doch zu, sagt Lisa, dass deine Augen plötzlich irrsinnig zu leuchten begonnen haben. So leuchten hab ich sie schon lang nicht gesehen.

Ja, drück auf einen Knopf, drück auf irgendeinen Knopf, Franz, sagt Lisa, irgendwo wird uns der Lift schon hinbringen, aufwärts, Hauptsache aufwärts. Jetzt drück schon, sagt Lisa. Na, es geht doch, sagt Lisa, sogar aufwärts, und wie aufwärts.

Ich glaube, jetzt bin ich doch betrunken, sagt Lisa auf dem Balkon. Aber einen Schluck Wein hätte ich schon noch gern. Gibt es da nicht irgendwo einen Schluck? Da muss es doch noch irgendwo einen Schluck geben. Denn wir werden eine großartige Housewarming Party haben, sagt Lisa, nicht wahr, Franz, das wird eine großartige Housewarming Party. So eine Housewarming Party hat es noch nie gegeben. Mit hundert Gästen. Mit tausend Gästen, sagt Lisa. Ein unübersehbares Meer von Gästen, sagt Lisa. So weit das Auge reicht, sagt Lisa, nur Gäste. Alle werden eingeladen, sagt Lisa, meine ganze Firma, dein ganzes Rathaus, auch Winter, das Arschloch, Bernhard und Elke sowieso, damit sie endlich einen Grund haben, angefressen zu sein, und die gesamte Partei samt Spitzenkandidaten. Siehst du, sagt Lisa, wie das Meer horcht, wie es ruhig daliegt und horcht. Wie es mir zuhört. Ja, das Meer hört mir zu, sagt Lisa. Das Meer hat mir immer zugehört. Und das Meer antwortet auch. Weißt du das, Franz, dass das Meer antwortet? Du liest doch so viel, sagt Lisa. In deinen Büchern, antwortet da nie das Meer? Jedem, Franz, jedem, der auf das Meer hören will, dem antwortet es auch. Und gerade jetzt sagt es, dass wir auch einen Pool haben werden und eine Sauna und einen Weinkeller. Der ganze Garten wird unterkellert. Und die Kinder?, sagt Lisa. Wo sind die Kinder? In der Schweiz. Im Eliteinternat. Und wir auf den Malediven, sagt das Meer. Dort sehen wir uns wieder, sagt das Meer. Wenn nicht schon vorher in Nizza. Natürlich Nizza, sagt Lisa. Unbedingt Nizza. Frühling Nizza, Sommer Malediven. Versprichst du mir Nizza?, sagt Lisa. Komm, Franz, versprich mir Nizza. Wo wir uns auch ein Haus anschauen könnten, sagt Lisa, oder? Wieso nicht?, sagt Lisa. Wenn Baumann zahlt. Wieso dann nicht Nizza? Wieso kein Haus in Nizza? Wäre doch fein, ein Haus in Nizza, oder? Komm her, Franz, sagt Lisa, komm. Komm zu mir ins Bett und sag mir ins Ohr, wieso nicht Nizza, wieso kein Haus in Nizza. Oder doch Nizza? Doch ein Haus in Nizza? Komm Franz, komm ins Bett, ich möchte dich spüren, ich möchte, dass du mir ins Ohr flüsterst: Ich verspreche dir Nizza. Komm, mein Dagobert, komm, sag es.

II

Rasch geht Franz auf Lisa zu, die im Morgenmantel und mit dem Rücken zu ihm beim Herd steht und Milch wärmt, und schlägt ihr mit dem stumpfen Ende des Beils, nur kein Blut, denkt er, nur kein Blut, das Blut ist das Schlimmste!, mit großer Wucht auf den Hinterkopf. Ein leises Knacken ertönt. Lisa stürzt mit dem Oberkörper vornüber auf den Herd, der Milchtopf schlittert davon, Milch schwappt heraus, Lisa schreit auf, als sie sich mit den bloßen Händen auf der heißen Herdplatte abstützt, und knickt ein, dreht sich im Fallen halb zu Franz um und sagt: Franz! Da schlägt er mit der scharfen Klinge zu, gezielt auf den Mund. Aber er trifft den Mund nicht. So oft er auch hinschlägt, und er zielt doch genau, denkt er, er trifft den Mund nicht. Er trifft den Hals, hackt Stücke aus dem Oberarm, hackt ins Schlüsselbein, in den Brustkorb, einmal trifft er ganz knapp über dem einen Auge die Stirn und schaut durch den Spalt hinein in den Kopf. Und jetzt blutet sie doch, denkt er, jetzt blutet sie wirklich. Was muss sie jetzt bluten, denkt er und hackt auf das Bluten ein, jetzt auch noch zucken, denkt er, sie zuckt, wieso zuckt sie?, und schlägt auf das Zucken ein. Aber Lisa hört nicht auf mit dem Bluten und dem Zucken. Es zucken die Beine, die Finger, auch das Gesicht zuckt. Und alles blutet. Alles blutet und hört nicht auf zu bluten. Das wäre doch gelacht, denkt er, dass ich sie nicht dazu bringen könnte, mit dem Zucken und mit dem Bluten aufzuhören, und hackt ihr mit ganzer Kraft noch einmal hinein in das Gesicht, sodass die kleine Holztür unter der Abwasch, gegen die der Kopf prallt, zersplittert und der Mistkübel herausrollt mit den Hühnerknochen von gestern. Aber das verdammte Weib hört immer noch nicht auf damit, denkt er, mit dem Zucken und dem Bluten. Bis über den Tod hinaus, denkt er, muss sie das letzte Wort haben.

Papa, hört er, dreht sich um und sieht Corinne in der Tür stehen. Liebes, sagt er, läuft auf sie zu, das musst du nicht sehen, und schlägt ihr von oben die Klinge in den Kopf, sie fällt seitlich gegen den Türstock, immer noch mit der Klinge im Kopf, und er zerrt am Stiel der Hacke, um die Klinge wieder herauszubekommen, schleift Corinne dabei ein Stück in die Küche hinein, hält sie mit der einen Hand auf den Boden gepresst, versucht mit der anderen die Klinge aus ihrem Kopf zu ziehen, mit beiden Händen klammert sie sich an seinen Arm, will etwas sagen, bewegt die Lippen, Liebes, sagt er und bewegt energisch die Klinge hin und her in ihrem Kopf, um den Spalt zu vergrößern und die Klinge herauszubekommen, es knirscht, Liebes, sagt er, Liebes, bis er, mit einem Ruck, die Klinge endlich herausreißen kann aus dem Schädelknochen und seinen Arm aus Corinnes Händen und die weißen Innenseiten ihrer Hände von sich weg langsam durch die Luft fliegen sieht und das Pflaster auf der Daumenkuppe, das er ihr gestern über die kleine Schnittwunde gelegt hat, und ihre Hände links und rechts auf dem Boden aufklatschen hört, Liebes, sagt er und zögert, sieht sie an, ihre Augen sind groß, suchen ihn, die Pupillen bewegen sich langsam auf ihn zu, und ehe sie ihn erreichen, hackt er darauf ein, es tut mir leid, es tut mir so leid, sagt er, Liebes, sagt er, nicht röcheln, sagt er, bitte nicht röcheln, du musst nicht mehr röcheln, sagt er und hackt ihr in den Brustkorb und noch einmal in den Brustkorb, hört die dünnen Knochen zerbröseln unter der Wucht der Hiebe, ihre Haare liegen im Blut, ihre Augen sind still, und immer noch pfeift es leise aus ihrem Inneren.

Robby sitzt im Pyjama an seinem Schreibtisch mit Kopfhörern auf und hämmert in die Tastatur. Franz weiß sofort, Robby hat die Kopfhörer auf, damit man einen Stock tiefer in der Küche, wenn alle beim Frühstück sitzen, nicht hört, dass er spielt. Er spielt vor der Schule. Lisa hat ihm ausdrücklich verboten, vor der Schule zu spielen. Deshalb isst er so selten Frühstück mit uns, denkt Franz, und sagt, wenn man ihn ruft, er hat keine Zeit, er muss noch lernen. Weil er spielt, denkt Franz. Er ist süchtig, denkt Franz. Franz denkt: Ich hätte nicht gedacht, dass Robby je spielsüchtig werden könnte. Aber heimlich spielen, lügen, um spielen zu können, nichts essen, denkt Franz, kein Interesse an gemeinsamen Unternehmungen, keine Freunde, mit denen er Rad fahren geht. Was ist das sonst, denkt er. Das ist Spielsucht. Wir müssen zu einem Therapeuten mit ihm, denkt er. Wer kennt einen Therapeuten, denkt er, da gibt es Spezialisten, Spezialisten für Spielsucht. Da muss ich mit Lisa reden, da muss uns etwas einfallen, denkt er. Vielleicht Computersperre, denkt er. Sonst schafft Robby das Schuljahr nicht. Das muss er aber schaffen, denkt Franz, das muss er unbedingt schaffen. Sonst ist Lisa nicht auszuhalten. Franz denkt: Wenn Robby durchfällt, macht uns Lisa den Urlaub zur Hölle. Der Klassenvorstand, denkt Franz. Wir müssen zum Klassenvorstand, mit dem Klassenvorstand kann man reden. Morgen, denkt Franz. Keine Zeit verlieren. Entweder Lisa geht hin oder ich. Am besten Lisa, denkt Franz, mit den Lehrern kann Lisa am besten. Lisa kommt immer sehr gut aus mit den Lehrern. Der Englischprofessor zum Beispiel, denkt Franz. Da schaut Robby auf. Er scheint etwas gehört zu haben. Er will sich umdrehen. Tief dringt die Axt, ehe er sich noch umdrehen kann, in seinen Kopf ein, schmettert ihn auf die Tastatur, krachend, die Monsterfiguren auf dem Bildschirm springen herum. Schnell hintereinander, nur schnell hintereinander, denkt Franz, schlägt Franz zu, zerhackt Robby die Wirbelsäule, knapp unterm Genick. Zwischen Sessel und Schreibtisch rutscht Robby langsam zu Boden, ein Ächzen kommt aus seinem Mund, wie ein langes heiseres Ausatmen, in der Hand hält er immer noch die Mouse, die die Tastatur mit sich zieht, die nun auf seine Brust fällt, auf der Franz kein Blut sieht, und die dort liegen bleibt. Aber das Gesicht, denkt Franz und schaut auf die zwei nackten Kinderfüße, die unter dem Sessel liegen, wo ist das Gesicht?

Franz nimmt frische Leintücher aus dem Kasten. Er geht in die Küche, kommt aber nicht nahe genug heran an Lisa, um das Leintuch über sie auszubreiten, ohne in die Blutlache zu treten. Er fasst das Leintuch an zwei Enden und wirft es über Lisa. Es bedeckt sie nicht ganz. Er geht um die Blutlache herum, versucht über die Blutlache hinweg mit der Hand den Saum des Leintuchs zu erreichen. Er erreicht ihn nicht. Er sieht sich um. Er nimmt den Besen aus der Ecke und schiebt Lisa mit dem Ende des Besenstiels das Leintuch über das Gesicht. Über Corinne breitet er das zweite Leintuch, zieht es sorgfältig zurecht, sodass auch ihre beiden weit auseinanderliegenden Arme bedeckt sind, ohne dass er sie berühren muss. Robby kann er nicht bedecken. Robby liegt unter dem Schreibtisch. Er müsste Robby erst unter dem Schreibtisch hervorziehen. Er spannt das Leintuch über Sessel und Schreibtisch, bleibt in der Tür noch einmal stehen, um sich zu vergewissern, dass von Robbys Körper nichts mehr zu sehen ist, und geht aufs Klosett. Im Badezimmer zieht Franz T-Shirt und Unterhose aus, auf denen er erst jetzt die Blutspritzer bemerkt, knüllt beides zusammen, sodass die Blutspritzer nicht mehr zu sehen sind, und gibt sie in die Waschmaschine. Er duscht heiß. Er wäscht sich ausführlich. Er putzt sich die Zähne, rasiert sich und entfaltet ein am Vortag ausnahmsweise nicht von der Haushaltshilfe, sondern von Lisa gebügeltes, weißes Hemd. Er geht ins Vorzimmer und ruft in Lisas Büro an, um Lisa zu entschuldigen, ihr sei übel. Wohl zu viel gefeiert gestern, sagt die Bürokollegin. Zu viel gefeiert?, sagt Franz. Weil wir die Wahlen gewonnen haben, sagt die Kollegin. Zehn Mandate mehr für die Sozialisten, sagt sie. Jetzt ist sie endlich weg, die Scheißregierung, sagt sie, ist das nicht toll? Ja, sagt Franz. Und deine Geschäfte werden jetzt auch florieren, sagt der Kollege, als Franz in seinem

Büro anruft, um sich für heute ebenfalls zu entschuldigen, wo wir wieder am Ruder sind. Das hat Lisa auch gesagt, sagt Franz. Siehst du, sagt sein Kollege. Franz legt auf und sieht sich um. Wo ist die Hacke? Er geht in die Küche, in Robbys Zimmer, ins Badezimmer. Wo habe ich die Hacke hingelegt?, denkt er. Er läuft nochmals durch die Zimmer. Er beginnt zu schwitzen. Das gibt es doch nicht, denkt er, wo ist die Hacke? Er steht auf der Treppe und denkt nach. Ich war auf dem Klosett, denkt er. Nach Robby hab ich dringend auf das Klosett müssen, denkt er. Er findet sie auf dem Klosett gegen die Wand gelehnt. Die kleine Blutlache auf dem Kachelboden versucht er mit Klosettpapier wegzuwischen. Sie ist eingetrocknet. Er drückt die Spülung und hält Klosettpapier in die Muschel. Mit dem nassen Klosettpapier bekommt er den Kachelboden sauber. Er trägt die Hacke ins Badezimmer, legt sie in die Wanne und spritzt sie mit heißem Wasser ab. Mit dem Waschlappen, der feucht ist, sicher hat sich Lisa damit gewaschen, denkt er, Lisa wäscht sich nie mit der Hand, Lisa wäscht sich mit dem Waschlappen, vor allem unter den Achseln und zwischen den Beinen wäscht sich Lisa immer mit dem Waschlappen, sie schrubbt sich mit dem Waschlappen, sie steht unter der Dusche und schrubbt sich stundenlang zwischen den Beinen mit dem Waschlappen, denkt Franz und schabt die trockenen Blutflecken von der Klinge, vor allem die Blutkrusten unter der Klinge. Er trocknet die Hacke ab, geht in die Garage und legt sie in den Kofferraum. Er nimmt sie wieder heraus, sucht einen Nylonsack, findet keinen. Wo hat sie die Nylonsäcke?, denkt Franz. Er schaut in den Abstellraum. Er findet keine. Wo hat sie die verdammten Nylonsäcke?, denkt er. Immer hat sie Nylonsäcke, wenn sie welche braucht, denkt er, wo sind die? Im Badezimmer entdeckt er Lisas Fitness-Tasche. Sie ist fertig gepackt. Genau, denkt Franz, heute ist Montag, heute geht sie ins Fitness-Center. Sie soll sich einen Nylonsack nehmen, denkt er. Er leert die

Tasche aus, schiebt den Inhalt neben dem Bidet zu einem Haufen zusammen, legt die Hacke hinein.

Die Garagentür geht hoch und Franz denkt: Was für ein strahlender Tag. Er sieht das Sonnenlicht langsam über den Kühler auf sich zuwandern, links außen ein Stück Hecke seines Gartens auftauchen und eine Frau gegenüber ein Fenster putzen. Er denkt: Es ist Frühling und die Fenster werden geputzt. Auch seine Haushaltshilfe hat angekündigt, beim nächsten Mal die Fenster zu putzen. Die Küche zuerst, hat Franz gesagt. Er freue sich schon darauf, beim Frühstück zu sitzen und durch die geputzten Fenster in den Garten zu sehen.

Er lässt den Motor an. Die CD-Anlage schaltet sich ein und beginnt die neue CD mit dem Klavierkonzert von Schostakowitsch zu spielen. Heute werde ich sie fertig hören, denkt Franz. Gestern Abend hat er sie nicht fertig hören können. Lisa hat es eilig gehabt, die neuesten Hochrechnungen der Nationalratswahlen im Fernsehen zu hören und die ersten Stellungnahmen der Politiker. Ich komme gleich, hat Franz gesagt. Nein, hat sie gesagt. Ich will nur die CD fertig hören, hat er gesagt. Die kannst du morgen auch fertig hören, hat sie gesagt, auf deinem Weg ins Büro, und seine Wagentür aufgerissen, es geht um die Wurst, auch um deine, jetzt komm!

Franz fährt aus der Garage und bleibt stehen. Die Frau gegenüber sieht Franz, ohne das Putzen des Fensters zu unterbrechen, aus der Garage fahren und stehen bleiben. Im Rückspiegel beobachtet er die Garagentür, wie sie sich senkt, auch die Frau beobachtet die Garagentür, wie sie sich senkt und das Dunkel in der Garage immer dunkler wird. Mit einem Klicken schließt sie sich ganz. Was die Frau nicht hört. Sie hört ihre Hausklingel. Wer ist das?, denkt sie. Wer kann das sein um diese Zeit? Sie lässt das nasse Tuch in den Eimer fallen und geht die Treppe hinunter.

Ein Apfelbaum, denkt Franz. Nein, denkt er, ein Kirschbaum. Jemand hat einmal gesagt, auf seine Frage, ob das ein Apfelbaum sei, der da blüht, oder ein Kirschbaum, ein Apfelbaum. Oder doch Kirschbaum? Die großen rosa Blüten kenne ich, denkt er, das ist ein Magnolienbaum. Sie liegen wie jedes Jahr auf dem Gehsteig und auf den Dächern der parkenden Autos. Und die schönste Zeit in Griechenland ist der Frühling, denkt Franz, wenn alles blüht und duftet. Das hat Winter gesagt, denkt er, Winter ist dort gewesen, Winter hat es gesehen. Und Franz weiß genau, wo Winter das gesagt hat. Im Stiegenhaus. Jedes Jahr im Frühling denkt Franz zumindest ein Mal daran, wie Winter die Stiegen heraufkommt, braungebrannt, und sagt: Wissen Sie, die schönste Zeit in Griechenland ist der Frühling, wenn alles blüht und duftet.

Frühstücken, denkt Franz. Deswegen das flaue Gefühl im Bauch. Ich habe noch nicht gefrühstückt. Er denkt: Bei der ersten Autobahnraststätte werde ich abfahren und frühstücken. Aber es ist nicht nur das flaue Gefühl im Bauch, denkt er. Es ist auch der schlechte Geschmack im Mund. Er sieht im Handschuhfach nach und im Seitenfach an der Tür. Wo sind die Pfefferminz?, denkt er. Ich hab doch immer eine Schachtel Pfefferminz im Auto. Wer hat die wieder aufgegessen? Er findet die Schachtel im Fond. Er nimmt die letzten zwei Pfefferminzpastillen heraus und steckt sie in den Mund. Die schmecken aber komisch, denkt er.

Franz schaut auf die Uhr und schaltet die Musik ab. In den Nachrichten hört er, dass Jack Preiser, der bisherige Büroleiter des Wirtschaftsministers, neuer Familiensprecher der Partei wird. Es geht mir darum, sagt Jack Preiser, dass Ehe und Familie gestärkt werden. Nur intakte Ehen, nur intakte Familien gewährleisten ein glückliches Zusammenleben aller im Staat. Zu den Anschuldigungen eines Beamten seines Ministeriums, er hätte ihn dazu erpresst, belastendes Material über die Frau des sozialdemokratischen Spitzenkandidaten zu sammeln, sagt Jack Preiser, diese Anschuldigungen seien vollkommen aus der Luft gegriffen und nur auf persönliche Frustrationen und Ressentiments des Beamten zurückzuführen. Endlich, denkt Franz und biegt zur Raststätte ab.

Mit dem Tablett in der Hand, darauf Kaffee, Orangensaft, Butter und zwei Scheiben Vollkornbrot, bahnt er sich einen Weg durch die Menge hinaus auf die Terrasse. Er findet keinen freien Tisch in der Sonne. Er möchte aber in der Sonne sitzen. Er setzt sich zu einem einzelnen Herrn mit einem Meeresfrüchtesalatteller vor sich. Sie verzeihen, sagt Franz. Aber ja, sagt der Herr. Das kannst du ihm ruhig sagen, sagt eine Frau am Nebentisch mit großer Sonnenbrille, dass er mich am Arsch lecken kann. Das kann ich ihm nicht sagen, sagt die andere. Wieso nicht?, sagt die Frau. Der Herr sieht von seinem Meeresfrüchteteller auf und sagt: Eine echte Hitzewelle. Wie bitte?, sagt Franz. Eine echte Hitzewelle, sagt der Herr. Finden Sie?, sagt Franz. Finden Sie nicht?, sagt der Herr. Diese Temperaturen, sagt er, und das mitten im Mai. Das muss ich mir doch nicht bieten lassen von ihm, sagt die Frau mit der Sonnenbrille. Oder findest du, dass ich mir das bieten lassen muss? Einen schönen Tag noch, sagt Franz, steht auf und nimmt sein Tablett vom Tisch. Ihnen auch, sagt der Herr. Geben Sie es mir, sagt eine Bedienstete und will Franz das Tablett aus der Hand nehmen. Ich kann es auch selber hintragen, sagt Franz und hält es fest. Geben Sie es mir ruhig, sagt sie, lächelt und schaut Franz in die Augen. Sie können es mir ruhig geben, sagt sie, ich bin hier zuhaus. Nein, sagt die Frau mit der Sonnenbrille, ich bettle nicht, da verrecke ich lieber. Bitte, sagt die andere, versuch es doch noch ein Mal! Nein, sagt die Frau, lieber verrecken als betteln. Ist das dein letztes Wort?, sagt die andere. Ja, sagt die Frau mit der Sonnenbrille. Ihr Kinn zittert. Ich werde ihn verlieren, denkt sie. Er wird gehen und nicht mehr wiederkommen.

Sie werden schon gefrühstückt haben, denkt Franz. Er sitzt still im Auto. Die Straße ist menschenleer. Auch die

Gärten sind menschenleer. Wozu nur diese riesigen Gärten?, denkt Franz. Wohl damit man nicht zu nahe an die Häuser herankann und hineinschauen. Weiter unten kommt eine Frau aus der Seitenstraße, mit Mantel, hochgeschlossen, und einer Pelzkappe. Sie bleibt am Gehsteigrand stehen und schaut links und rechts, als ob sie sich davon überzeugen wollte, dass kein Auto kommt, um die Straße überqueren zu können. Es kommt kein Auto. Seit Franz hier steht, ist noch kein einziges Auto vorbeigekommen. Die Frau schaut weiter links und rechts, und dann schaut sie nur mehr nach rechts, in seine Richtung. Ihre Pelzkappe hat sie tief in die Stirn gezogen. Wohin schaut sie?, denkt Franz. Man sieht keine Augen. Sie sieht mich, denkt er, sie schaut mich an, aber ich sehe keine Augen, nur die heruntergezogene Pelzkappe und den Schatten darunter. Zugleich weiß er, durch die Windschutzscheibe kann man ihn nicht sehen. Aus dieser Entfernung, denkt er, wird sie nicht einmal die Windschutzscheibe sehen. Aber sie schaut her, denkt er, sie schaut genau zu mir her. Sie wird sich denken, denkt Franz, was sitzt der so still im Auto. Wieso steigt er nicht aus? Wieso wartet er darauf, dass ich über die Straße gehe? Franz denkt: Wieso geht sie nicht über die Straße. Er beginnt zu schwitzen. Ich sollte jetzt aussteigen, denkt Franz, das Auto steht in der Sonne. Aber ich kann jetzt nicht aussteigen. Die Frau wird sich denken, er steigt aus, wieso steigt er erst jetzt aus? Wieso ist er so lange im Auto sitzen geblieben, in dem es sicher schon unerträglich heiß ist und stickig. Wieso ist er nicht schon längst ausgestiegen? Franz rührt sich nicht. Er lässt auch nicht das Fenster herunter, obwohl er auf nichts dringlicher Lust hätte, als endlich das Fenster herunterzulassen. Aber die Frau würde das sehen, denkt Franz. Die Frau sieht alles. Sie würde die kleinste Bewegung sehen. Sie würde die Lichtreflexe sehen, auf dem Glas, das sich hinunterbewegt. Sie würde dann erst recht nicht über die Straße gehen. Aber ich bekomme keine Luft, denkt Franz, und es wird immer heißer. Er sieht die Frau immer noch dort stehen mit der tief in die Stirn gezogenen Pelzkappe, hat sie die Pelzkappe jetzt nicht tiefer in die Stirn gezogen?, und dem hochgeschlossenen Mantel und zu ihm herüberschauen. Wahrscheinlich sieht sie die Schweißflecken auf meinem Hemd, denkt er, sieht den Schweiß auf meiner Stirn, hört mich immer schwerer atmen. Sie kommt näher, denkt Franz. Kommt sie näher? Nein, denkt Franz, sie kommt nicht näher. Wo ist sie denn? Wo ist denn die Frau plötzlich, denkt er. Gerade war sie noch da. Sie ist hinter den geparkten Autos, denkt er. Im Schutz der geparkten Autos kommt sie näher, denkt er. Ist da nicht gerade ihre Pelzkappe aufgetaucht, über dem Dach des einen Autos? Vor dem Haus mit den Stuckaturen. Was sind das für Stuckaturen? Löwenköpfe? Nein, das war der Schatten des dicht belaubten, über den Gehsteig hängenden Asts, den der Wind bewegt, denkt Franz. War das wirklich ein Ast? War das wirklich ein Wind? Aber sie muss auf alle Fälle, will sie zu mir, die Straße überqueren, die am Haus meiner Schwiegereltern vorbeiführt, denkt Franz, dann sehe ich sie. Er wartet. Er fixiert die Straße. Er fixiert das letzte geparkte Auto vor dieser Straße. Jetzt müsste sie genau dort auftauchen, denkt er. Wenn sie auf dem Weg zu mir ist, müsste sie genau dort jetzt die Straße überqueren, denkt er. Aber niemand überquert die Straße. Sie ist weg, denkt er. Ist sie weg? Er wartet noch kurz, stößt dann entschieden die Tür auf und springt ins Freie. Niemand zu sehen. Er geht nach hinten zum Kofferraum, öffnet ihn, schaut sich noch einmal um, ehe er die Äpfel, die er in der Raststätte gekauft hat, aus dem Nylonsack in die Fitness-Tasche gibt und die Hacke aus der Fitness-Tasche, die ihm zu unhandlich erscheint mit den Reißverschlüssen, in den Nylonsack.

Die Gartentür ist nicht versperrt. Franz geht um das Haus herum zur Terrasse. Auf dem Gartentisch liegt eine Häkelarbeit. Er ergreift den Stiel der Hacke, ohne sie aus dem

Sack zu nehmen, und tritt durch die Terrassentür ins Wohnzimmer. Hast du mich erschreckt, sagt seine Schwiegermutter. Sie hält eine Tasse Tee in der Hand. Er schlägt zu, trifft sie mitten in die Brust. Sie fällt nach hinten auf den Teppich, ohne die Teetasse loszulassen. Der zweite Schlag spaltet ihr das Brustbein, der Büstenhalter wird in der Mitte durchtrennt, die Brüste rutschen heraus und links und rechts auf die Seite. Er schlägt ihr die Hacke in den Hals und in den Kopf. Auch ihre Beine zucken. Wie Lisas Beine. Sie hat Lisas Beine, denkt Franz. Die Katze kommt und schnuppert an ihr. Franz schaut sich um. Er geht die Treppe hinauf. Die Badezimmertür ist halb offen. Der Boden knarrt, als Franz auf das Badezimmer zugeht. Maria, sagt sein Schwiegervater, ohne das Rasieren zu unterbrechen, die Unterlagen vom Urlaubshotel, wo hast du die hingegeben? Franz betritt das Badezimmer. Franz, sagt der Schwiegervater. Sein Blick fällt auf den blutigen Nylonsack und auf die Klinge. Er macht eine Bewegung nach hinten, reißt den Arm hoch, die Axt trifft seinen Arm, seine Schulter, und als er am Boden liegt, immer wieder seinen Kopf. Auf dem kleinen Badezimmerteppich aus Lammfell liegen Stücke des Kopfes verteilt. Franz geht ins Schlafzimmer und nimmt die Tuchenten vom Ehebett. Mit der einen deckt er seinen Schwiegervater zu. Mit der anderen seine Schwiegermutter im Wohnzimmer. Er nimmt die Katze, die das Blut schleckt, und sperrt sie in die Küche. Er stopft den Nylonsack in den Mistkübel und wäscht die Hacke sorgfältig, auf der neben ein paar kleineren Hautstücken mit Haaren auch etwas Rasierschaum klebt. Er entkleidet sich, duscht und nimmt sich ein frisches Hemd aus dem Kasten des Schwiegervaters. In der Küche gibt er der Katze Futter in die Schüssel. Er nimmt eine Bierdose aus dem Kühlschrank, setzt sich, öffnet sie, trinkt. Das ist doch der gleiche Toaster, den wir haben, denkt er. Er steht auf und betrachtet ihn näher. Haargenau der gleiche, denkt er. Er nimmt die Lade heraus. Keine Brösel, denkt er. Der ist noch nie benutzt worden, denkt er. Er räumt die Erdäpfel und den grünen Salat aus dem Nylonsack neben der Abwasch und gibt die Hacke hinein. Die Katze ist verschwunden. Scheiße, denkt er, jetzt hab ich die Küchentür offen gelassen.

Ja, denkt Franz, Hitzewelle, als er im Auto sitzt. Er schaltet die Klimaanlage an, das Gebläse auf Maximum. Jetzt nicht zu schnell fahren, denkt er, nicht zu langsam fahren. Keine Kontrollen. Jetzt nur keine Kontrollen, denkt er. Der Nachrichtensprecher sagt, dass der 55-jährige Gymnasiallehrer Philipp S., bisher unbescholten, verhaftet worden ist. Ihm wird vorgeworfen, seine siebenjährige Nichte während der Nachhilfestunden, die er ihr gab, mehrmals missbraucht zu haben. Philipp, sagt Irma, was hast du gemacht? Philipp, sagt sie. Gnädige Frau, sagt der Kriminalbeamte, würden Sie uns bitte durchlassen. Was hat er gemacht?, sagt Irma. Am besten Sie nehmen sich einen Anwalt, sagt der Kriminalbeamte, dann erfahren Sie alles. Was erfahren?, sagt Irma. Gnädige Frau, bitte, sagt der Kriminalbeamte. Ich bin seine Frau, sagt Irma, ich muss es wissen, ich hab ein Recht darauf, es zu wissen. Missbrauch, sagt der Kriminalbeamte. Missbrauch?, sagt sie. Was für ein Missbrauch? Philipp, sagt sie, was für ein Missbrauch? Würden Sie bitte zur Seite treten, sagt der Kriminalbeamte. Wen? Wann? Wo?, sagt Irma. Wen missbraucht? Ein Verdacht, sagt der Kriminalbeamte. Die nassen Handtücher, denkt Irma im Wohnzimmer, die Kokosbrösel auf dem Teppich, das Plastik von Kokosstangerlverpackungen im Mistkübel. Immer nach den Nachhilfestunden nasse Handtücher und Kokosstangerlverpackungen. Pia, denkt sie, kann nur Pia sein. Nein, denkt sie, doch nicht Pia, doch nicht die Tochter des Bruders. Und doch, denkt sie, immer mehr Nachhilfestunden mit Pia. Immer wenn sie, Irma, nicht da war, die Nachhilfestunden. Natürlich, denkt sie, die Nachhilfestunden. Die nassen Handtücher nach den Nachhilfestunden in der Wäschetrommel. Die Kokosbrösel auf dem Teppich. Die Kokosbrösel im Badezimmer. Wieso die nassen Handtücher in der Wäschetrommel, das hab ich mich doch gefragt, denkt sie. Ich hab mich doch gefragt, wieso die nassen Handtücher in der Wäschetrommel immer nach den Nachhilfestunden. Wieso hab ich nicht ihn gefragt?, denkt sie. Kein einziges Mal hab ich ihn gefragt. Wieso bin ich nicht auf die Idee gekommen, ihn zu fragen? Andererseits, wieso nicht nasse Handtücher in der Wäschetrommel? In der Wäschetrommel sind doch immer wieder nasse Handtücher. Wenn nicht aufgehängt, so in der Wäschetrommel. Aber die Kokosstangerln, denkt Irma. Die hätten mich aufmerksam machen müssen. Da hätte ich ihn fragen müssen: Wo kommen denn die Kokosstangerln her? Wer isst denn da Kokosstangerln? Du isst doch keine Kokosstangerln. Seit wann isst du Kokosstangerln?, hätte ich ihn fragen müssen. Andererseits, er ist ihr Onkel. Ein Onkel wird seiner Nichte doch Kokosstangerln kaufen können. Aber das mit den Terminen ist komisch, denkt Irma. Immer dann Nachhilfestunden, wenn ich nicht da war. Das ist komisch, denkt Irma, das ist echt komisch. Wollte er mich nicht stören? Er wollte mich nicht stören, denkt Irma. Er hat sogar Nachhilfestunden verschoben. Ich erinnere mich, denkt Irma. Einmal hab ich gesagt, morgen fällt die Nachmittagskonferenz aus, sie ist erst übermorgen. Da hat er auch die Nachhilfestunde verschoben auf übermorgen. Das ist wirklich komisch, denkt Irma, dass er immer verschoben hat, wenn sich bei mir etwas verschoben hat. Natürlich, denkt Irma in der Straßenbahn auf dem Weg zur Schule, diese Drecksau. Natürlich Pia, natürlich in den Nachhilfestunden, denkt Irma. Natürlich hat er die Nachhilfestunden deswegen verschoben, um mit Pia allein zu sein. Wie kann man so blind sein, denkt Irma, ich Idiot. Wie kann man so verbohrt sein. Wie kann man so blöd sein. Dieses Vieh. Mich so zu blamieren, denkt Irma. Mir so das Leben zu versauen. Diese Drecksau. In diesem

Alter. Wo diesbezüglich eh schon alles tot und erledigt ist. Wo es eh keinen gibt, in dem Alter, bei dem diesbezüglich nicht schon alles tot und erledigt wäre. Aber nein, denkt Irma, nicht bei ihm. Bis jetzt alles tot und erledigt, und jetzt auf einmal, ausgerechnet bei Pia, plötzlich nicht mehr tot und erledigt. Dieses Arschloch, denkt Irma, wieso kann er es nicht tot und erledigt sein lassen, wenn es schon tot und erledigt ist. Wieso muss er es wieder herauszerren, denkt Irma, wo wir uns doch schon gewöhnt haben daran, dass es tot und erledigt ist? Und wieso ausgerechnet bei Pia?, denkt Irma. Wieso nicht bei mir, wenn es schon herausgezerrt werden muss, denkt Irma. Bei mir hätte er es herauszerren können, denkt Irma, auch wenn ich nicht den geringsten Wert darauf gelegt hätte, irgendetwas davon noch einmal herausgezerrt zu bekommen. Was tot und erledigt ist, ist tot und erledigt. Aber meinetwegen, denkt Irma, wenn es schon sein muss, hätte er es bei mir schon noch einmal herauszerren können. Das hätte ich auch noch ausgehalten, denkt Irma. Da hätte ich die Zähne halt noch einmal zusammengebissen, denkt Irma. Die hab ich ja ansonsten auch immer zusammengebissen.

Franz isst ein kleines Gulasch. Das kleine Bier hat er ausgetrunken. Noch eines?, sagt der Kellner. Nein, danke, sagt Franz. So ein strahlender Tag, sagt der Kellner. Ja, sagt Franz, endlich. Finde ich auch, sagt der Kellner. Das Wasser ist ja noch viel zu kalt im Teich, sagt der Kellner, aber meinen Kindern macht das nichts aus. Franz reißt Stücke von der Semmel und wischt damit sorgfältig den Saft vom Teller. Er überlegt, ob er auch eine Nachspeise nehmen soll. Der Kellner trägt einen Apfelstrudel vorüber, eine Portion Kaiserschmarrn mit Zwetschkenröster, Marmeladepalatschinken. Franz schlägt die Speisekarte auf und schaut, was sonst noch angeboten wird an Desserts. Eine Männerstimme sagt laut: Wenn du glaubst, du kannst mich damit abspeisen, hast du dich geschnitten. Franz schaut auf. Wer hat gesprochen?

Franz schaut sich um. An der Theke steht ein Mann, der einem Tennisspiel auf dem Fernsehschirm zusieht. Zwei Tische weiter sitzt eine ältere Frau. Sie raucht eine Zigarette, fährt sich mit den Fingern im Mund herum und holt Speisereste heraus. Weiter hinten sitzen zwei Frauen mit drei Kindern. Eine jüngere Frau in der Ecke tippt auf ihrem Handy herum. Gegenüber sitzt ein Mann bei einem Glas Rotwein und schreibt. Er hält inne, schaut kurz zu Franz und schreibt weiter. Franz bestellt sich einen Kaiserschmarrn mit Zwetschkenröster und einen Cappuccino. Er steht auf, geht an dem Mann vorbei, der schreibt, und sieht, der Mann löst Kreuzworträtsel in einem Kreuzworträtselbuch. Der Geruch auf dem Klosett kommt Franz sofort bekannt vor. Was ist das für ein Geruch?, denkt Franz. Er stellt sich an die Pissmuschel und denkt nach. Ein Geruch aus der Kindheit? Die alte Marke eines Desinfektionsmittels? Ein Parfum? Eine Seife? Franz horcht auf. Er hört etwas. Es ist eine Art Wimmern im Damenklosett. Dann hört er nichts mehr. Als er fertig ist und seine Hose verschließt, hört er es wieder. Es ist ein Wimmern und ein leises Pfeifen, das er vorher nicht gehört hat. Er horcht an der Wand. Das Wimmern kommt stoßartig. Ihm kommt vor, als würde es von einem kaum hörbaren Schluchzen unterbrochen. Franz verlässt das Klosett und horcht an der Tür zum Damenklosett. Er hört nichts. Er isst seinen Kaiserschmarrn, ohne die Tür zu den Klosetts aus den Augen zu lassen. Es geht niemand hinein, es kommt niemand heraus. Hat es nicht geschmeckt?, sagt der Kellner. Doch, sagt Franz, aber es war mir zu viel. Vielleicht einen Schnaps, sagt der Kellner, zum Nachputzen? Nein, nein, sagt Franz, danke, ich muss noch Auto fahren. Ja, sagt der Kellner, der Sohn meiner Schwester, mitten am Vormittag, achtzehn Jahre alt und voll in die Hausmauer, ohne etwas getrunken zu haben, er hat nie getrunken. Ein lustiger Bursche, sagt der Kellner, keine Geldsorgen, kein Liebeskummer. Noch immer ist niemand aus den Klosetts gekommen. Franz zahlt. Der Kellner sagt mit einer Kopfbewegung zum Bildschirm: Der verliert eh wieder, der Amerikaner. Der Mann an der Theke nickt. Aber der Holländer, sagt der Kellner, ist auch nicht viel besser. Er geht in die Küche und setzt sich auf die Gemüsekiste neben dem Kühlschrank. Was ist los?, sagt der Koch. Nichts, sagt der Kellner, nichts. Irgendwas ist los mit dir, sagt der Koch. Nichts, sagt der Kellner, was soll los sein? Ein bisschen frische Luft kann ich brauchen, sagt er und geht durch die Küche nach hinten ins Freie. Er zündet sich eine Zigarette an. Er sieht Franz drüben am Parkplatz mit einer Zeitung in der Hand sich umschauen, dann den Kofferraum öffnen, wieder schließen, einsteigen und wegfahren. Der Koch sieht durch das Fenster den Zigarettenrauch aufsteigen. Wo ist der Gerfried?, sagt die Kellnerin und stellt das schmutzige Geschirr ab. Draußen, sagt der Koch und zeigt zum Fenster. Tut mir leid, sagt sie, ich muss heute früher weg. Ist es so weit?, sagt der Koch. Ja, sagt die Kellnerin. Gratuliere, sagt der Koch. Danke, sagt die Kellnerin. Ist doch schön, sagt der Koch, oder? Ja, sagt die Kellnerin, alles wird sich ändern müssen. Wer weiß, sagt der Koch. Ich weiß es, sagt die Kellnerin, wischt sich mehrmals mit dem Geschirrtuch über das Gesicht, räumt die drei Schweinsbraten und den Putenstreifensalat aufs Tablett.

Nein, denkt Irma, ich kann doch jetzt nicht einfach in die Schule fahren. Ich kann mich doch jetzt nicht einfach vor siebenjährige Mädchen hinstellen, als wäre ich dieselbe wie gestern. Als hätte ich jetzt nicht einen Mann daheim, der die Körper siebenjähriger Mädchen liebt. Ich würde jetzt auch nur mehr Körper sehen, denkt Irma, und denken, welcher von den Körpern würde Philipp am besten gefallen, welchen würde er sich am liebsten mitheimnehmen. Ich würde doch nur mehr das sehen und denken können, denkt Irma, und ständig versuchen, das nicht zu sehen und zu denken und trotzdem nichts anderes sehen und denken. Nein, denkt

Irma, aussteigen!, ich muss aussteigen! Unmöglich, denkt Irma, in der Straßenbahn zu sitzen und mich anschauen zu lassen als eine, deren Mann daheim mit kleinen Mädchen in der Badewanne sitzt. Gesessen ist. Sitzt er noch? Irgendwie sitzt er noch, denkt Irma. Das sehen doch alle, denkt Irma. Das sieht man mir doch an, denkt Irma. Gehen, denkt Irma, rasch gehen, denkt Irma. Ich muss schnell von den Blicken der Leute weg, denkt Irma. Ich darf mich nicht anbieten. Ich darf ihnen keine Zeit lassen, sich in meinen Körper zu vertiefen, denkt Irma, sich gegenseitig anzustoßen, sich zuzuzwinkern, sich zu sagen: Seht, das ist der Körper, so schaut ein Körper aus, der daheim nicht mehr gebraucht wird, der am besten in der Schule aufgehoben ist, um daheim nicht zu stören. Ich werde ausziehen müssen, denkt Irma. Ich kann nicht mehr in dieser Wohnung sitzen und alle wissen, ich sitze da in dieser Wohnung, denkt Irma. Ich will nicht, dass man auf die Wohnungstür schaut und weiß, dahinter sitzt sie. Dass man von der Straße aus auf das Haus schaut und weiß, da oben wohnt sie. Ich will nicht, dass irgendwer weiß, wo ich bin, denkt Irma. Ich will nicht von Blicken gefunden werden. Ich will nicht, dass jemand glaubt, mich gefunden zu haben. Auch wenn eine Wohnungstür dazwischen ist, denkt Irma, auch wenn eine Hausmauer dazwischen ist, ich spüre die Blicke, ich spüre die Gewissheit, die einer hat, mich gefunden zu haben, und die Lust, das auszukosten. Ich muss die Stadt verlassen, denkt Irma. Hier wird es bald keinen mehr geben, von dem ich nicht glauben muss, sein Blick hat mich jetzt doch erwischt, hat sich jetzt doch festgehakt an mir. Alle Blicke der Stadt werde ich mit mir herumschleppen, denkt Irma. Bei Tag werden sie an mir hängen, bei Nacht werden sie an mir hängen. Nein, denkt Irma, alles Irrtum, alles ein Missverständnis, alles Verleumdung. So ist es nicht. So kann es nicht gewesen sein. Es muss ganz anders gewesen sein, denkt Irma, Philipp ist nicht so. Ich hab ihn kennengelernt, weil er nicht so ist. Ich hab mit ihm zusammengelebt, weil er nicht so ist. Warum, denkt Irma, sollte er jetzt so sein? Nein, denkt Irma, es ist nicht Philipp. Pia ist es gewesen, denkt Irma. Pia hat ihn eingekocht. Wie sie vor ihm herumgetänzelt ist, denkt Irma, wie sie sich ihm aufgedrängt hat. Das hätte ich unterbinden sollen, denkt Irma, gleich unterbinden. Warum hab ich das nicht unterbunden? Alle haben sich gewundert, ich erinnere mich doch, denkt Irma, wie sich alle gewundert haben, dass Pia immer mehr Nachhilfestunden will. Wie alle gesagt haben, Pia mag die Nachhilfestunden mit Philipp. Wie es geheißen hat, sie geht jetzt zwei Mal in der Woche zu ihm, sie geht jetzt drei Mal in der Woche zu ihm. Nicht Philipp, Pia hat darauf bestanden, auf zwei Mal in der Woche, auf drei Mal in der Woche. Dass mir das jetzt erst auffällt, denkt Irma. Das muss ich melden. Ich muss zur Polizei und das melden. Ich muss das sofort melden, denkt Irma, ehe noch die Lügen in der Zeitung stehen, die Verleumdungen, die alle lesen. Denn sie war es, Pia. Sie hat alles daran gesetzt, Philipp den Kopf zu verdrehen. Wie käme Philipp auf die Idee? Philipp käme nie auf die Idee, denkt Irma. Nie käme Philipp auf die Idee, Pia extra deswegen Nachhilfestunden zu geben, um sich von ihr den Kopf verdrehen zu lassen. Er ist Gymnasiallehrer, denkt Irma, ein Geistesmensch. Dessen Gedanken doch stets auf etwas ganz anderes gerichtet sind, auf Höheres, auf etwas viel Höheres. Doch nie auf den Körper einer Siebenjährigen. Nicht einmal auf meinen Körper waren sie gerichtet, denkt Irma. Da werden sie doch nicht von sich aus plötzlich auf den Körper einer Siebenjährigen gerichtet sein, denkt Irma. Mit dem er auch gebadet haben soll, denkt Irma. Vollkommen ausgeschlossen, denkt Irma, vollkommen abwegig. Baden hat sie wollen, denkt Irma, nicht er. Kinder wollen baden und pritscheln. Kinder wollen immer baden und pritscheln. Warum sollte Philipp mitten am Tag baden wollen, denkt Irma, mitten in einer Nachhilfestunde? Philipp hat noch nie mitten am

Tag baden wollen. Pia ist das Luder, Pia gehört angezeigt, denkt Irma, nicht Philipp. Genau, denkt Irma, ich werde Pia anzeigen. Ich gehe jetzt zur Polizei und zeige Pia an. Aber Pia ist noch ein Kind, denkt Irma, Pia kann ich gar nicht anzeigen. Aber meine Schwägerin kann ich anzeigen und ihren Mann. Genau, denkt Irma, die kann ich anzeigen. Die sind schuld. Die haben Pia vernachlässigt. Die haben Pia nie baden und pritscheln lassen. Die haben Pia verboten, Kokosstangerln zu essen. Sie waren es, die Pia zu Philipp geschickt haben, nicht er hat sie geholt, sie haben sie geschickt, und zwar immer öfter. Und dafür soll Philipp büßen? Nicht mit mir, denkt Irma.

Franz hat einen Schlüssel. Er sperrt auf und tritt in den Vorraum. Er hört das laute Surren des Staubsaugers. Seine Mutter saugt im Wohnzimmer den teuren Teppich. Er hört es an der Art ihres Saugens. Immer in die gleiche Richtung. An dem einen Ende des Teppichs hebt sie die Bodendüse hoch, das Surren wird lauter, geht damit zu dem anderen Ende des Teppichs, wo sie begonnen hat, und legt die Düse wieder auf, das Surren wird leiser. Franz nimmt die Hacke aus dem Nylonsack und lässt den Sack fallen. Seine Mutter hört ihn nicht, als er hinter sie tritt. Frau Singer geht draußen vorbei und schaut auf die Küchenfenster. Sie sind nicht gekippt, denkt sie, sie kocht heut nicht, und denkt, hoffentlich kommt Vesna heute, wegen der Fenster, die müssen endlich geputzt werden. Franz holt mit dem Beil aus. In diesem Moment bückt sich seine Mutter, um die Fransen des Teppichs gerade auszurichten. Er trifft sie in die künstliche Hüfte, die sie sich vor kurzem hat machen lassen. Sie fällt hin, das Saugrohr fällt ihr aus der Hand, sie schreit und dreht sich um. Franz will nicht, dass sie ihn ansieht. Mit dem Fuß drückt er ihr die Schulter nieder. Sie schlägt ihm den Fuß weg. Er hackt mehrmals auf ihren Kopf ein, trifft aber nicht richtig, sie wirft den Kopf hin und her. Er steigt ihr mit dem Fuß in den Rücken, versucht sie so auf dem Teppich festzuhalten. Die Klinge gleitet am Schädelknochen erneut ab, hackt ein Ohr weg und fährt durch den Teppich durch in den Parkettboden. Franz nimmt das stumpfe Ende der Hacke und schlägt auf seine Mutter ein. Sie wird ruhiger. Ihr Kopf sinkt auf den Teppich. Franz dreht die Klinge wieder nach vor, zielt ruhig und spaltet den Hinterkopf. Es ist vollbracht, denkt er und lässt die Hacke sinken. Seine Hände sind nass. Er wischt sie an der Hose trocken, betrachtet den Körper seiner Mutter, der nun, ohne sich zu rühren, vor ihm liegt. Und er zuckt auch nicht, denkt er. Wieso zuckt er nicht? Hab ich es übersehen?, denkt er. Hab ich das letzte Zucken des Körpers meiner Mutter übersehen? Das Kostüm, denkt er. Wieso hat sie ein Kostüm an bei dieser Hitze? Wo wollte sie hin? Er nimmt die Decke vom Sofa, mit der sich seine Mutter immer zugedeckt hat beim Fernsehen, und deckt sie zu. Er schaltet den Staubsauger aus. Es ist plötzlich sehr still im Zimmer. Da hört er das Knacken. Papa, denkt er und fährt herum. Wieso Papa?, denkt er. Papa ist tot. Es ist der Kasten. Wenn man auf eine bestimmte Stelle des Bodens tritt, knackt der Kasten, denkt Franz, das weiß ich doch, und tritt noch einmal auf die bestimmte Stelle, und es knackt. Wie früher, denkt Franz, als ich hier gewohnt hab, als Papa noch gelebt hat und auf die bestimmte Stelle getreten ist. Er setzt sich auf das Sofa, legt die Beine auf den Couchtisch, schaut durch die Terrassentür hinaus in den Garten. Was für ein strahlender Tag, denkt er. Viel zu schön, um im Zimmer zu sitzen, wie Mama immer gesagt hat, denkt er.

Hallo Franz, sagt Frau Singer und steht am Gartenzaun, als Franz aus der Haustür tritt und sie absperrt. Hallo Frau Singer, sagt Franz. Die Mutter nicht zuhause?, sagt Frau Singer. Sie ist beim Arzt, sagt Franz. Doch nichts Ernstes?, sagt Frau Singer. Nein, nein, sagt Franz. Wie geht es Norbert? Sehr gut, sagt Frau Singer. Ist er immer noch im Spital tätig?, sagt Franz. Ja, sagt sie, aber er hat auch eine

Ordination, mit anderen Ärzten. Eine Ärztegemeinschaft, sagt Franz. Ja, sagt Frau Singer, und seine Spezialisierung hat er auch abgeschlossen. Interne?, sagt Franz. Kinderpsychiatrie, sagt Frau Singer. Toll, sagt Franz. Und du?, sagt Frau Singer. Du bist ja auch sehr erfolgreich, wie man hört. Deine Mutter spricht immer in den höchsten Tönen von dir. Vermögensberatung, sagt Frau Singer, oder? Ja, sagt Franz. Da ist viel Geld drin, sagt Frau Singer, Frau und Kinder wohlauf? Ja, sagt Franz. Sind ja sehr hübsch, die Kinder, sagt Frau Singer. Und wenn Norbert endlich viel Geld verdient, sagt sie, soll er sich auch an dich wenden. Gern, sagt Franz. Damit du sein Geld verdoppelst. Sie lacht. Franz lacht mit. Ihr habt doch ein Maturatreffen, sagt Frau Singer, demnächst, oder? Genau, sagt Franz. Da werdet ihr euch ja sehen, sagt Frau Singer. Klar, sagt Franz, schöne Grüße an Norbert. Danke, sagt Frau Singer, lass auch deine Frau schön grüßen. Soll ja auch recht tüchtig sein, deine Frau, sagt Frau Singer. Ja, sagt Franz. Er steigt ins Auto, winkt. Frau Singer winkt zurück.

Wo bist du so lang?, sagt ihr Mann. Er steht im offenen Fenster. Ist Vesna da?, sagt Frau Singer. Du hast gesagt, eine Viertelstunde, sagt er. Ja, sagt sie. Dass du nie pünktlich sein kannst, sagt er. Ist Vesna da?, sagt sie. Immer dasselbe mit dir, sagt er. Ob Vesna da ist, frag ich, sagt Frau Singer. Nein, sagt er. Soll sie da sein? Hab ich doch gesagt, sagt Frau Singer. Ist doch nie da am Montag, sagt er. Aber heute schon, sagt sie, wegen der Fenster. Wegen der Fenster?, sagt er. Wegen dem Fenster putzen, sagt sie. Heut soll sie Fenster putzen?, sagt er. Ja, sagt sie. Lässt er sie wieder nicht arbeiten, sagt er. Wer?, sagt sie. Dieser Verbrecher, sagt er. Verbrecher?, sagt sie, was für ein Verbrecher? Ihr Freund, sagt er, dieser Verbrecher. Wieso zeigt sie ihn nicht an?, sagt er. Sie liebt ihn, sagt Frau Singer in der Küche und räumt die Tasche aus. Ach, was, sie liebt ihn, sagt Herr Singer. Sie sagt, sie liebt ihn, sagt Frau Singer. Wenn er sie jeden

Tag drischt, sagt Herr Singer. Ganz blutunterlaufen war sie, sagt er. Blutunterlaufen?, sagt Frau Singer. Blutunterlaufen, sagt Herr Singer. Er muss sie mit den Fäusten gedroschen haben, sagt Herr Singer. Er muss sie genommen haben und mit den Fäusten gedroschen. Ich weiß nicht, sagt Frau Singer. Du hast es doch gesehen, sagt Herr Singer. Oder hast du es nicht gesehen? Ja, sagt Frau Singer. Das ganze Gesicht blutunterlaufen, sagt er. Ein blaues Auge, sagt Frau Singer. Ich hab ein blaues Auge gesehen. Blaues Auge?, sagt Herr Singer. Ja, sagt Frau Singer. Das ganze Gesicht war blutunterlaufen, sagt Herr Singer. Von ihrem Körper ganz zu schweigen, sagt Herr Singer, den wir ja nicht gesehen haben. Oder hast du ihn gesehen? Nein, sagt Frau Singer. Eben, sagt Herr Singer. Trotzdem, sagt sie. Was trotzdem?, sagt er. Sie liebt ihn, sagt Frau Singer. Wie kann man wen lieben, sagt Herr Singer, der einen jeden Tag drischt. Er nimmt ihr das Geld ab und drischt sie. Ich versteh es ja auch nicht, sagt Frau Singer. Was gibt es da zu verstehen?, sagt Herr Singer. Was sagst du?, sagt Frau Singer im Abstellraum. Was es da zu verstehen gibt, sagt Herr Singer. Ich hab ja gesagt, ich versteh es nicht, sagt Frau Singer. Andererseits, sagt Herr Singer, Frauen sind auch keine Engel. Oder glaubst du, Frauen sind Engel? Nein, sagt Frau Singer, warum sollten sie Engel sein? Weil du dauernd so tust, als wären sie Engel. Sind sie aber nicht, sagt Herr Singer, oder sind sie es? Nein, sagt Frau Singer. Das hast du doch gelesen, sagt Herr Singer. Was?, sagt Frau Singer. Was hab ich gelesen? Wo die Frau ihren Ehemann umgebracht hat, das hast du doch gelesen?, sagt Herr Singer. Oder hast du das wieder nicht gelesen? Doch, sagt Frau Singer. Wo der Stiefsohn auf ihn geschossen hat und ihn dann die Frau, die Stiefmutter und Ehefrau, nicht der Stiefsohn, die Frau!, sagt Herr Singer, erschlagen hat, weil er immer noch nicht tot war, mit einem Baseballschläger und einem Feuerlöscher. Das hast du doch gelesen, sagt Herr Singer, oder? Ja, sagt Frau Singer.

Aber könntest du dich bitte hinübersetzen, ich möcht jetzt die Eiernockerln machen. Und warum?, sagt Herr Singer. Was warum?, sagt Frau Singer. Weil sie ihn nicht ausgehalten hat. Sie hat ihn nicht ausgehalten, sagt Herr Singer. Das hast du doch gelesen? Ja, sagt Frau Singer. Und das sollen Engel sein?, sagt Herr Singer. Behauptet doch niemand, sagt Frau Singer. Das ist nämlich auch nicht normal, sagt Herr Singer. Nur weil sie ihn nicht ausgehalten hat. Oder ist das normal? Nein, sagt Frau Singer, wieso soll das normal sein? Weil du immer so tust, als wär das normal, sagt Herr Singer. Ich tu so, als wär das normal?, sagt Frau Singer. Wann tu ich so, als wär das normal? Weil du nie was sagst, sagt Herr Singer. Wieso sag ich nichts?, sagt Frau Singer. Ich weiß nicht, warum du nichts sagst, sagt Herr Singer. Lasst du mich jetzt bitte die Eiernockerln machen?, sagt Frau Singer. Denn das ist überhaupt nicht normal, sagt Herr Singer, das ist absolut nicht normal. Was ich sagen wollte, sagt Frau Singer. Was?, sagt Herr Singer. Ich hab Franz getroffen, sagt Frau Singer. Franz?, sagt Herr Singer. Ja, sagt Frau Singer. Aber siehst du, sagt Frau Singer, der besucht seine Mutter. Der hat seine Mutter immer besucht. Wer?, sagt Herr Singer. Franz, sagt Frau Singer. Und wann hat uns Norbert das letzte Mal besucht?

Franz biegt auf den Parkplatz ein. Er ist müde. Er möchte schlafen. Vor ihm tauchen Einkaufswagen auf und verschwinden wieder zwischen den Autos, kommen ihm entgegen und fahren neben ihm her. Franz parkt ein, so knapp, dass er fürchtet, nicht aussteigen zu können. Er stellt den Sitz nach hinten, lehnt sich zurück. Im Auto neben ihm sieht er eine Frau eine Zigarette rauchen. Vor ihm räumt eine Frau Dinge aus einem Einkaufswagen in den Kofferraum und spricht unablässig. Sie hält plötzlich inne und schreit jemanden an, der offenbar auf der anderen Seite des Einkaufswagens steht und den Franz nicht sieht. Franz beugt sich zur Seite, um zu sehen, wen sie anschreit, er sieht auch das andere Ende des Einkaufswagens, aber dort ist niemand. Die Frau nebenan, die eine Zigarette geraucht hat, isst plötzlich eine Wurstsemmel, ist das dieselbe Frau?, denkt Franz, ist das dasselbe Auto?, und sie starrt Franz an, schaut aber sofort weg, als Franz hinschaut, um Franz sofort wieder anzustarren, als Franz wegschaut, und denkt, als Franz startet und die Parklücke verlässt, wieso starrt mich die so an, denkt Franz, beim Essen einer Wurstsemmel?, das ist doch Albert. Das muss Albert gewesen sein, denkt sie. Ein bisschen dicker ist er geworden in den zwanzig Jahren. Ich hätte ihn fragen sollen, denkt sie. Ich hätte das Fenster herunterkurbeln sollen und fragen: Sind Sie Albert? Das hätte ich tun sollen. Warum hab ich es nicht getan? Immer noch feige, denkt sie, wie damals. Aber er war es, denkt sie, er war es sicher. Ob er mich auch erkannt hat? Er muss mich erkannt haben, denkt sie, so wie er mich angesehen hat. So hat er mich immer angesehen, wenn er mir böse war. Er hat mich erkannt, und er ist mir immer noch böse, denkt sie. Er hat mich erkannt und ist weggefahren. Diese blöde Eifersucht damals, denkt sie. Dabei war gar nichts, denkt sie. Ich hätte ihn anrufen sollen. Ich hätte ihn damals anrufen sollen, denkt sie, nach meiner Rückkehr aus Spanien, und erschrickt, als die Tür aufgerissen wird. Was ist, sagt sie. Was soll sein, sagt der Mann, steigt ein und wirft den vollen Nylonsack nach hinten, bist du noch immer nicht fertig mit der Wurstsemmel?

Jetzt werde ich sie sehen können, denkt Franz beim Verlassen der Parklücke, jetzt werde ich die zweite Person sehen. Aber die Frau ist nicht mehr da. Auch sonst niemand. Auch der Einkaufswagen nicht, und der Kofferraum ist zu. Ganz langsam fährt Franz an dem Auto vorbei und schaut ins Innere. Niemand zu sehen. Er fährt die Autoreihen ab. Jede Parklücke, die er von weitem zu sehen glaubt, ist keine. Er fährt zum Eingang zurück und beginnt von neuem mit der Suche. Er findet einen Platz. Er mustert die neben ihm stehenden Autos eingehend. Sie sind nicht besetzt. Er steigt aus und holt sich den Laptop aus dem Kofferraum. Er setzt sich in den Fond, lässt die Wagentür offen und geht online. Auf der Startseite der Tageszeitung, in die er sich einloggt, findet er seinen Namen nicht, auch nicht im Chronikteil. Er liest von zwei Polizisten in Zivil, die einen farbigen UN-Diplomaten, den sie für einen Drogendealer gehalten hätten, in der U-Bahn niedergeschlagen und ihm so lange ins Gesicht getreten haben, bis er. Entschuldigung, sagt eine Stimme bei der Tür herein. Ja?, sagt Franz erschrocken und beugt sich hinaus. Würden Sie bitte kurz auf meinen Einkaufswagen aufpassen, sagt der Mann und zeigt auf den vollen Einkaufswagen, den er hinter sich festhält, aber meine Frau denkt nicht. Sie denkt nicht, sagt er. Wie bitte?, sagt Franz. Sie hat den Autoschlüssel, sagt er, sie wollte noch in die Wäscheabteilung. Aber sie geht sicher auch noch ins Restaurant, sagt er. Sie geht immer ins Restaurant, sagt er, so lang kann ich nicht warten, sagt er, in der Hitze. Handy, sagt Franz, haben Sie kein Handy? Nein, sagt der Mann. Ja, sagt der Mann, ich schon, aber sie nicht. Sie hat kein Handy?, sagt Franz. Nein, sagt der Mann. Ich bin gleich wieder da, sagt er. Ich fahre aber gleich weg, sagt Franz. Ich hab mir gedacht, wo Sie mit Ihrem Laptop, sagt der Mann. Aber ich bin schon fertig, sagt Franz. Tausend Dank, sagt der Mann. Aber ich fahr gleich, sagt Franz. Ich fliege, sagt der Mann, schiebt ihm den Einkaufswagen vor die Tür und läuft weg. Aber, schreit ihm Franz nach. Er schaut auf den Einkaufswagen. Er lehnt sich im Sitz zurück und starrt auf den Bildschirm. Was mache ich jetzt?, denkt er. Nach Auflösung lokaler Nebelfelder in Tälern und Becken, liest Franz, steht morgen wieder ein strahlender, sonniger Tag am Programm. Nur im Osten könnte es nachmittags vereinzelt zu Regenschauern kommen. Du lasst das Kind abtreiben, sagt der Mann in der Wäscheabteilung. Spinnst du, sagt die Frau, wo ist der Einkaufswagen? Du wirst es abtreiben, sagt er. Nein, sagt die Frau, nicht noch einmal. Doch, sagt er. Nein, sagt sie, haben wir doch eben besprochen. Doch, sagt er, denn ich hör auf mit dem Job. Nicht schon wieder, sagt die Frau. Doch, sagt der Mann. Müssen wir das ausgerechnet hier besprechen, sagt die Frau, in der Wäscheabteilung? Ich hab eine Galerie, sagt der Mann, die interessiert ist. Das hast du damals auch gesagt, sagt die Frau, und ich hab abgetrieben, und nichts war mit der Galerie. Jeder sagt, warum malst du nicht endlich, sagt der Mann, du könntest groß herauskommen. Das besprechen wir daheim, sagt die Frau, wo ist der Einkaufswagen? Nein, sagt der Mann, ich will, dass wir das auf der Stelle beschließen. Was?, sagt die Frau. Dass das Kind abgetrieben wird, sagt der Mann. Einen Dreck werden wir, sagt die Frau. Wo ist er?, denkt Franz, steigt aus und schaut über die Autodächer hinweg zum Eingang des Einkaufszentrums. Ich lass den Einkaufswagen einfach stehen, denkt Franz. Ich werde jemand anderen bitten, auf den Wagen aufzupassen, denkt er und schaut sich um. Eine Minute noch, denkt er und liest, dass der leitende Beamte des Wirtschaftsministeriums, Mag. Joachim Rameder, aufgrund seiner fortgesetzten unbewiesenen Anschuldigungen in aller Öffentlichkeit gegen den Büroleiter Jack Preiser vom Dienst suspendiert wurde. Rameder hätte Preiser auch beschuldigt, die leitende Beamtin Krista P. aus privaten Gründen erpresst und widerrechtlich in die EDV-Abteilung versetzt zu haben. Krista P. aber hätte umgehend dementiert und eidesstattlich erklärt, dass sie weder von Jack Preiser noch von irgendjemandem sonst erpresst und gegen ihren Willen versetzt worden ist. Vielmehr wäre es ausschließlich ihr Wunsch und ihre Entscheidung gewesen, in die EDV-Abteilung versetzt zu werden. EDV hätte sie immer schon interessiert. Ein Disziplinarverfahren gegen Rameder würde vorbereitet. Preiser vermutet eine Hetzkampagne der Sozialisten gegen ihn und Rameder wäre von ihnen dafür instrumentalisiert worden.

Einen Untersuchungsausschuss, wie ihn die Opposition fordert, um den Vorwürfen Rameders nachzugehen, lehnen Konservative wie Sozialdemokraten als durchsichtiges Oppositionsmanöver ab. Danke, sagt der Mann und zieht den Einkaufswagen weg. Und, sagt die Frau und wühlt im Einkaufswagen, wo sind die Tabs? Was für Tabs?, sagt der Mann. Die Tabs, sagt die Frau, wo sind die Tabs? Franz lässt den Laptop liegen, schlägt die Tür zu, setzt sich ans Steuer, startet. Er sieht die beiden noch kurz im Rückspiegel, jeder von ihnen mit einer Hand auf dem vollen Einkaufswagen, und sich anschreien.

Was für ein Fernblick, denkt Franz. Er würde es gern zu jemandem sagen. Er würde gerne sagen: Sehen Sie, was für ein wunderbarer Fernblick. Er würde es gern der Frau sagen, die etwas entfernt von ihm allein an einem der Tische sitzt, mit einem roten Getränk vor sich, mit übereinandergeschlagenen Beinen, einem gefalteten Blatt Papier in der Hand und raucht. Eine Gruppe Herren an der Bar, Frauen zu zweit an Tischen, Tische mit drei Herren und zwei Damen, mit zwei Damen und einem Herrn. Menschen nach dem Büro, denkt Franz. Er isst ein kleines Abendessen, Salat mit Shrimps, und trinkt ein Glas Chablis. Die leichten Geräusche, denkt er, Gläserklirren, ein Auflachen, das Tosen des Verkehrs von unten. Meeresrauschen, denkt er. Die Dächer der Stadt, denkt er, die Terrassen, grün, Bäume, ganze Bäume, denkt er, Buschwerk und Lauben, Sonnenschirme. Die Stadt über der Stadt, denkt er. Eine Stadt für sich. Eine Stadt, die ich nicht kenne, denkt er. Die A-Ebene, mit nichts über sich als dem blassen Himmel, ein bisschen Rot im Hintergrund zwischen den Kirchturmspitzen und den oberen Etagen der Hochhäuser. Sie werden mir doch nicht schon davonlaufen, sagt ein Mann. Die Kanarischen Inseln mag ich nicht so gern, sagt eine Frau. Ich bin in der Skybar, sagt ein Herr in sein Handy und lacht. Aber auf ein Glas Sekt werden Sie doch sicher vorbeikommen, Fipsi ist auch da. Mein Mann ist in Brüssel, sagt eine junge Frau zu einem Herrn, der sie anlacht, Ausschusssitzung. Wie ihm Bettina den Kaffee hingeknallt hat, sagt ein Herr, genial!, und die Herren am Tisch lachen. Nichts zwingt mich hier aufzustehen, denkt Franz, nichts legt mir nahe, hier etwas anderes zu tun als zu sitzen, zu trinken, zu rauchen. Eine Zigarette rauchen, denkt Franz, ja, eine Zigarette rauchen und auf die Terrassen sehen. Er bestellt sich eine Packung Zigaretten. Er hat schon lange keine Packung Zigaretten aufgemacht. Er bemüht sich, die Packung aufzumachen, als würde er jeden Tag eine aufmachen. Der erste Zug macht ihn leicht schwindelig. Er schaut sich um, ertappt sich bei der Befürchtung, alle hätten gemerkt, wie ungelenk er die Packung Zigaretten aufreißt, und würden gleich zu lachen beginnen, auch über sein Schwindelgefühl. Aber nur die Frau mit den übereinandergeschlagenen Beinen wirft ihm einen Blick zu. Er lächelt, aber da hat sie ihren Blick schon wieder gesenkt, einen Schluck aus dem Glas genommen und das Blatt Papier entfaltet und liest. Liebe Mama, liest sie, ich komme nicht mehr zurück. Es gefällt mir in Dublin. Das Flugticket kannst du dir sparen. Wenn meine Aufenthaltsgenehmigung abläuft, bleibe ich hier ohne Aufenthaltsgenehmigung. Ich hab viele Freunde. Bei einem arbeite ich im Computergeschäft und verdiene Geld, illegal, bei einem anderen wohne ich. Papa ist ein Schwein, liest sie und liest es noch einmal, Papa ist ein Schwein. Wie kann er der Franziska ein Kind machen, in derselben Wohnung, in der du auch noch wohnst? Und wie kannst du das dulden? Ich versteh dich nicht, Mama. Ich finde das pervers. Wieso bist du immer noch nicht ausgezogen? Gut, du hast kein Geld. Das hat mich ja auch immer genervt, dass du nie Geld hast. Aber ich würde trotzdem ausziehen. Und wenn ich auf dem Balkon einer Freundin schlafen müsste. Wie kann man sich so demütigen lassen. Du bist ziemlich kaputt, Mama, weißt du das?, liest sie, lässt das Blatt sinken, schaut über die Dächer, nimmt eine Zigarette aus der Packung und steckt sie in den Mund, ohne sie anzuzünden. Du bist ziemlich kaputt, Mama, weißt du das, liest sie, lässt das Blatt erneut sinken, zündet sich die Zigarette an und schaut zu Franz hinüber. Bin ich kaputt?, denkt sie. Nein, denkt sie, ich bin nicht kaputt. Kinder verachten ihre Eltern, denkt sie. Ich bin jung, denkt sie. Die Männer schauen mich an, denkt sie und schaut zu Franz hinüber. Aber in diesem Haus sind alle kaputt, liest sie, als Franz herschaut. In dieses Haus will ich nicht mehr zurück. So will ich nicht leben, liest sie. Und mit Oma, der alle aus der Hand fressen. Ihr seid ja wie die Hündchen, liest sie und lächelt. Du kannst mich ja einmal besuchen kommen, wenn du dich traust, das Haus zu verlassen. Und wenn dir die Oma gnädig ein paar Euro schenkt. Aber lass ja Papa daheim bei seiner Ficktussi, ja? Ficktussi, sagt sie leise und lächelt. Mir geht es jedenfalls gut, liest sie. Und bitte lass niemanden schön grüßen. Moritz. Sie lächelt wieder. Sie lächelt, denkt Franz. Er betrachtet ihre Knie und, als sie die Beine kurz nebeneinander stellt, um ihre Sitzhaltung zu ändern, den Zwischenraum zwischen den Knien. Wie sehen ihre Beine aus, wenn sie steht?, denkt er. Würde er enttäuscht sein? Würden sie im Stehen nicht mehr so gut aussehen wie im Sitzen? Das Top der Kellnerin rutscht hoch, als sie sich bückt, und ein Streifen nackter Haut leuchtet auf. Franz bestellt ein weiteres Glas Chablis.

Die Skybar füllt sich, Leute stehen zwischen den Tischen mit Gläsern in der Hand, nehmen Franz den Blick auf die Frau mit den übereinandergeschlagenen Beinen, und als sein Blick wieder frei wird, ist die Frau weg und andere sitzen an ihrem Tisch, nur das leere Glas von ihr steht noch dort und der volle Aschenbecher. Die Beine, denkt er, die Beine hätte ich gern sehen wollen. Wo ist sie hin? Hat sie jemanden getroffen? Steht sie an der Bar?, denkt er. Aber er sieht sie nirgends. Ich hätte sie zu einem Drink einladen sollen, denkt er. Wieso hab ich sie nicht zu einem Drink eingeladen? Und was hat sie gelesen?, denkt er. Einen Brief des Geliebten? Eine Aussicht auf eine besondere Nacht? Auf eine Reise ans Ende der Welt? Hat sie deswegen gelächelt?, denkt Franz. Hat sie damit sagen wollen: Kommen Sie, mein Herr, ich kenne Sie nicht, ich habe Sie noch nie gesehen, ich werde Sie wahrscheinlich auch nie mehr wiedersehen, aber schenken Sie mir das Vergnügen und trinken Sie ein Glas Sekt mit mir, heut ist ein glücklicher Tag?

Der Himmel wird dunkler. Auf einzelnen Terrassen leuchten Lichter auf, scheinen durch das Laub, das der Wind bewegt. Eine Gartenstadt, denkt Franz, ich sitze in den Gärten der Stadt, die unter mir in der Dunkelheit versinkt. Hinunter gehe ich nicht mehr, denkt Franz, unten ist nichts mehr.

Die Prostituierte gibt zu Protokoll, Franz P. habe sie gegen ein Uhr früh auf der Straße aufgelesen. Aus ihrem Angebot, Analverkehr, Schmusen, Sadomaso, habe er im Zimmer Schmusen gewählt. Sie habe ihn daraufhin gestreichelt für 200 Euro Aufschlag. Er habe außergewöhnlich stark geschwitzt, das sei ihr aufgefallen, auch wenn Männer in dieser Situation häufig schwitzen. Duschen habe er sich nicht wollen. Der Geschlechtsverkehr sei normal verlaufen. Er habe sich abrupt verabschiedet und sie für einen der nächsten Tage zum Essen eingeladen.

Der Polizeibeamte gibt zu Protokoll, Franz P. sei in den frühen Morgenstunden in der Wachstube aufgetaucht. Mit ruhiger Stimme habe er Selbstanzeige erstattet. Er habe seine Familie getötet, seine Schwiegereltern und seine Mutter. Als Grund für seine Tat habe er die Schmach angegeben, die er ihnen ersparen wolle, die Schmach, drei Millionen Euro, darunter namhafte Beträge seiner Frau und seines Schwiegervaters, verspekuliert zu haben. In der Folge hätte er auch das

Haus, in dem er erst vor kurzem eingezogen sei, das seine Frau sehr geliebt habe, umgehend verkaufen müssen. Dazu, anschließend sich selbst zu töten wie geplant, habe ihm der Mut gefehlt. Auch sei es nicht mehr nötig gewesen. Es gäbe ja niemanden mehr, dessen Vorwürfe er fürchten, dessen Leiden er mitansehen müsse. Und für sich selbst brauche er den Tod auch nicht mehr. Er sei tot genug. Nur bei der Erwähnung des Namens seiner Tochter und der Schilderung ihres Todes, so der Polizeibeamte, sei der Tatverdächtige hemmungslos in Tränen ausgebrochen.